佐渡島凍耶
リリア
桜島静音

アイシス
生島美咲
ルーシア

神の手違いで死んだらチートガン積みで異世界に放り込まれました

CONTENTS

神の手違いで死んだら
チートガン積みで
異世界に放り込まれました⑤

かくろう

◆第186話　転移者

凍耶(とうや)達がすんでいるカストラル大陸には大小様々な国家が存在するが、その中でも特に大きな四つの大国がある。

北のドラムルー。

南のレグルシュタイン。

東のアロラーデル。

そして、西のカイスラーである。

人口は四大国の中でも随一を誇り、帝国の名が示す通り強き帝王によって国が治められている。

今代の皇帝ムスペル七世は歴代最強と名高い戦士でもあり、また政治の天才でもあった。

長年歴代皇帝によってカイスラーを中心とした東西南北の様々な国を侵略し続け、徐々に北上。

ついに今代、ブルムデルド魔法王国のすぐ南にまで迫った。

しかし、ムスペル七世はブルムデルド魔法王国の女王リリアーナに一目惚れする。

そのせいもあってか惚れた女性に対しては意外にも紳士的であった彼はブルムデルドを無理に侵略したりはせず、政治的な交渉によって和平を結んできた。

しかし、リリアーナの病死によって事態は急変する。もはや和平の価値なしと判断したムスペル七世はブルムデルドの国土を手に入れて大陸西側の制圧を完了させた後にドラムルーの治める北方地帯への足がかりにする計画を実行した。

計画はあと一歩のところまで戦線を押し上げた。

しかし、ここで再び事態が急変する。

なんと死んだはずのリリアーナを始め王族が甦り、さらには以前とは比べものにならない精強な騎士団を率いてカイスラー軍と相対した。

少人数にもかかわらず圧倒的な強さを誇ったブルムデルド騎士団は戦線を南に押し込み、不利と見たカイスラーは撤退。

停戦条約を結ぶ。

これが数カ月前の話である。

丁度凍耶が魔王軍を撃退し、それが世界へ発信された頃であった。

この時、カイスラー帝国側に、ある異変が起きてなければ問題はなかったのだが。

◆　◆　◆

数ヶ月前、ムスペル七世がブルムデルドとの停戦条約を締結し帰還した頃、この帝都に突如として帝都の軍全てを凌駕するほどの巨大な力を持ったある男が現れた。

その男は魔物を使役し、大軍勢を作り上げて帝都に迫り、降伏しなければ帝都の民を皆殺しにすると脅迫した。

皇帝ムスペル七世は帝都の東に広がる精霊の森にほど近い平野に軍を展開。

当然必死の抵抗を試みる。

だが、魔物の軍勢はカイスラー軍を蹂躙。容赦のない苛烈な攻撃でなすすべなく敗北を喫した。

魔物を率いていたのは二〇代半ばの優男であった。端正な顔立ちに似合わず凄まじい戦闘力で帝都まで乗り込み、帝国内随一の戦士であるムスペル七世をあっという間に屈服させ、実質カイスラー帝国はこの男の手中に収まる。

カイスラー帝国帝都

「なんなの？　まだ攻略できないわけ？」

帝都の宮殿。皇帝の座る玉座には一人の男が座っていた。

年の頃は二〇代中頃。

端正な顔立ちで一見すると容姿は端麗であり、この世界では珍しい黒目黒髪の男である。

「はっ、敵もなかなか精強なれば、我が軍の疲弊もそれなりに激しく」

「いいわけなんて聞きたかないね。早くあんなちっぽけな国攻略して炎髪灼眼の幼女連れてきてよ！　くそ生意気な『のじゃロリ娘』見るの楽しみなんだからさぁ!!」

下劣な台詞に跪いた騎士は密かに奥歯を噛み締めた。

「外道め……」

「なんか言ったぁ？」

「いえ、すぐにブルムデルド攻略に向かいます」

「早くしてよね。お預かりしたお母さんバラバラにされたくないでしょ？」

「……」

騎士は何も言わずその場を立ち去る。

「さて、今日も癒やしの時間だ」

立ち去った騎士にすぐに興味をなくした男は玉座から立ち上がりその場から離れる。

そのすぐ後ろにはベッドルームが設けられており、ベッドには怯えた顔の年端もいかない兎人族の少女が数人隅っこに固まっている。

その首には隷属の首輪がかかっており、男が部屋に入ってくると、すぐさま男の世話をしにかかった。

言われる前に動かなければ殴られる。

嫌がって顔をしかめても殴られる。

何もしていなくても機嫌が悪ければ殴られる。

少女達にとって自分を守る唯一の手段は男の機嫌を損ねないように精一杯笑顔で奉仕をすることであった。

「さあ、子ウサギちゃん達。今日もいっぱいぴょんぴょんしてあげるからねぇ♡」

気持ちの悪い笑顔を浮かべた男は少女達に迫るのであった。

奴隷の首輪で自由意志を拘束された幼い少女達は男の機嫌を損ねないように身の回りの世話をする。

抵抗すれば殴られるから、笑顔でいないと殴られるから。

男がヒステリーを起こさないように必死に要求通りの行動をしなければならなかった。

この男はいわゆるペドフィリアに分類され、潔癖な性格から性的な行為に嫌悪感をもっており、無垢な少女にしか興味を示すことはない。

しかしそれは愛情とはほど遠いエゴの塊のような行為である。

「早く『のじゃロリドラゴン娘』も手に入れたいなぁ。折角ファンタジーの世界でやりたい放題できる力持ってるんだから世の中のロリは全部俺の奴隷にしないとな。ぎゃははは」

端正な顔立ちが台無しになるほどの下品な笑い声が廊下に響き渡り、侍女達は目をつけられないようにそそくさとその場を立ち去るのだった。

「やっぱチートで異世界無双は楽しいぜぇ」

『日本からの【転移者】木曽実八　種男』は恐怖と暴力で帝都を支配していた。

◆第187話　死ぬはずだった男

時は遡り、数カ月前。

これは、丁度凍耶がこの異世界へやってきたのとほぼ同じ時期であった。

その男『木曽実八種男』は混沌とした空間に漂っていた。

「なんだっつーんだここは？　一体どうなってやがる」

「ようこそ、死の世界の入口へ」

「あ？」

目の前の空間に突如としてゆがみが出来上がり、その中からは白いマントを羽織った若い男が現れる。

その姿は神々しく、人間のレベルでは考えられないくらい美しい容姿の男だった。

「な、なんだ。お前、つーかここはどこだ」

「言っただろ？　死の世界の入口だって」

「死の世界だと？　どういうことだ」

「鈍いなぁ。つまり君は死んだんだよ。ダンプカーに轢かれてぐっちゃぐちゃ。傑作だったねぇ」

ゲラゲラと笑いながら端正な顔立ちの男は種男を笑った。

「チッ、そんで。俺はどうなるの？　さっさと天国連れてってくれるんだろ？」

「あっははっ、キミ自分が天国に行けると本気で思っているのかい？　だとしたらお笑いだ。滑稽にもほどがあるよ」

「ムカつく野郎だな。じゃあ地獄か？」

「本来ならそうだ。だが、君が僕の退屈しのぎに付き合ってくれたら生き返らせてあげるよ」

「なんだそれ」

「神の世界は退屈でね。時折刺激的なイベントを起こさないと魂が腐ってしまいそうになるんだよ。それくらい刺激のない世界なのさ。平和とも言えるがね」

「何をすればいいの？」

「君、異世界の存在信じる？」

「おい！　マジかよ！　俺異世界いけんの？　猫耳いる？　兎耳いる？　ケモミミロリッ子をチートで無双しながらキャッキャうふふするテンプレキタコレ‼」

「話が勝手に飛躍しているけど、まあ概ね間違ってないよ。実はね、あと数千年で滅びる捨てられた世界があるんだけどさ。どうせだからその世界を混沌に陥れて僕の退屈しのぎのために異世界で戦争を起こして欲しいんだよね。なんなら滅ぼしちゃっても良い」

「滅ぼしたら俺が生活できねぇじゃん」

「じゃあ自分の理想通りの世界を作れば良い。肉体強化と魔物を使役する絶対服従の能力を与えよう。肉体は、そうだな。今あの世界に居る魔王と呼ばれる存在、そいつを軽くひねる位には強化してあげようか」

「うほーっ、チートキター」

「ただいきなり強すぎる力をつけちゃうと色々と制約に引っかかるからね。最初は経験値稼ぎして地道にレベル上げしてもらうことになるけど」

「なんだそれマンドクセェ。そこはチートなんだからなんとかしろっつーの」

「まあまあ、一定レベルまで上げたら一気に力が解放されるようになるからとりあえず１０レベルまでは自分で頑張ってくれ」

「ちっ、まあしゃーないか。いいよ、そんくれーは我慢してやる。そんじゃさっさと生き返らせてよ」

「神経太いねぇ。それじゃぁ、せいぜい僕の退屈を紛らわせてくれ給えよ」

そう言うと、種男の身体が光り重みが増す。

「これで生き返ったの？」

「ああそうだ。ではこれから異世界に送る。目いっぱい転生ライフを楽しんでくれ。いや、肉体はそのまま再生させるから、転移かな」

「どっちでも良いよそんなもん。あ、そうだ。どうせならナビゲートキャラつけてくれよ異世界の知識とか教えてくれるチートナビ」

「ああ、それくらいならいいよ。それじゃあ、この空間にあまり長居すると色々マズいからもう送るよ。せいぜい頑張り給え」

こうして、奇しくも凍耶とほぼ同時期に異世界からの訪問者は来訪することになる。

◆ ◆ ◆

種男が異世界に転移してから数ヶ月。

まず彼は冒険者となり簡単なレベル上げから行う。ナビゲートキャラのアドバイス通りに行いあっという間に力を解放した種男は使役する魔物を選別しにかかった。

あまり目立つと面倒くさいことに巻き込まれたりする、と言うナビキャラのアドバイスに従って水面下で密かに配下の魔物を増やして行く。

やがて使役する魔物も数万に膨れ上がり、カイスラー周辺の魔物は、実は種男の配下となっていた。

彼にとって僥倖だったのは、突如として出現したエボリューションタイプと呼ばれる強力な魔物の出現である。

ガモンによって解き放たれたカイザーの種子は、世界各地で強力なカイザータイプの進化をうながし、世界中でエボリューションタイプ、グランドカイザータイプが跋扈するようになっていた。

そして、実はこのカイザーの種子が蒔かれたことは、魔物以外の種族にも多大な影響を及ぼすようになっていった。

◆第188話　世界にもたらされた変革

種男が異世界に転移し、水面下で戦力を増強している頃、世界にとある変化が訪れる。

それは遙か遠い地で、凍耶達が魔王軍と戦いを繰り広げ、その中で無念の死を遂げた一人の科学者のもたらしたものであった。

その科学者、デモンは世界中に魔物の進化をうながす種をばらまくことでこれまで見られなかったエボリューションタイプと呼ばれる魔物の進化形を世界中に出現させることになる。

それはデモンの意図したものではなく、兄のガモンが嫌がらせのために行ったことであるのだが、それを知るものはもはやいない。

時が経つにつれて段々と魔物が強力になっていく中、それに対抗する他の種族にも、とある変化が現れ始める。

それは『レベル上限の解放』と呼ばれるものであった。

通常人族のレベルは９９が限界である。

そして特別な祝福を受けることでその上限が解放されるわけであるが、それでも１５０から２５０が限界であった。

ところが、カイザータイプが強力になっていく中で、突如として人族や他の人型種族の中に強力な力を持つ者達が現れ始める。

中には現役のＳ級冒険者を凌ぐ者もおり、また元々レベル限界まで達していたＳ級冒険者も、レベル上限解放の恩恵により更なる力を手にしていた。

それは限界を迎えてからも蓄積し続けた経験値が上限の解放によって一気にレベルを上げるという、凍耶と同じような現象が起こったのだ。

世界のシステムは密かに変わっていた。

◆第189話　急襲

【ｓｉｄｅルーシア】

ブルムデルド魔法王国に移動した私達は、まず戦況の確認をするためリリアーナさんに続いた。

霊峰の帝王って、私やミシャが住んでいた村に残った伝説の龍だ。

私の住んでいた村はその昔ドラグル山脈に住まう数々の魔物達を鎮め奉るために作られた村の名残だって村の長老様から聞いたことがあった。

今では風化した風習だけど、大昔は生け贄を捧げていたりもしたらしい。

私の代でなくなっててよかった。

それはともかく、リリアーナさんはすぐに城の中へ入り、部下の騎士達に帰還を告げていた。

「か、母様、一体どうして!?」

「詳しい説明はあとじゃ。戦況を報告せい」

「はッ。現在南方のタック砦を突破され国境線を越えたカイスラー軍はそのまま北上。真っ直ぐにこの王都を目指しています」

「敵戦力は？」

「およそ三万の軍勢と見られています」

「さ、三万じゃと⁉　そんなバカな。あやつらめ、一体どこにそんな戦力を隠し持っておったんじゃ」

「それが、奴らの中には魔物も混じっており、大型のグランドカイザータイプやエボリューションも大勢いて、やっかいです。広範囲に渡って展開する軍勢に対処するには絶対的な人数が足りませんでした」

「一体どういうことじゃ。奴ら、以前には魔物など使役しておる気配などなかったというに」

指をかみながら思案するリリアーナに対して、ザハークは提案する。

「ともかく、戦況をこちらで把握しつつカイスラー軍をなんとかせねばなるまい。龍帝よ。この軍の指揮を我に預けよ。そなたから言えば逆らいはすまい」

「口惜しいがわしではこの戦局に対処できるほどの軍略は持ち合わせておらぬ。任せても良いか？」

「我が主に誓って撃退すると約束しよう」

「感謝する。異世界の魔王よ」

「ほう？　我の正体に気が付いておったか」

「うむ。長きにわたる時の中であちらの世界の住人に触れる機会もあった。そなたからはそやつらと同じ匂いがする」

「そうか。その辺は後日ゆっくり語らうとしようか。まずはこの戦局を覆すことだ」

ザハークさんが密かに「まあ、我が主の率いる軍勢ならば、戦略なぞ必要ないだろうがな」と呟くのが聞こえた。

まあ、でもそうなるよね。

◆　◆　◆

「はぁあああ、二刀流舞百連っ！！！」

私の飛ばした斬撃が魔物達を切り刻んでいく。

お兄ちゃんからもらった伝説の武器「天龍の双牙」は、アリシアとの戦闘で壊されてしまったが、お兄ちゃんが新しく覚えたと言うスキル、『クリエイトアイテム』で修理してもらい、更に『アイテムエボリューション』でパワーアップしてもらった。

今の私の手にはパワーアップした『天龍の双牙　極』が握られており、攻撃力も扱い易さも、補正値も比べものにならないくらい激増している。

他の皆が持っている武器も同じ。

ソニエルの神槍シャンバラも、アリエルちゃんの光の宝剣レグルスも、以前よりも桁違いの力を持った武器に進化していた。

もうすぐそのソニエルやミシャ達もやってくるだろう。

自分達で言うことではないけど、恐らくお兄ちゃんの恩恵を受けた私達なら今更エボリューションタイプの魔物程度にならなら負けることはないだろう。

その証拠に三万と言われたカイスラー軍は殆ど新しい武器を手に入れたお姉ちゃんや、更に魔法の扱いがエグくなった静音ちゃんが駆逐しており、私やティナちゃんはこぼれた敵を戦線を突破されないように討っていくだけで済んだ。

でも、なんだか変だな。この魔物達、一様に狂気と言うか、何かに駆られるように一直線に戦いを挑んでくる。

まるで戦い以外の感情を抜き取られたかのように目の前の敵を襲う。

操られているような感じがする。

アイシス様から聞いた霊峰の龍族やフェンリル達の事件の時のような凶星とは全く異質な感じなんだよね。

私達はブルムデルド騎士団と協力しながら敵を撃退していった。

「な、なんて強さなの」

「信じられない。一人一人がかつての母様と同じ、いやそれ以上？」

「いやいや、母様の方が強かった、いや、でも」

元龍族の女性騎士達は私達の異常な強さに目を見開きながら呆然と戦況を見守っていた。

やがて戦いが始まってから三時間も経過するとカイスラー軍は引いて行った。

◆第190話　静音がもたらす提案

俺が皆を連れてブルムデルドへ移動する頃には敵戦力は引いており、戦局は沈静化しているようだった。

「感謝するぞ凍耶。おかげでこの場を凌ぐことができた」

「油断はできないけどな。こういう時って敵側になんか劇的な変化が起こったって考えた方がいい。魔王軍の時もそうだったけど、突然魔物が街の中に大量に出現する、なんてことも有り得るんだからなこの世界は」

「そうなればわしらでは国民達を守り切ることはできぬ。口惜しや。龍の力さえ失っておらねばあんなやつらものの数では無いと言うに」

「俺が一気に片をつけてもいいが」

俺の力ならここからでも、例えばゴッドネス・ジャッジメントで敵を駆逐できるだろう。

「凍耶、それは待って欲しい。これはわしらの問題じゃ。凍耶の力ならそれは容易かろう。じゃが、それではこの国が再び同じ脅威にさらされたとき、対処することができないじゃろう」

「分かった。だが最大限サポートはさせてもらうぞ」

かつて俺も同じようなことを考えたな。

「うむ。感謝する」

俺達は敵側の戦況を見つつすぐに対処できるように街の中と城壁の周りにうちのメイド達を配置し、準奴隷となっている者達も補佐役として同じように配置した。

「リリアーナ様、それにブルムデルドの皆さんに提案があります」

静音が皆の集まった会議室で全員に向かってある提案をした。

「なんじゃ提案とは？」

「霊峰の龍族の皆様には、凍耶お兄様の奴隷になっていただきます」

ざわ……

龍族の騎士達にざわめきが起こる。

「ちょ、静音言い方……」

どうでもいいけどそこだけ聞くと俺が極悪人みたいだからもうちょっと言い方変えてくんない？

だいたいにして別に奴隷じゃなくても良いんだよな。

あの創造神の奴が俺の能力を直前まで読んでたラノベの設定にしなきゃこんなことにはならなかったのに。

険しい顔をした騎士の一人が静音に向かって抗議した。

「勇者静音殿、この国を救ってくれたことには感謝しますが、それはあまりな提案ではないでしょうか。それでは帝国の奴らと変わりません」

「いいえ、通常の奴隷と凍耶お兄様の奴隷になるのとでは意味合いが全く違いますわ」

「ふむ。詳しく聞かせてくれるか」

静音は俺がもたらす愛奴隷達の恩恵やＭＬＳＳ（マルチレベルスレイブシステム）による恩恵の解説を行った。

始めはざわついていた面々の声の質が変わってくる。

「それが本当だとしたら、凄まじいことです。しかし」

「我らは誇り高き龍族。他者の力を借りて強くなっても」

誇りと誘惑に揺れる面々。しかし、その中でリリアーナだけははっきりと告げた。

「わしは受け入れよう」

「母様!!」

「どちらにしても凍耶にはわしらの王になってもらいたいと思っておるのじゃ。それならばわしらはその下に付くということ。眷属であろうと奴隷であろうと同じことよ」

「しかし」

「ならば奴隷となるのはわし一人で良い。そなたらまで無理に付き合う必要はないのじゃ。そなたらが誇りを重んじたい気持ちは分かる。ならばそれを捨てるのはワシだけで良い」

「母様……」

騎士団の面々は一様に歯がみした。

「待て待て。それじゃあ選択肢のないに等しい彼女達には脅迫に同じ。確かに一番効率は良いかもしれないが人道に反している」

これまで散々奴隷従属させてきた俺の言うことではないが、ここに来て追い詰められた彼女達に奴隷にして恩恵を与えたとしてもあまり後味の良い結果になりそうな気がしない。

「まず補正値でステータスにバフのかかる装備を大量生産しよう。それをブルムデルド軍に有償で貸し与える。ただじゃなければ対等な立場で取引ができるだろう」

「ふむ、それなら確かに」

「それからうちのメイド達を傭兵として貸し与える。これでどうだろう。後方支援と物資の供給も行おう。もちろん格安でな」

有償での取引であれば、少なくとも奴隷にするとかよりは有意義な関係ができるだろう。

それでもウチの国が圧倒的有利には変わらないが、事実としてブルムデルドは非常に苦しい立場にある。

「リリアーナの言うことも理解できるし、龍族の誇りも尊重してやりたい。しかし戦争をするには国力も兵力も足りなさすぎるのが現実だろう。だったらまずは脅威を退けて、それから隣国同士手を取り合って兵の練度を上げていけば良いはずだ」

「うむ。ありがたい話じゃ。そなたらはどうじゃ。それなら納得もできよう」

「はっ。母様のおっしゃる通り。我らの力だけでは民達を守ることはできませぬ。佐渡島凍耶の言うとおり、その提案ならば我らも納得します」

今後の国同士の関係を考えるなら国の首脳陣が完全な属国になるよりもマシなはずだ。

自分達の力だけでこの国を守ることは事実上不可能と理解している彼女達は俺の提案に一応の納得をしてくれた。

◆　◆　◆

「なんだって！！？　全滅ぅ、なにやってんのさ、使えないなぁ!!」

「も、申し訳ありません。しかし、敵側にとんでもない戦力が現れ撤退を余儀なくされました」

「誰だよそのとんでもない戦力ってのは」

「はっきりと確認できたわけではありませんが、遠き地で突如として頭角を現した新鋭のオメガ貴族かと。

かの魔王を討ち取った御仁の部下と思われます」

「魔王を倒した？　マジかよ」

魔王を倒すのは自分でも造作もないが、そうだとしたら自分と近い実力を持っている可能性もある。

それが本当ならかなりやっかいな戦力だ。

因みにだが、種男をサポートするナビゲートキャラはアイシスとは違い神のデータバンクにアクセスできるわけでもないので情報が更新されない。

アイシスほど情報収集範囲もそれほど広くないが、分析力だけは優れており、リリアーナが霊峰の帝王の転生した姿であることを見破ったのは彼である。

ついでに言うと、彼は会話能力を持っておらず、必要な情報を音声とステータス画面に表示させることしかできなかった。

故に彼の言う魔王の強さとはこの世界にやってきたときの魔王の強さであり事実は大きく異なるわけだが、種男がそれを知る手段はなかった。

「その部下ってのはどのくらいの強さでどんなやつだったんだ？」

「多種多様な種族構成でしたが、特に際立っていたのが噂に名高い勇者ミサキと勇者シズネ。二人とも神の啓示を受けたと噂されるSランク冒険者です」

「ミサキとシズネ？　なんか日本人みたいな名前だな」

「は？　どういうことでしょうか？」

「なんでもねぇ。それで？」

「はっ、その戦力は途轍もなく大きなもので、エボリューションモンスターが一瞬で細切れにされるほどです」

因みにエボリューションタイプは総合戦闘力が50万を超える個体もおり、出現するとSランク冒険者でも討伐は非常に困難とされる。

(マジかよ。だとしたら相当な奴だ)

種男は思案した。

危ない橋を渡る必要はない。いざとなったらこんな国さっさと捨てて遠くに逃げることもできる。

(いや、逃げるだけならいつでもできる。その前に徹底した報復はしておかないとな。のじゃロリドラゴン娘は諦めるか)

種男はほくそ笑んでその場で立ち上がり玉座の間から出て行く。

「ど、どちらへ?」

「俺自ら戦場へ行ってやる。後に続け」

◆第191話　もう一人のリリアーナ

その日の夜。

客室のベッドで横になっていた俺の部屋がおもむろにノックされる音で目が覚める。

こんな夜中に一体だれだ？　今日はよそ様の家ということもあり夜伽は控えるよう命じてある。夜這いもしないようにと。

そんなことを言っているのでうちの女の子達が押しかけてくるということはないだろう。

うちの子達は空気は読めるのだ。

「済みません、凍耶様、リリアーナですわ」

リリアーナ？　それにしては口調が随分違うような。俺は扉を開けて顔を出す。

するとそこには確かにリリアーナ女王がたたずんでいた。しかし昼間の彼女とは随分印象が違って見える。

なんというか、清楚と言うか、先のリリアーナと比べておとなしそうな雰囲気とでも言おうか。

「中に入ってもよろしいでしょうか」

「あ、ああ」

俺は戸惑いながらも真剣に俺を見つめる彼女の雰囲気に気圧され中に入れることを承諾した。

「ん？　あんた、髪の色が」

俺は彼女の雰囲気が違う理由の一端に気が付いた。月明かりしかない暗闇で気が付かなかったが彼女の髪は燃えるような赤ではなく眩しいほどの黄金色だった。

「あんた、もしかして霊峰の帝王じゃなくて、本物のリリアーナ女王か？」

「はい。もう一人のリリアーナは眠っています。よほど疲れたのでしょう。こちらの私が表に出てこられるほどに、彼女は心を疲弊させています」

「あんたは意識が目覚めていないのではなかったか？」

「はい、その通りです。ですが、あなたの神力にあてられて、つい先ほど目が覚めました。あちらのリリアーナが深い眠りについたことも起因しています」

リリアーナはどうやら霊峰の帝王ではなく、本来死んだはずのリリアーナ・シルク・ブルムデルドであるらしかった。

「まずは改めて、この国を救っていただきありがとうございました。あなた方が来てくれなければ、今頃は帝国に蹂躙されていたでしょう」

「救えなかった命もある。礼を言われることではないさ。なあ、あんたは数年前に死んだんだよな？」

静音から聞いているのが事実だとすればこの子は既に他界しているはずだ。

それが何故甦ったのか。しかも違う人格となって。その人格と共に。

「はい。何故、と言う疑問に対してはお答えできかねます。私は既に故人のはず。それが何故、若い身体となって、しかも霊峰の帝王という別人格を背負って甦ったのか。なにか意味があるのか。あるいは神々の気まぐれなのか。どういう理由かは分かりません。ですが、甦った先にこの国の危機が訪れていたことを考えるなら、自分の愛した国を守るチャンスをいただいたのだと思っています」

「なるほど。まあ解釈としてはいい方だろうな。それで、俺に何か用事があるんじゃないか？」

「凍耶様に懇願しに来たのです。どうか、リリアーナとこの国の民をお救いください。リリアーナはわたくしのためにあれほど頑張ってくれているのです」

「どういうことだ？」

「この世界に甦ってしばらく、わたくしはリリアーナの人格と内側で会話をしていました。正確にはわたくしが一方的に語りかけていた。そして彼女はわたくしの心情に同情してくれた。同じ女王として上に立つ者のつらさを分かってくれた。だからかもしれません。自分にはなんの関係もないはずのこの国のためにああまで必死になって」

リリアーナはその場にひざまずく。そして頭を垂れて地面に指をついた。

「どうかお願いします。助けてあげてください。この国も、彼女の心も」

「何故それを俺に期待する」

「あなたは神の器を持って生まれてきたこの世界の救世主です。特別な肉体にしか宿らない神なる生気、神力を宿しています。世界を統べ、救いの世へと導くもののみが持つ聖なる者をも超えた神の代行者。そのものが放つ気を神気と言います」

「神力のことを知っているのか」

「当然です。その異質な力。全てがそうだと物語っておりますわ」

そう言って女王は俺の足下にすり寄って顔を上げる。

「平にお願いいたしますわ。この国をリリアーナを、娘達を、どうかお救いください」

俺はため息をついてリリアーナの肩に手をおいた。こういう必死な頼みには弱い。

「分かった。そんなに心配しないでくれ。アイツとは浅からぬ縁があるらしいからな。無碍にしたりはしないつもりだ」

「ありがとうございます。ところで」

「ん？」

ふいにリリアーナが俺の膝元まですり寄ってきた。その表情から何故だか艶のある色気を感じる。

にじりよるようにして俺の膝に指を這わせるとしなを作って上目遣いに俺を見つめる。

「ど、どうしたんだ」

色っぽい目つきと艶めかしい指の動きで膝から太ももにかけてを行き来する動きにドキッとしてしまう。

見た目が少女でも中身は大人の女王なのだから妙なギャップを感じる。

「わたくしを、あなたの隷にしていただけませんか」

少し息を弾ませ頬を赤らめながらそんなことを言うリリアーナ。俺はその悩殺的な表情に理性が飛びそうになりながら必死に抑え尋ねる。

「きゅ、急にどうした？」

「あなたを近くで感じて思いました。神の器たる凍耶様に傅きたいと。なぜだか分かりませんが、そのことを考えただけで、わたくしの女がとても疼くのです」

息を荒くしてそんなことを語る女王は身をよじらせながらとうとう指を俺の股間に這わせ始める。

小さく細い指が巧みに俺の敏感な部分を刺激し息子はあっという間にウェイクアップ！　してしまうのであった。

「お、おい、何をする気だ」

女王が俺の股間に顔を埋める。そして頬をよせ両手を添えてズボン越しに屹立した息子に頬ずりを始める。

「はぁ、なんてたくましい。こんなに大きいとわたくし壊れてしまうかもしれない。でも、欲しい。こんなに興奮したことは前の夫ともありません。凍耶様、是非、あなた様の御寵愛をわたくしにもいただけませんか」

女の匂いを濃厚に漂わせるリリアーナに思わず後ずさる。

俺、相変わらず女の誘惑に弱いらしい。

「凍耶様ッ」

「ちょ、ちょっと待てリリアーナッ、それはまずいよ」

覆い被さるようにのし掛かってくるリリアーナを制止しようと肩を押さえる。

小さく華奢な身体はいとも簡単に押しのけられ、もつれて床に落下しそうになる彼女を慌てて支えた。

「ああ、残念、時間切れみたいです」

「え?」

つぶやきと共にリリアーナの髪が黄金から燃えるような赤へと染まっていく。

蠱惑的な垂れ目が意思の強さを象徴するようなつり目へと変化していく。

あっけにとられて固まっている俺の目の前でやがて悲鳴があがる。

「ひぁあああああ、な、なななな、何をしておるのじゃバカものぉ!!」

「おわ、ちょ、ちょっと暴れるなって」

ベッドの上でジタバタと暴れ始めたリリアーナをあわてて諌める。

両手をつかんで押さえつけるようにしてとにかく話を聞いてもらえるように目をのぞき込む。

「ちょっとまて、話を聞けって」

「ひ、人が寝ておる間に裸に剥いていただいてしまおうとは、凍耶は鬼畜じゃ」

「誤解だっつーの。とにかく落ち着け。暴れるな」

だがパニクるリリアーナはなおも暴れる。すぐに離れれば良かったようなものの、すっかり狼狽えてしまった俺は、それを諌めるために力尽くで押さえつけるような形になってしまった。

冷静に考えればますます怖がることをやっているのだがこの時の俺は狼狽えてしまいまっとうな判断ができていなかったのだ。

「ねえ凍耶、さっきからなんの騒ぎ……」

「お兄ちゃん、どうしたの……」

「あ……」

騒ぎを聞きつけて部屋のドアを開けたのは美咲とルーシアであった。

片や部屋の情況はと言えば、涙目で押さえつけられている幼女。

そしてそれを押し倒している俺。

つまりあれだ。嫌がる幼女にむりやり襲う四一歳おっさんの図が見事にできあがっている。

「お兄ちゃん無理やりは良くないって言ったじゃない」

「うわぁ、最低……」

「ちゃうねん！」

誤解を解くのに一時間を要したのだった。

◆第192話　五万の敵軍勢

三万の軍勢敗退の報を受け、種男は憤慨し自ら戦線に赴くことにした。

種男は自分が数ヶ月間の間に配下にしてきたカイスラー帝国周辺全ての魔物に召集命令を出す。

その数一万。

種男は自分が配下にした魔物に別の魔物を襲わせることでねずみ算式に配下の魔物を増やし、更に宝玉を集めることで強力な個体を造り出していった。

奇しくもデモンが行った合体魔神となったアリシアと同じことを行ったわけだが、種男自身は宝玉の力を真の意味で理解していなかったためデモンのやり方以上の個体を作り出すことはできなかった。

そして自らが作り上げた一万の魔物軍勢を率いてブルムデルドへと向かう。

ここまで来ると人間はもはや足手まといにしかならない。

ならないが、種男にとってはカイスラー軍はおもちゃと同じなので、あえて付いてくるなとは言わなかった。

それどころか足の速い魔物に馬車を引かせ高速で軍を進行させた。

そして強行軍の結果、ブルムデルドまで後数時間の所まで総勢五万の種男率いる混成軍が国境線に押し迫る。

◆　◆　◆

――『敵勢力の総勢は約五万。魔物が一万。人間が四万の割合です』

「五万か。いよいよもって絶望的じゃな」

リリアーナは部下達と共に敵に対峙するための作戦会議を行っていた。

とは言っても敵勢五万に対してブルムデルド側の勢力はせいぜいが一万。

連日連戦で疲弊した者達のことを考えればもっと少ない。

そこで俺達は手分けして兵士達のケアに努め、俺のスキルで作り出した強力な武器防具、補正魔法の付与されたアクセサリーなどを配って回った。

くわえてシャルナがこちらに呼んでくれたフェンリル軍団を騎馬代わりに貸し与え、敵軍の中央を一点突破するための軍備を整えたのだ。

「これは、凄まじい力を感じます。ありがとう凍耶王。先刻の非礼を心よりお詫びいたします」

リリアーナの配下となっている霊峰の龍族転生組は全部で二〇〇近くに上った。

生体データの分析によって明らかになったのはそれぞれの部隊長がグランドドラゴンのルージュとブルー。他は全部インペリアルナイトドラゴンだった。

「いや、気にしなくて良い。こちらとしても一度命を奪ってしまった身だ。その侘びと思ってもらえばな」

「それは……我らは凶星の呪いから救っていただいたのです。そのようなことをおっしゃらないでください」

先日俺に突っかかってきた女性はグランドドラゴンルージュだった。

命のやり取りをした意識がどうにも強いイメージとなって残っており、感謝はしつつも敵意のような感情を向けてしまっていたらしい。

それは彼女が人間よりもドラゴンとしての意識が強いから起こることだったらしく、同じ霊峰の龍族でも個々に意識の差があるように感じられる。

「我らはこの国を守りたい。どうか我々にお力を」

「ああ。できる限りのことはさせてもらうよ」

それから数日。

いよいよ帝国軍が戦線まで押し迫った。

「礼を言うぞ凍耶よ。これで我らは対等に奴らと戦うことができる」

数の上では圧倒的不利。だから俺達佐渡島公国で全面サポートすることになった。

「ああ。敵勢の大半は俺達で引き受ける。ブルムデルド軍は敵の指揮官に真っ直ぐ突撃を仕掛けてくれ。露払いもこちらで引き受ける」

「かたじけない。では行くぞ皆の者‼　我ら霊峰の龍族、そしてブルムデルドの強き意志を見せる時じゃ‼」

オオオオオオオッ‼

霊峰の龍族二〇〇を伴ったブルムデルド軍一万が帝国軍に突撃する。

「俺達もいくぞっ」

俺はアイシスを通して全軍に命令を出す。

マリア、ソニエルといった戦闘メンバーは全員こちらに呼び寄せ、両翼の敵を次々に蹴散らしていった。

リリアーナ率いるブルムデルド軍にはザハークに指揮を執ってもらっている。

指揮官として卓越したザハークの指示によって味方は物の見事に敵中央を突破していく。

「凍耶、私達も見ているだけじゃ物足りないわよね。一暴れしてこない？」

「賛成だ。全体の指揮はアイシスが執ってくれる。俺達は中央をサポートしつつ、両翼の敵勢を蹴散らすぞ」

美咲は我慢仕切れないといった感じで黄金の斧を握りしめる。

ブレイブリングウェポンを装備した美咲の武器は変幻自在に姿を変えるが、やはり彼女的には斧が一番しっくりきているようだ。

「いくわよぉお、そらそらそらぁあああ‼」

モンスター達相手に美咲の無双が始まった。

同じようにルーシア、マリア、ソニエルに静音。

屋敷に詰めていたメイド達も全員こちらに来て参戦しており、カイスラー軍を駆逐していく。

アイシスの分析で混成軍となっているカイスラー帝国だが、人間の兵士達に焦燥感のような生体反応があったらしい。

ということは、あの兵士達は不本意な理由でこの戦いに参加させられているのかもしれないことに気がついた俺達は、少なくとも人間の兵士は可能な限り殺さない方針をとった。

それでも向かってくるなら容赦できないし、絶対に殺さないのも難しい。

だからこちらの補正値は全開にして圧倒的戦力差を持って鎮圧に当たった。

◆　◆　◆

結果として勝敗はこちらの圧勝。

俺も途中広域殲滅魔法を使って魔物の大部分を駆逐し、ブルムデルド軍の中央突破を手助けした。

俺達にできることはできるだけ彼らの戦闘を五分の勝負に持ち込むことだ。

助けすぎるのも、助けなさ過ぎるのもできない。

実に絶妙なバランスを要求されたがアイシスのおかげもあってなんとかなった。

「勝った……本当に我らの勝ち……なのか……」

未だ現実として認識できないといった様子で騎士達はフワフワとした勝利の余韻を噛み締めている。

「そうじゃ、我らの勝ちじゃ……我らの、勝ちじゃぁあっ!!」

リリアーナが勝ち鬨を上げると配下達の歓喜が沸き上がる。

カイスラー帝国軍は完全撤退し、魔物は一匹残らず仕留めることができた。

アイシスの分析では、魔物になんらかの指向性をもたらす魔術が掛けられていたようで、これから帝国内に八血集を潜入させて術者の特定に入るそうだ。

戦争は大勝利に終わり、これから帝国との終戦協議に入るための特使を組織するそうだ。

ブルムデルドの人々は戦勝に沸き立ち、歓喜し、女王リリアーナによる勝利宣言によって多くの人が涙した。

戦争被害による救援活動は続いているが、国のあちこちでは勝利の宴が催されていた。

「凍耶、本当に感謝するぞ。そなたの助けがなくばこの国は滅んでいたじゃろう」

「なんにせよ良かったよ」

酒の入ったグラスを傾けながら城のテラスから城下を見下ろしリリアーナがつぶやく。

「凍耶王ッ」

俺がリリアーナと酒を飲んでいるとテラスへやってきた女騎士達が声を掛けてくる。

軽鎧に身を包んで一列に並び立ち彼女達の動きには一切の迷いや乱れがない。

一糸乱れぬ統率された動きで整列した騎士達は一斉にひざまずき、俺とリリアーナに頭を垂れた。

「凍耶王よ。我らの国、我らの故郷を救っていただき、感謝の言葉もありません。これまで働いた数々のご無礼、平にご容赦ください」

「気にしなくて良いよ」

「もはや我らの迷いは晴れました。お許しいただけるならば、我らも貴方様の奴隷に加えていただきたく存じます」

「無理して奴隷にならなくても良いよ。これからブルムデルドは同盟国として友好関係を築きたいと思っているからな」

「凍耶よ、それで良いのか？　属国とすることもできように」

「別に支配が目的じゃないしね。もちろん戦後支援はできる限りさせてもらう。うちの国には物資が有り余ってるから」

「欲のない男じゃの」

「そんなことはないと思うけどな」

「くくっ……なあ凍耶よ。一つ頼まれてくれぬか」

「なんだ？」

リリアーナは不適な笑みを浮かべて何とも言いがたいことを口にした。

「ワシと勝負してくれぬか」

◆第193話　主人を思えばこそ

「俺と勝負……？　なんだって今更そんなことを」

「以前の戦いではワシの意識は狂気に飲まれておった。じゃからワシの本当の意志で負けたわけではない」

「それはまあ確かに……だけど」

「そこでじゃ。龍としての本能が訴えておるのじゃ。そなたと純粋な勝負がしたいとな」

「今更戦う理由もないと思うが」

「頼まれてくれ凍耶よ。ワシはそなたに従いたいと思うておる。どうせなら心の底から屈服させて欲しいのよ」

確かに今の彼女と勝負をしたら一瞬で方が付く。

この世界にやってきた時に比べたら俺の戦闘力は比べものにならないほど上がっているが、今の彼女は魔力が強い以外は普通の人間とほとんど変わらないのだ。

「しかし、対等な勝負をしようにも戦闘力の差がな」

俺は思案する。ハッキリ言って勝負する理由はないし、一瞬で方が付く戦いをする意味もない。

それでも彼女の意思を汲んでやりたいとは思うが、リリアーナはそんなことで良いのだろうか？

「それなら心配には及びませんわ」

俺が答えに迷っていると、テラスへやってきた静音によって意外な提案がもたらされることになる。

「静音？」

「リリアーナ様とお兄様が対等な勝負をなさるために有効な手段をわたくしから提案させていただきますわ」

「それは？」

「後のお楽しみですわ。お兄様、わたくしからもお願いしますわ。リリアーナ様の願いを叶えてあげてくださいませ」

その日の夜。

凍耶との対決が備えてリリアーナは瞑目しながら戦闘のシミュレーションを繰り返していた。

「失礼いたしますわ」

「静音か。どうしたのじゃ？」

「少しお話しさせていただいても？」

「構わぬ。それでは聞かせてくれぬか。オヌシの狙いというのを」

実はリリアーナには凍耶と戦う意思はなかった。そんなことはしなくても既に彼女は心から屈服し、その身を捧げる覚悟はとっくにできていたのだ。

だがそれを止めて凍耶に勝負を挑むように仕向けたのが静音なのである。

「ワシが本気を出して、龍変身を使ったとしても勝負にはなるまい。アレは一度使うと二度とは使えぬ」

「そしてあなたは龍族としての特性を失うと?」

リリアーナは眼を見開く。実は人間に転生したリリアーナであったが、一度だけ霊峰の帝王の姿に戻ることが可能であった。

たとえその力を使ったとしてもカイスラー帝国軍を全滅させることは敵わなかっただろうが、眷属や国の民を守るためには使うことも辞さない覚悟だったのは間違いない。

「気が付いておったか。一体何故？」

「分析に優れた仲間がおりますので」

アイシスによる分析で彼女は一度龍になってしまうと龍族の転生者からタダの人間に変わってしまう。あるいはそのまま消滅する可能性もあるとのことだった。

「貴方は戦争当初こう考えておられましたわね。それで凍耶お兄様に全員を隷属させることで彼女達を守ることになる。そのためならば自分が消えることも厭わないと。命がけの覚悟で行動し、凍耶お兄様に全てを託すと」

「恐ろしい娘になったものよ。わしの中のリリアーナの記憶にある御主より更に成長しておるの。その通り。『龍封印』と言うが、それを使えばわしは二度と龍に戻ることはできぬ。更にはわしの人格も保てるかどうか分からん。タダの人間になって生き延びるのか、それともわしごと消えるのかは未知数じゃ」

「そんなことをする必要はありませんわ」

「何故じゃ？」

「そんなことをしなくてもお兄様に挑めば全ての生物は屈服するでしょう。しかし、そのためにはお兄様に少しだけ本気を出していただかなくてはなりません」

恐らく、凍耶が本格的に戦闘を行えばその圧倒的な力の奔流に龍族達はひれ伏すだろう。

疑いとか、そんなつまらない感情など全て吹っ飛ばして自ら神の器たる凍耶に傅くことを望むはず。

静音はそう確信していた。

そしてそうなれば創造神の祝福が発動し、リリアーナが抱えている問題も全て解決する可能性が高い。

静音はアイシスからこれまでの凍耶の戦いの様子を事細かに聞き、ある一つの推論に達していた。

創造神の祝福とは、恐らくだが、凍耶の潜在的な願望や、状況に合わせた最適な解を検出し具現化するのではないか。

様々なボーナスが付いたりなどの諸現象は創造神の計らいだとしても、根本となっているのは全て、凍耶がその場その場で無意識のうちに望んでいた結果を先取りして発動するのではないか、と。

「この推測が正しいとするならば、お兄様との戦いでそれが発動し、リリアーナ様の諸問題は全て解決する可能性が高い。しかし、そのためにはお兄様にはある程度本気で戦ってもらった方が、恐らくより良くなるでしょう。これはアイシス様からもお墨付きをもらっていますわ」

「一体どうしようと言うのじゃ？」

「私達凍耶お兄様の所有奴隷も一緒に戦って差し上げますわ。間違い無く勝てないですが、お兄様の本気の一端を見ること位はできるはず」

そしてアイシス協力の下、愛奴隷達の説得に回る。

◆　◆　◆

静音は凍耶と対決する旨を皆に伝え、承諾を得た後再びリリアーナの元へと戻った。

――『静音、私から皆さんへ提案があります』

「アイシス様から提案？」

「誰と話しておるのじゃ？」

「あ、ええと」

――『初めまして、霊峰の帝王。私は凍耶様の異世界ライフをお手伝いするＡＩサポートシステム。固有名「アイシス」です』

「おおう⁉　なんじゃ？　どこにおる！　姿を見せい」

「リリアーナ様、アイシス様は普段は思念体で肉体を有した存在ではありませんわ」

静音はアイシスのことを一通り説明した。

一部よく分からない部分もあったが、情報と意識だけで存在していると言うのは精霊に近いのだろうと一応の納得をしてみせた。

――『今回私から提案するのは、凍耶様を更に成長させるためのイベントとして今回の対決を利用してみてはいかがでしょうか、と言うことです』

アイシスは提案した。

彼女がずっと懸念していた事項として、凍耶は物事に対して受け身になりすぎる傾向がある。

今回もなし崩し的に龍族達を奴隷として受け入れて欲しいという提案を流されるままに承諾しようとしている。

放っておけば実際そうなるだろう。

彼の持っているスキルはいくら嫁を増やしても対応できるだけのポテンシャルを持ってはいるが、凍耶自身が受け身である以上流されて増やしていくことが今後も増えるだろう。

今はまだ大きな問題になってはいない。しかし、今のままではいずれなにか大きな問題に直面してしまった時に凍耶自身が自らの力で解決するだけの精神的強さを持つことができないのではないだろうか。
「確かに。わたくしもお兄様に喜んで欲しくて積極的に増やす方向で動いてきましたが、当人の気持ちを考えていなかった部分も確かにありますわ」
――『実際凍耶様がお喜びなのは事実でしょう。わたしも凍耶様が幸せそうなのは見ていて嬉しくなります。一方で懸念もあります。わたしも凍耶様に対して甘すぎました。よかれと思ってやったことも凍耶様の成長を妨げることになってしまっているのかもしれない』
珍しくしおらしいことを言っているアイシス。
しかし静音は一方でその通りかも知れないとも思った。
「それでアイシス様、先ほどの提案とは一体？」
――『霊峰の帝王、あなたには凍耶様の宿敵となっていただきます』
「宿敵、とな？」
――『そうです。凍耶様と互角の実力を持つ真の敵。あなたが転生してきた運命とは何か。それは最初に凍耶様を死の淵まで追い詰めたこの世界で最強の生物であるあなただからこそできることだと思っています』
「何故そう思う？」
――『凍耶様の持つ力は本来であれば無敵と言えます。どんな敵に対してもそれを上回る力が自動的に具現化される。それが創造神の祝福の力です。しかし、凍耶様自身がそれを活かし切れていない。精神的に未熟な人間であるが故、いかに強力なスキルを有していても宝の持ち腐れになってしまう。私が凍耶様に甘すぎた、と言ったのは、そう言った精神的成長の場を、凍耶様を助けるつもりで奪ってしまっていた場面も多々あったと言うことです』
「まるで御主自身が自らを叱責しておるようじゃな」

――『その通りです。ですから、恐らく、創造神様はあえて私に未熟な人格を与え、それを放置したのだと思います。私自身も成長するために』
「アイシス様ほどの方でも、まだ未熟だと言うのでしょうか」
――『神の視点からすれば全ての生命は未熟なのです。だから、今回、私は心を鬼にして凍耶様に試練を与えようと思います』
静音は熟考した。
確かに凍耶は流されやすい。ただ、今のままでも十分に幸せなハーレムを作ることができるだろう。
しかし、本当にそれでいいのか？
凍耶にとって何が一番幸せなのか？
「分かりましたわ。その提案、わたくしも乗ります。美咲先輩、皆さんはどうですか？」
静音はアイシスを通して全員に語りかけた。
彼女はアイシスが今の話を全員に聞かせているだろうことを見越して語りかけたのだ。
かくしてその勘は当たっていた。
様々な方面から様々な声が聞こえてくる。
――『そうね、凍耶ってちょっと女の子の誘惑に弱すぎる所あるしね。まあ、それも許容するつもりでハーレムなんて承諾したけど、さ』
――『わたしも美咲お姉ちゃんと同じこと思ってた。でも、お兄ちゃんのため、なんだよね。お兄ちゃんと戦うのって気が進まなかったけど、うん。そういうことなら、わたしも心を鬼にする』
――『トーヤ、今のままでも十分魅力的。でも、アイシス氏や静音の言うことももっとも。ならティナは協力する』
――『私も頑張ります。お姉ちゃんみたいに完全には割り切れないけど、でも。凍耶さんのためなんですよね！』

――『兄様と戦う。本当は辛いです。でも、兄様のためなら、ミシャは嫌われ役でもやってやるのです！』

――『敬愛する御館様のため。愛する人にあえて拳を向けましょう』

――『最愛のご主人様。私は一生かけてでもあなたに恩を返すと誓った。だからこそ、あなたの成長のため、汚れ役、やってみせましょう』

口々に決意を述べる凍耶の嫁達の強い意思に、リリアーナは感動した。

「凍耶は、こんなにも愛されておるのじゃのう。わしも惚れてしまいそうじゃ。これほどメスとしての自分が疼くのは生まれて初めてじゃ」

――『リリア、あなたも凍耶殿の心に触れてみたくなったのではないですか？』

「シャルナか……そうさな。わしも、凍耶に抱かれてみたくなったわ」

「随分話が飛躍しましたわね」

「龍は強き者に従う。しかし、女であることに変わりはない。強きものであれば良い。加えて、心伴うものであれば、尚のこと良いと言うだけじゃ。長き時を共にする伴侶としてな」

――『同感です。強く、気高い魂。それが凍耶殿が目指すべき神たる器の完成形ではないでしょうか。私達、導かれし女は、破壊神凍耶殿の成長の糧となるべく、運命に集められたのではないか。そんな風に思いますよ』

凍耶を愛している人達。その力強い言葉を聞いて、アイシスも本当に覚悟を決めた。

――『思いは一つに。全ては我らの凍耶様のため。皆一丸となって。よろしいですね』

全員が迷いなく答えた。

佐渡島凍耶を愛する者達はその覚悟を持って、明日へと臨むことを決意した。

◆第194話　サラリーマンVSドラゴン軍団再び

リリアーナと対決する約束をして数日。

城の南に位置する平原にて、その時を迎えていた。

静音からもたらされた提案とは、リリアーナと俺の戦力を互角にするための秘策ということだったが……。

その作戦とやらの詳細は聞かされていない。

たぶんそれも作戦の一環なんだろうが平原にはリリアーナ配下の騎士達が整列していた。

俺は並び立つ龍族達の隣に展開するそれ以上の数の軍勢に目を向ける。

それは勇者二人にメイド服を着た女の子達。フェンリルと言った混成軍で、とっても何処かで見たことある人達だった。

っていうか……。

「うちの嫁達ですよね!!」

何故だかリリアーナの軍勢と共に俺の嫁達愛奴隷が全員俺と対峙していたのである。

「なんで俺VS他全員の構図になってるの！！？」

「いやぁ、私達ってなんだかんだ凍耶と本気で戦ったことなかったからさ」

「御館様に拳を向けるなど不敬の極み。しかし、武人として一手お手合わせ願いたいのも事実。ああ、なんて罪なメイド。これは今夜は手ひどいお仕置きをされてしまいます」

不敬だなんだと言いながら俺にお仕置きされることを想像してマリアがもだえている。

相変わらず妄想力が豊かなメイド長だ。

「大恩あるご主人様に槍を向けるなどあってはならぬ身ですが、マリアの言うとおりご主人様の強さを肌で感じたいと思うのも事実。お許しください」

何故だか皆やる気満々である。俺としては皆を痛めつけるような真似はしたくないんだけどな。

なんでこんなことになっているんだろうか。

「それでは全員一斉に御館様に攻撃を開始します。作戦開始」

主人と愛奴隷ドラゴン混成軍の戦いが始まった。

「一斉攻撃開始!!」

マリアの号令と共に龍族の女性騎士達が騎乗したフェンリルを駆って駆け出す。

フェンリルを見事に乗りこなしている龍族達は非常に連携の取れた動きで俺に向かってくる。

取り囲むようにして縦横無尽に駆け回りかく乱してくる。

俺は相手の動きをよく見てその中の一人に飛び出した。

「シッ」

空(くう)の一撃が騎乗したフェンリルと騎士を一斉に討ち果たす。

勿論斬撃力はなくして打撃属性に調整した攻撃を行ったので斬り裂いたりはしていない。

「なかなかやる。だがまだまだ！」

次々に襲いかかってくる彼女達を冷静に見据えながら一体ずつ処理していった。

すると今度は四方から炎の塊が飛んでくる。

「魔法か」

エルフ組の強力な魔法が俺を包み込む。しかし俺の魔法抵抗力は億を超えているので問題はない。

と思っていたが……

「うわちちちち、あるぅえ!?　なんで魔法が通っちゃうんだ？」

何故だか防御を貫通して炎が俺の肌を焦がす。

俺は辛うじて炎の壁から脱出し、すぐさま回復魔法を掛けた。

――『言い忘れていましたが今回はハンディキャップとして凍耶様の防御力をゼロに調整しております』

「おっふっ！！？　アイシスさんってばそんな大事なこと今言うかね⁉」

――『凍耶様はすぐに油断しすぎです。これまで何度も辛酸を嘗める思いをしてきたのをお忘れですか？』

ぬぐ……何故だかいつになく辛辣なアイシスだが、俺がすぐに油断するあんぽんたんなのは事実なので否定できなかった。

「隙あり‼」

「うお⁉」

俺がアイシスの不意打ち的なお説教に狼狽していると、ブレイブリングウェポンで造り出した黄金の斧を振りかざした美咲が飛びかかってくる。

「なんの‼」

「うっそーー」

俺は美咲の斧を真剣白刃取りで受け止める。

驚愕に目を見開いたと思われたが、すぐに切り替えて黄金の斧が煙のように消え失せる。

ブレイブリングウェポンは想いの強さによってその形を変え、攻撃力もアップする。

美咲は渾身の一撃を斧で放ち、それを受け止められるとすぐに切り替えて片手剣に形を変えた横薙ぎの斬撃が飛んでくる。

「凍耶！　ちゃんと攻撃を見て！」

美咲の叱咤が飛ぶ。

武神闘鬼のスキルによってあらゆる武器の扱いに長けている美咲は攻撃を止められたことに一切頓着することなくすぐに次の攻撃を放ってくる。

「動きをよく見る！　観の目広く！　見の目狭く!!」

アドバイスとも取れる声にはっとなり、俺はザハークの戦闘経験から引っ張り出したデータを思い出す。

物理防御がゼロの状態で美咲の一撃を受けたら身体真っ二つになっても不思議ではない。

美咲の肩から腕にかけての動きをよく観察した。

俺は攻撃を引きつけて寸前でしゃがんで避ける。そのまま膝に力を溜め込んで飛び出し肩を突き出してタックルをかます。

「きゃあ」

よろめいた美咲をそのまま押し倒し追撃を加えようとしたが、両サイドから二つの影が飛び出してきたのを見てすぐに美咲から離れた。

「アリエルちゃん行くのです」

「ＯＫ！」

紫電の雷虎に変身したミシャと黄金の闘気を纏ったアリエル。

「兄様、ミシャは本気で行くのです。だから兄様も本気で戦って欲しいのです！」

凄まじいプレッシャーが俺に襲いかかる。巨大な身体でのしかかるように爪攻撃を繰り出すミシャ。

改めて見ると凄い迫力だ。フェンリルもなかなかだけどミシャの雷虎は群を抜いている。

俺は正面から受け止めることをせず上空へ飛び上がり後ろへ回りこむ。

するとアリエルが雷虎のミシャに騎乗しパワーアップした光の宝剣レグルスを振りかざして俺に向かって走り出した。

「主様のためぇー!!」

巨体にもかかわらず凄まじい身のこなしと素早さでミシャの突進が差し迫り、加えて体重の乗ったアリエルの振り下ろしのパワードスラッシュが俺に向かって放たれる。

俺は正面から空(くう)を振り上げて光の宝剣レグルスをたたき切った。

「あーまた壊れちゃったぁ!!」

「あとで直すからな」

俺は涙目のアリエルを慰めながら彼女の水月に掌底を放つ。

「アリエルちゃん！」

上から吹っ飛ばされたアリエルに気を取られたミシャの隙を見逃さず身体の下に潜り込み身体を反転させて両腕に力を込めた打ち上げのドロップキックでミシャの意識を奪った。

「ギにゃんッ」

若干足が雷で痺れたが根性で耐えて体勢を立て直す。

ミシャは地面に叩き付けられてそのまま意識を失いやがて変身が解けて元のにゃんこ娘に戻った。

「さ、さすが兄様。ミシャは感動したのです」

俺はすぐに次の攻撃が来ると踏んで周りの動きに目を配る。

「覚悟ッ!!」

「ぬっ？」

フェンリルに乗った女騎士達が取り囲むようにして翻弄してくる。かく乱して隙を誘うつもりか。

「くっ、なんという身のこなし。かつて母様を倒したのは伊達ではないな」

彼女達はヒットアンドアウェイをくり返しながら徐々に距離を詰めては離れてを繰り返した。

なんだ？　なにかを狙っているのか？

「上か!?」

真上に物凄いプレッシャーを感じて向き直ると大きな隕石が一つ真っ直ぐ落ちてくる。

聖天魔法の『無音の衝裂凝縮バージョン』とでも言おうか、物凄いでかさの隕石だ。

よく見ると上空には離れた位置で魔法陣を描くリルルとアリシアの姿があった。

「主なら耐えられるよね」

「ほんとに大丈夫なんでしょうか」

あいつらの魔力が凝縮された一撃だとするとまともに受けると相当ヤバそうだ。

だがこのまま避けるとミシャやアリエルに当たってしまう。もしやあいつらそれを見越して俺が避けられないように撃ったのか⁉

「ちぃ！」

俺は空にスキルパワーを込める。

「ゴッドセイバー‼」

上空に向かって光の闘気を纏わせた空を突き上げる。隕石に亀裂を入れてすぐさま飛び上がりそのまま空を突き立てて割り砕くと、マルチロックバーストでバラバラの破片をロックしファイヤバレッドを放った。

ズドドドドドドドドドドド
皆に被害が及ばないように粉々になるまで隕石の破片を砕いた。

しかし、それが皆の作戦であることに気が付く頃には俺に差し迫る影がもう二つ。

「ヒルダ⁉」

こいついつの間に参加してたんだ⁉

「蓬莱脚っ‼」

フェンリル形態となったシャルナに騎乗したヒルダが突進の勢いで飛び上がってそのままクルリと身体を回転させながらかかと落としを放ってくる。

スリットの入ったチャイナドレス風の武闘着はほどよく筋肉の張った太ももが覗いている。

スリットの先にある見えそうで見えない秘境に目を奪われた俺は脳天にヒルダのかかと落としをまともに

受けて脳がぐあんぐあんと揺れた。

こんな時までスケベは直らない。悲しい性(さが)であった。

「うごっほッ！！？」

まともに攻撃を受けてよろめく。

その隙を見逃すヒルダではない。つーかこいつこんな武闘派だったのか。

そう言えば昔はシャルナと一緒に相当やんちゃをしていたと聞いた。

膝を折って地面にたっぷりと力を溜め込んだヒルダは身体のバネをフルに活用した蹴りを俺の土手っ腹に叩き込む。

「昇龍空波!!」

「ぐぬぅう」

天を突く勢いで跳ね上げた足がめり込む。

だが俺はギリギリのところで上空に飛び上がり衝撃を逃がした。

「天魔流星槍」

「なに!?」

上空へ逃れた俺を待っていたのは天から突き降ろす槍の一撃だった。

ソニエルがメイド服のスカートを翻してサキュバスの羽を目一杯広げた状態で槍を突き下ろしてきた。

既に超魔封印を開放状態にしているらしい。

魔力で空中を爆発させて落下の勢いをつけた極限奥義が俺の頬をかすめて血が吹き出た。

まともに食らったら身体を突き破っていたなこの威力は。

俺はソニエルに向き直り避けた槍をつかんで逆に蹴りを突き上げる。

「ぐっ」

まともに食らったソニエルはそのまま空中で意識を飛ばした。

俺はソニエルが地面と激突しないように魔力を付与させて落下の勢いを殺した。

その気遣いをしている隙をついて次の攻撃が迫る。

「二刀散水羅刹斬っ」

幾百にも分かたれた斬撃が俺に向かって飛んでくる。俺はすぐに気持ちを切り替えて空を取り出し全ての斬撃をいなした。

ガガガガガガガガガガガガガガガガガガガガガガッ！！！

凄まじい速さと重さの攻撃だ。

「さすがお兄ちゃん、でもまだまだ！」

奥義を連続で放つルーシア。

美しく舞うように攻撃を繰り出すルーシアの姿はなまめかしささえ覚えるほど洗練されている。

「すげぇ攻撃だ。ムラムラしてくるな。抱きたくなってきたぞ」

「もう、エッチなこと考えてないで真剣にやってってば」

厳しい叱責を飛ばしながらちょっと嬉しそうなルーシア。

だがすぐに表情を引き締めた。

「これはお兄ちゃんのためなんだからね！　私も辛いんだから」

「むっ？」

先ほどからのみんなの苛烈な攻撃。なんかあるな。

「せい!!」

「なんの！」

俺の攻撃を剣を交差させることで防ぎ、そのまま打ち上げる。

順手に持った二刀をくるりと回転させて逆手に持つと、すぐさま発動の速いスキルの態勢に入る。

「二刀流舞百連」

ズガガガガガガ
高速で繰り出される剣閃が無数に襲いかかってくる。

ところが攻撃がやんだと思ったら今度は攻撃を放ったルーシアが離脱する。

なにかと思ったがすぐに答えが出た。

「『アルティメットシャインッ！！！』」

「ぐおおおおおお」

光の塊をまともに受けた俺は生命数値がガリガリ削られていくのが分かった。

ティナとティファの二人が俺を取り囲むようにして構えている。

「と、凍耶さん本当に大丈夫なんですかぁ？　アイシス様、信じていいんですよね⁉」

「トーヤなら大丈夫。ティナは信じてる。トーヤは最強」

あいつらいつの間にアルティメットシャインなんて使えるようになったんだ。

さすがに極限魔法の中の極限魔法を二人分まともに食らってしまうとダメージの蓄積がヤバい。

どうもさっきから身体の動きが鈍い気がする。どうやらアイシスによって素早さや攻撃力まで抑えられてしまっているみたいだ。

その上自動回復スキルもオフにされてしまっているらしい。

回復魔法を駆使しながら攻撃をいなさないと畳み掛けられてしまう。

「この隙を待っていましたッ」

「ッ⁉」

アルティメットシャインの光が一瞬和らいだかと思った瞬間、俺の懐に見慣れたリボンが風になびいていた。

椿油を塗ったような艶やかな黒髪が舞い、腰を落としたマリアがスパークを纏った闘気を放って地面を強く踏み込む。

「龍八卦奥義『刹那の極み』」

今度こそ俺は自分の骨が粉々に砕けたのが分かった。

「がっ、ぐ……」

内臓をまるごと揺さぶられたような衝撃が体内を駆け抜ける。

これってあれだよな、かの明王和尚の奥義……

実際に喰らうとこんなに痛いのか。

だがまだまだだぁ!!

「パーフェクトリザレクションッ」

「しまっ」

一瞬にして全快した俺はマリアを見据えて同じように腰だめに拳を構えた。

「こうかな。刹那の極みッ」

「ぐガッ……」

吹っ飛びながら壁に激突し倒れ伏したマリア。

大丈夫か？　死んでないよな。

「さ、さすがは御館様……濡れました」

どうやら大丈夫っぽいな。やたらと喜びに満ちた感情が伝わっているのは強い主に惚れ直したか、あるいは単にドM故に打たれて悦んでいるのか。

前者だと思いたいな。

次々に攻撃を加えてくる愛奴隷達。

さっきからやたらと攻撃がきつい。

しかも戦力差が圧倒的にあるはずの龍族転生組の攻撃まで俺にかなりのダメージを与えてくる。徐々に動きまで良くなって来ている。

更に攻防が続くと、なんと今度は回復魔法が使えなくなった。

アイシス、何を考えているんだ？

俺の能力を徐々に封印しているみたいだ。

俺は嫁達と女騎士達の苛烈な攻撃をいなしながら徐々に蓄積して行くダメージに疲弊していった。

更に言うならさっき倒したハズのマリアやソニエル、ミシャやアリエルといった面々が次々に復活してくる。

しかも向こうは魔法組のバフ系強化で身体能力を向上させている。

このままでは、本当にマズい。アイシスのサポートがないとこんなにキツいのか。

どうする？

俺は考えた。アイシスの思いとはなんだ？

何故俺にあえて不利な条件を造り出してくるんだ？

そんなことを思案している時……。

「頃合いですわ……」

不敵な声が聞こえてきた。

◆第195話　最強VS最強　前編

◇カイスラー帝国北方の雑木林◇

「冗談じゃねぇッ！　冗談じゃねぇぞ。なんだあのデタラメなチート軍団はよぉ！」

種男がけしかけたモンスター軍団はブルムデルドと公国の混成軍によってアッという間に平らげられた。

そのことがカイスラーの将軍からもたらされ、種男はすぐに帝国軍から姿をくらませる。

ブルムデルドがカイスラー帝国に入り込む頃には彼の姿は既に城下町のどこにもなかった。

「ふざけやがってッ。あんなチート野郎が先に転生してるなんて聞いてねぇぞクソ神がっ」

自分の転生させた神に悪態をつかなければやっていられなかった。

「いや……まてよ……」

逃亡を図ろうとカイスラー帝国を南に進んでいた種男はふと足を止める。

魔物を次々と蹴散らしていく敵勢の中にいた一際目立っていた一人の男。

それは自分と同じ世界からやってきた男であることはすぐに分かった。

将軍からの報告にあった『佐渡島公国』という言葉。

――『ドラムルー王国で数カ月前、突如として出現した佐渡島凍耶という新鋭の貴族でして』

そんな報告があったと思い出した種男は報告された情報の男は間違いなく日本人の転移者であることを確信した。

(俺の他にもチート付きで転移してきた奴がいたのか。しかも戦闘力は俺より遥かに上だ。勇者の二人も日本人で間違いなさそうだな)

「ナビ野郎。佐渡島凍耶の能力を詳しく分析しろ」

命令を受けたナビゲーターは無言で現在そばにいるハズの凍耶の能力を詳細に分析した。

そして彼が持っている数々を見て、すぐに撤退を決意したのである。

もちろん混乱に乗じて隠蔽の魔術を使っての隠密行動である。

流石のアイシスも四万と一万の中にたった一人逃げる存在がいたとしても感知しきることは難しかったのである。

運良く難を逃れた種男はそのままカイスラー帝国から脱出するために走っていたのだが……。

「なんとかしてアイツのスキルを奪うことができれば……そうだ、あのスピリットリンクって奴を奪えば野郎の嫁共を俺のものにできるっ」

種男はスピリットリンクの項目に着目し、にんまりと顔を歪める。

そこには凍耶の所有する奴隷達の詳細も表示されている。

猫耳娘やロリエルフ。一〇歳のサキュバスがいることに激しく嫉妬した種男は、なんとかして凍耶からそれを奪うことを画策したのである。

「ふひひ、そうだ。こいつを奪うことができれば奴のハーレムをまるごと手に入れられるぞ。猫耳ロリやロリエルフが俺の元にやってくるんだ」

種男が持っているチートスキルの中に『スキルスティール』と呼ばれるものがある。

たった一度しか使えない代わりに、どんな上位のスキルでも相手から奪うことができる種男の切り札だった。

今までは自分より上位の存在がいなかったために死にスキルとなっていた。

「おそらくこの創造神の祝福ってやつは幾らこのチートでも奪えない可能性が高いな。あの神野郎がどのくらいの地位にいるか分からないが、創造神なんて名乗る位だから相当上のハズ。俺の『天帝楽園神の守護』が創造神よりも上だとはどうしても思えねぇ。だが、奴の数あるスキルの中で、女にもてるスキルの根元にあるこいつを奪うことができれば俺の理想郷を作ることも簡単だ」

戦闘で勝つことを諦めた種男は凍耶からスピリットリンクを奪うことを画策し始めた。

種男は凍耶からスピリットリンクを奪うことは果たして可能かナビキャラに分析させた。

そして平常時は無理だが体力が著しく消耗されている、あるいはなんらかの原因で精神が弱っている状態なら可能であると言う結果がはじき出された。

種男はすぐさま踵を返しブルムデルドへと向かった。

◆　◆　◆

「頃合いですわ……」

「！！？」

俺は通信を通して聞こえた静音の声に思わず振り向く。

するとそこには深紅の身体を持った巨大な龍が翼を広げてエネルギーを溜め込むように振動している。

あれは、霊峰の帝王⁉

以前よりもずっと巨大で、ずっと凄まじい闘気を放っている。

しかも身体の周りには赤く輝く稲妻がほとばしる。

――『機は熟しました。戦いの場に生じた全てのエネルギーを霊峰の帝王に注ぎます』

アイシスの声を皮切りにして霊峰の帝王に戦場で生じたエネルギーの奔流が集まっていく。

『グオオオオオオオオオオオオオオン』

凄まじい咆吼が俺の鼓膜をつんざくように響いた。

戦いの場のエネルギーを注ぐっていうのはどういうことだ？

分からないがどうやらアイシスが俺をあえて混成軍と長く戦わせたのは霊峰の帝王にそのエネルギーを集めるためだったのは間違いなさそうだ。

霊峰の帝王の身体が強い光に包み込まれた。

一体なんだ？　あいつの身体が凝縮していくような……

どうなってる？

どうも最初から変だった。霊峰の帝王率いる龍族軍団と俺の対決だったはずが俺の嫁達が積極的に絡んでくる。

しかもアイシスまで俺に厳しいハンディを課すかのような行動をし、まるで俺に何かを悟らせたいかのような。

実際アイシスが間接的にとは言え敵に回った今の状況はかなり苦戦を強いられている。

俺が如何にアイシスに頼り切ってきたかがよく分かる。

これは、あれだな。ここで俺はなにかを学べと言われているんだろう。

アイシスが今まで俺に厳しいことをするなんて一度だってなかった。

俺はずっとそれに甘えていたのかもしれない。

いや、この世界に来てからアイシスはずっと俺に優しかった。

なんでもやってくれる優しいアイシスに甘えまくっていたんだ。

それに、嫁達にしても、マリアや静音、ソニエルは俺のハーレムを積極的に拡充してくれようとしている。

俺に喜んで欲しくてそうしているのは分かっていたから、それに甘えていたんだ。

俺は流され易い。

何故なら流された方が楽だからだ。

だがそれは自分の意思の放棄と言ってもいい。自分で決めていないから責任転嫁ができてしまう。

だから自分で決めないといけないんだ。

アイシスが今回敵に回ったのもそういうことなのかもしれない。

霊峰の帝王は光に包まれその姿を凝縮していく。

やはり人型になっていくみたいだ。

その姿は真紅のドレスを纏った覇気のある長身の女だった。

霊峰の帝王も赤い色が特徴の龍だ。

やがて姿を現した霊峰の帝王は、シャープな体型に紅いドレスを着、燃えるようなルビー色の髪をストレートに伸ばした、その赤を際立たせるようなナチュラルホワイトの肌を持つ絶世の美女だった。

――『真・霊峰の帝王　リリアーナ　LV1000　1000000000』

以前の霊峰の帝王とは比べものにならない強さだ。これが本当のあいつなんだな。

だが、俺の思いとは別のところで予想外のことが起こる。

――『創造神の祝福発動　霊峰の帝王を進化させ、超絶強化します』

「え⁉」

俺は今までになかったパターンの発動に驚いた。

今のは一体？

俺自身ではなく、俺以外、それも俺といま正に戦っている相手を超絶強化だって？

霊峰の帝王の姿が更に変わる。身体はより大人びて、目つきを鋭く、妖艶さが増した。

そしてマリアと同じように龍人族特有の鱗のような模様が頬に浮かび上がった。

そしてここからが違った。

霊峰の帝王の頭からメキメキと音を立てて角が生えてくる。

まるで龍そのもののような立派な角が。

オーガや悪魔族のそれとは違う、力強く、雄々しいまでの大きな角が霊峰の帝王の頭に生え、お尻の辺りからは尻尾まで生えている。

さすがに全身が赤い毛で覆われていることは無かったが、眼の周りには赤い縁が出来上がり、人に龍の特徴が上手くおり混ざった姿へと変貌した。

――『進化龍帝　リリアーナ（龍神族）ＬＶ１００００　総合戦闘力１００億』――

俺は全身が粟立つのが分かった。初めてあいつと相対した時に感じた、いやそれ以上の凄まじい、身震いするような力の奔流。

霊峰の帝王、いや、リリアーナはゆっくりとこちらへ近づいてくる。

そして、それと同時に俺の全身に重くのしかかっていた枷が外れたような感覚があった。

――『凍耶様、今までかけていた能力制限を全て解除しました。加えてストック経験値を全て投入し、且つ、先ほどまでの戦いの経験値を加算します』

――『佐渡島凍耶ＬＶ６８００　基礎値　３０００万　補正値２６０００％にアップ　総合戦闘力７９億』

――『凍耶様、今回私は』

「アイシス、今回お前はサポートをしないでくれ」

――『凍耶様……』

「俺はアイシスに、いや、アイシスだけじゃない。俺を愛してくれる人全員に甘えていた。これがどれほどの成長に繋がるか分からない。ただの独りよがりの自己満足かもしれない。だが、俺は今、異世界に来て初めて、本当に自分の力だけで戦わないといけない気がするんだ」

まあ、勿論女神のギフトスキルで身につけた力が前提だから、完全に自分の力だけじゃないけどな。

「アイシス、ずっと俺を支えてくれてありがとう。多分、これからもずっと甘えるし、お前も俺を支えてくれるだろうけど、俺も成長するように努力するから、見守っててくれ」

――『……はい。御武運をお祈りしております凍耶様』

「済まない。待たせたな」

「良い。わしもこの身体の感覚をならしておった所よ。今までの自分では信じられぬほどの力じゃ。しかも種族が龍神になっておる。期せずして神となった御主と対等の条件になったと言えるじゃろう」

「奇しくも宿命の対決って感じだな」

「全くじゃ。聞けば御主、あの時はもともとレベル1から上がったばかりだったそうじゃな」

「ああ、異世界に来て初めて戦ったボスキャラがお前ってわけだ。あの時のリベンジマッチだな」

「うむ。御主には狂気の底から救い出してもらった恩がある。さりとてこうも思っておった。本気で、今度は自分の意思で御主と戦いたいとな」

「リリアーナ、お前は……」

「リリアじゃ」

「ん？」

「わしの愛称じゃ。特別に呼ぶことを許す」

「そうかい。ありがとよ」

「凍耶、御主に提案じゃ」

「なんだ？」

「わしが勝ったら、わしと契れ。わしの夫となるのじゃ」

「俺が勝ったら？」

「わしは身も心も全て御主に捧げ、妻として御主を支えると誓おう」

「それどう違うんだ？」

俺は苦笑しながらリリアーナ、いや、リリアに尋ねる。

だが、リリアの口から出た言葉から、俺は絶対に負けられないという誓いをせざるを得なくなった。

「全く意味合いが違うぞ。わしが勝ったら、今の嫁達とは全員別れてもらう。わしだけのものになってもらうぞ。召使いとしてなら置いてやっても良いがの」

ふふん、と鼻を鳴らすリリア。俺は奴の目を見ながら笑った。

「それは、絶対に負けられねぇな！！！」

「さあ、始めようか。この姿も制限時間があるようじゃ。もたもたしてはおれんな」

「いくぞ、リリア!!」

「全力で来るが良い、人の子よ！！！」

それはこの異世界に降り立って初めての死闘。

その再現が始まろうとしているわけだ。

転生人と龍帝。

破壊神と龍神。

宿命の対決、開始だ。

◆第196話　最強VS最強　中編

「かぁあああ！！！」

「おおおおお！！！」

拳と拳がぶつかり合う。

牙をむき出しにしたリリアの咆吼が俺の鼓膜を振動させるが、俺も負けじと力の限り叫び返した。

「きゃああああ」

「くうぅう、凄まじい力のぶつかり合いですね」

「神同士のぶつかり合いがここまで凄まじいとは」

――『皆さん、私が作った結界の外へ出ないようにお願いします』

どうやらアイシスが嫁達を含めた全員を守ってくれているらしい。

俺は安心してリリアとの戦いに集中する。

「戦いの最中に嫁達の心配とは、余裕じゃの！」

「悪いな。嫁の安全は最優先事項だ。だがアイシスのおかげで憂いはない。今度はこっちから行くぞ！」

俺は空を取り出してスキルパワーを込めた一撃を放つ。

這蛇追走牙を繰り出して必中攻撃をあてようとしたが、相手が速すぎるので恐らく当たらないだろうと思い、パワーストライドで斬りかかった。

リリアは拳の先から大きく爪を伸ばし、刃のように空を受け止めた。

互角の攻防は続く。とは言え、相手と俺とでは戦力差が２０億もある。

今のままでは勝ち目はない。

早めに破壊神降臨のスキルを使いたいが、あれはある程度ダメージの蓄積と戦闘開始から時間経過しないと使えないのが難点だ。

ザハークの時もそうだったしな。

使用条件があるのはあとから分かったことだが。

それに効果継続時間が短い上に使い終わるとしばらく使えなくなる。

俺はなんとか相手の攻撃を受けつつ回復を繰り返した。

本来ならば生命数値を半分切らせて戦闘民族の因子を発動させれば必勝なのだろうが、今のこいつ相手にそんなことをする余裕はなかった。

恐らくだが、アイシスから俺のスキルについて聞いているのではないだろうかと思う。

「どうした凍耶！　避けてばかりでは勝負にならんぞ！」

「くっ」

さっきから俺の攻撃は見切られてばかりいる。圧倒的に戦力差があるにもかかわらず相手は俺に対して致命傷を与える攻撃をしてこない。

それは決定的な隙を突くことで行動不能にするのを狙っていると思われる。

その証拠に奴は黄金の闘気をかなり警戒しているそぶりを見せる。

溜めに入ると即座にその隙を突かれるので発動する暇がない。

如何に自動回復があるとは言っても致命傷を与えられてはしばらく動きを止めざるを得ない。

そうなれば俺の負けだ。死ぬか生きるかではなく、勝負を継続できない状態になった時点で決着が付くということになる。

恐らく俺に絶対の致命傷を与える隙をうかがっているのだ。

必勝の必中攻撃を入れるために。

それを外せばすぐに回復され戦闘力がアップして戦力差がうまってしまう。

あいつはそれを知っているから俺に決定的な隙ができるのを待っているのだ。

時間をかけるごとにリリアが焦れてくる。あいつはあの姿で居られるのは制限時間があると言っていた。

と言うことは、この勝負、逃げ切れば俺の勝ちだ。

これ以上の必勝策は無いだろう。

だが、俺はあえてそれを選ばないつもりだった。

確かに戦い方としてはそれが最も正しい。

正しいし、それを選ぶべきだ。

その場その場で最適な解を選ぶ。

それが戦略のあるべき姿だろう。そしてそれには大変な勇気がいる。

倫理観とか、卑怯ではないだろうかと言う葛藤。

だが、この場合の戦いにおいて最も重要なことはどうやって勝つかでは無く、なにに勝つかだと思うのだ。

むかし見た漫画にこんな台詞があった。

『戦いには二種類ある。命を守るための戦いと、誇りを守るための戦いだ』と。

この場合はどうだろうか？

俺は後者だと思う。

リリアは、己の誇りを。霊峰の帝王として、自分に忠誠を誓う全ての龍達の誇りを背負って俺に挑んでくる。

なにしろ厳密に言うなら俺たちが戦う理由なんてない。

俺はリリアの誇りを賭けた戦いに全力で応えるという覚悟を決めた。

だってこういう格上との戦いで堂々と勝利できるだけの強さを身につけておかなければ、今後精神的成長なんて望めないだろう。

「かぁああ!!」

リリアの口から熱光線が放たれる。

あまりに速いそれを俺は寸でのところで避け切った。

だが、それは誘導だった。

「貰ったぞ！　凍耶！」

目の前に鋭く尖る爪が迫る。俺の胸に突き立ったそれは心臓を掠めて身体の奥深くまでメリメリと押し込まれる。

「ぐはっ!?」

「終わりじゃ！」

「お兄ちゃん！」

「凍耶！」

ルーシアと美咲の悲痛な叫びが耳に届く。

リリアは更なる攻撃を加えるため爪をひねった。

「はぁあああ」

「ぐぅううう」

そして全身を焦がす程の高熱が俺の中を駆け巡る。

生命数値が危険領域に入った。

回復をしようにも魔法を使うだけの集中ができないため発動まで時間がかかる。

こういう時アイシスがしてくれるアシストのありがたみがよく分かる。

だが、狙いどおりだ。

「わしの勝ちじゃ。降参せい。復活（オートリヴァイヴ）できるのは知っておるができれば殺したくはない」

「ごふっ、やっぱ、お前優しくて良い女だな」

「なっ⁉　まだそんなに余裕があるのか⁉」

俺はリリアの腕を掴んで強く握った。

「悪いな、間に合ったぜ」

「な、なにっ？」

「破壊神降臨」

俺は極限スキル「破壊神降臨」を発動させ、戦闘力を一気に上昇させた。

それと同時に生命数値が一気に全回復し基本値も上がった。

――『創造神の祝福発動。戦闘民族の因子の上昇率を６０％に引き上げ』

ついでに更なるパワーも手に入れたらしい。

「ぬ、うおお」

身体中から赤い稲妻が走る。

それとともにコンマ秒単位で戦闘力が上昇していく。

リリアの顔に焦りが見える。

俺はリリアの掴んだ腕を思い切り握りつぶす。

「ぐぁあああ」

腕と爪を折られてもだえるリリア。

俺は胸に刺さった奴の爪を引き抜いた。すぐさま傷が塞がっていく。

回復速度も相当上がるな。

俺はリリアを突き上げの掌底で吹っ飛ばし、必殺の体勢に入った。

「これで終わりだ。極限スキル【龍覇滅殺】【ゴッドセイバー】」

空に最大レベルのスキルパワーを込める。同時にゴッドセイバーを発動し、攻撃力25倍×25倍のパワーをたたき出す最後の奥義を放った。

――『創造神の祝福発動　神格スキル　【神撃龍覇滅殺閃】を取得』

因みに破壊神覚醒の影響で元来15倍だった龍覇滅殺とゴッドセイバーの倍率は25倍に跳ね上がっている。

俺は頭の中に入ってきた新たなスキルをすぐさま発動させた。

「神撃龍覇滅殺閃っ！！！」

「ごはぁっ」

リリアの身体を真っ直ぐ空が突き抜けた。闘気の刃を纏った空はリリアの身体を上空へと押し上げていく。

さすがにこれで耐えられないだろう。インテリジェントサーチで見たリリアの生命数値が一桁まで落ち込んだ。

いかんな。

地面に激突するとそのショックでゼロになってしまうかもしれん。

夢中で加減ができなかったとは言えゴッドセイバーと龍覇滅殺のコンボはやり過ぎたか。

戦力差が埋まった時点でとっさに判断できない辺り、やはりまだまだだな。

「まだじゃ‼」

「なに⁉」

――『創造神の祝福発動　リリアーナの極限スキル【マクスウェル・レールガン】が解放され、生命数値が回復します』

創造神の祝福先生ってば今回はリリアを優遇しすぎでないかえ⁉

いや、もしかして、創造神の言っていた破壊神の試練って、これも含まれているんだろうか。

祝福そのものが俺を育てるためのイベントを引き起こしている？

リリアが空中で体勢を翻した。すると彼女の背中からルビー色に輝く真っ赤な翼が生えてくる。

「はぁ……はぁ……み、見事じゃ。凄まじいなその力。じゃが、わしも負けぬ。わしは帝王。全ての龍族の帝王、霊峰の帝王なのじゃぁあああぁあああ」

――『創造神の祝福発動　リリアーナが極限スキル『神龍降臨』を取得』

その名前に戦慄が走る。

「おおおおおおお！！！」

俺はすぐさま闘気を全解放してリリアに飛びかかる。

だがその瞬間、リリアの爪が急速に形を変えて一振りの剣に姿を変えた。

荘厳な空気感を纏った龍の紋様が入ったそれは一目でとんでもない業物であることがよく分かる。

「神龍剣……『神撃龍覇滅殺閃っ！！！』」

「なんだと!?」

空で受け止めたリリアの一撃がギシギシと俺の前にある空間を削ってくる。

腕が痺れて空を離しそうになったが、俺もスキルパワーを全開にしてなんとか同じ技を放って相殺した。

「はぁ、はぁ、はぁ。み、見事じゃ凍耶。渾身の一撃だったのじゃがな」

「俺も同じだ」

俺達は再び空中でお互いに距離をとって再び相対した。

「のう凍耶。一つ提案じゃ」

「なんだ？」

「お互いもう時間は残っておるまい？　だから、これで最後の勝負にせんか？」

「賛成だな。今すぐにでもぶっ倒れて嫁の膝枕で眠ってしまいたいくらいだ」

その時俺の嫁達の歓喜の感情がバシバシ伝わってきたのだが、俺にはそれになにか言う余裕はなかった。

「ふっ。ならばその役目、勝っても負けてもわしが請け負うとしようか」

「そうか、それは楽しみだ。だが、どうせならハーレムで嫁全員囲って同じベッドで眠りたい」

「御主は筋金入りの女好きじゃな」

「認めよう。俺は俺の嫁全員愛している。だから誰一人手放さない。そのためにお前に勝つ」

「良い覚悟じゃ」

「そして、決めたぞ。そこにお前も加われ！　俺にお前を抱かせろ」

「クカカ。なんとも横暴な男よ。じゃが、龍の王たるものそのくらいメスを従える強きオスでなければな」

「ああ、ハーレム王だのなんだのって称号スキルを山ほど持っているからな。それに相応しい男になってやる、なんてご立派なことは言わねぇ。お前は良い女だ。抱きたい。ただそれだけだ」

「くく、良いのぅ。そういう横暴さはわしの好みじゃ。さあ、もはや問答は無用ぞ。最後じゃ。最大奥義で決着をつける」

　リリアは拳に生えた剣をしまい翼を大きく広げた。

目の前に魔法陣のような紋様が光り輝きながら浮かび上がり、赤く光る炎のような流れが集束していくように見えた。

「それは、あの時の炎か」

「そうじゃ。あれは本来フォトンレーザーだったが、力が落ちていたために熱量が足りず炎の塊となった。じゃが、今度は違う。フォトンレーザーの上位【マクスウェル・レールガン】で御主を討つ」

「さっき覚えたやつか。ならば俺もそれに応えようか」

「母様」

「母様、頑張って！」

「信じています。母様」

「愛されているなリリアは」

「当然じゃ。わしの可愛い眷属達じゃぞ。御主にはもったいないくらい良い女ばかりじゃ」

「俺の嫁達も負けてないがな」

「言うのう。聞け！　我が眷属達よ！」

霊峰の龍族達が次々に主に応援を送る。

「わしは今から最後の勝負に出る。わしは全身全霊を持って我が最強の好敵手に挑む。だからこの結果に文句は言うな！　勝った方が御主らの主人となる！　良いな!!」

リリアの眷属達は一様に覚悟を決めたようだった。

母様に勝ってほしい。でもそれが叶わないかもしれないほどの相手であると、既に先ほどの戦いで分かっていた。

そんな顔をしている。

「分かりました母様」

「でも、母様に勝ってほしいのよー」

娘達も同じ思いのようだ。

俺も全力でその思いに応えなければ。

俺は頭の中でイメージした。

最強の龍帝が放つ最強の一撃。

それを迎え打つに相応しい最強の攻撃とはなんだ？

「フォトンレーザー……アルティメットシャイン……」

光には光を。全てを踏破する最強の光………

――『創造神の祝福発動　特殊スキル【合成】を取得』

答えはやってきた。

俺は左手から炎を、右手から氷の魔力を造り出し、全く同じレベルで合成してみせた。

「あ、あれはまさか」

静音の驚愕の声が聞こえる。そう言えば、あいつは俺に合わせて俺の好んだ趣味は全て把握しているんだったか。

ルーシアや美咲といった面々も同じような顔をしていた。

「こんな時までブレないんだからっ！　お兄ちゃんっ頑張って！　お兄ちゃんと別れるなんてヤダから

ね！」

「そうよ！　まだウェディングドレス着てないんだから!!　ちゃんと責任取って勝ちなさいよね！」

みんなが激励の言葉を贈ってくれる。

「トーヤ、ティナは信じてる」

「私も凍耶さんのこと、信じてますから！」

「御館様。どうかご無事で。あなた様の勝利を確信しています。とびっきりの料理でおもてなしいたします」

「ご主人様、私も勝利を確信しています。でも、例え負けても、私はあなたに一生お仕えいたします」

「あるじー！　帰ったらいっぱいエッチなサービスしてあげるから必ず勝ってよ！」

「そうだよー！　主様の赤ちゃん産むんだから！」

「ミシャも兄様の赤ちゃん欲しいのです！　だから絶対勝ってミシャに種付けして欲しいのです！」

こんな時でも欲望ダダ漏れの嫁達に思わず笑いが洩れた。

嫁達の応援で俺の身体に力が漲る。込めたエネルギーが更なる強い光を放った。

「なにやら凄まじいエネルギーを感じるな」

「ああ、これをまともに喰らったら絶対に生き残れないからな。必ず避けろよ。なにしろ、全てを消滅させちまうんだからな」

俺はスパークした魔力エネルギーを両手の中に収め、そこに更なるエネルギーを注ぎ込んだ。

光のエネルギーの塊に対して消滅の力は有効なのだろうか？

光も素粒子的な物質であるから、消滅の力は有効だろう。

しかしここは異世界だ。地球の物理学が通用するかどうかは分からない。

だから俺はそこに更なる力を【合成】させる。

それは神力を攻撃の力に変える試み。神の力を攻撃に変えて放つ奥義をイメージした。

凡人に過ぎない俺に戦いにおける新しい能力を作り出す力なんてない。

俺ができるのは神力や闘気、魔力といった戦う力に自分のイメージを乗せることだけだ。

そいつが昔見た漫画の真似っこなんだから俺のオリジナリティーの無さが浮き彫りになる。

上下に合わせた両手を腰だめに引き寄せ、自分の持つ全てのエネルギーを両手に集中させた。

「その構えはなんじゃ？」

リリアは俺の構えを見て不思議そうに見つめる。

「俺の元いた世界でな、宇宙最強の戦士が放つ必殺技を模したものだ」

こういう時でも厨二病的な行動をとってしまう俺も御しがたい人間であるが、戦いとは無縁の世界で育った俺には咄嗟に最強の技を作り出す発想力なんてサブカルチャーのイメージから持ってくるしかない。

最後の決戦で使うのが漫画のモノマネなのだからな。

地球の人間が見たら滑稽だと笑うだろう。俺としては大真面目なのだが。

「ウチュウ、と言うのがなにかは分からんが、確かに物凄い波動を感じるのう。じゃが不粋。もはや詮索は無用ぞ。さあ、最後の勝負じゃ」

「来いリリア！！！」

俺達は互いの奥義を放つ構えに入る。

「【マクスウェル・レールガン】ッ！！！！！」

リリアの目の前の魔法陣からスパークを纏った真っ白な光が放たれる。

高熱を突き詰めていくと純粋な光になると言われているが、まさしくそれに相応しい美しいまでに真っ白な光だった。

「お兄ちゃん！！！」

ルーシアの叫びが聞こえる。
そう、俺は負けるわけにはいかない。
全員幸せにすると誓ったのだ。こんなところで強制的に別れるなんて御免被る。
「俺は負けねぇ!! 信じてろよお前達!! 帰ったら子作り始めっからなぁ！！！」
嫁達の歓喜の感情がスピリットリンクを通じて俺に流れ込んでくる。
――『創造神の祝福発動　神格スキル【イクスティンカーバースト】を取得』
それは俺にかつてないほどの力を与えた。
構えた両手にこもったエネルギーがほとばしる程の充実感に満たされる。
俺は、己の全てを賭けた一撃を、両手を前へと突き出して、放った。
「神格スキル【イクスティンカーバースト】ッ！！！」
二つの光がぶつかり合った。

◆第197話　最強VS最強　後編

「【マクスウェル・レールガン】ッ！！！」

「【イクスティンカーバースト】ッ！！！」

光と光がぶつかり合う。

「くうううううう」

「ぬううううう」

予想した通り消滅の力はマクスウェル・レールガンの光を飲み込まず激しい爆風をまき散らしながら嵐を巻き起こす。

ぶつかり合う二つの凄まじいエネルギーの塊が大きなゆがみとなって辺りの空間の景色を歪ませた。

「うくく、凄まじいな凍耶。これほどの力を有しておるとは、正直予想外じゃ。この技で一瞬で方が付くと思っておったというに」

「ぬうう、俺も同じだ。消滅のエネルギーと打ち合うなんて飛んだ常識外れだ。予定じゃお前の技を飲み込んで一瞬で方が付くと思っていたがな」

互角の打ち合いは続く。これだともう後は気力の問題だった。

破壊神降臨の残り時間も恐らく残り僅かだ。

お互い既に持てる力の全てを絞り尽くしている。ミジンコ一つ分もこれ以上入れられる力なんて存在していない。

このままだと本当に決着が付かないな。時間切れで終わりなんて御免被りたい。

すっきりしないからな。

コンマ秒単位で戦闘力が上がり続ける破壊神降臨のスキル。恐らくリリアの神龍降臨も同じなのだろう。

その証拠に先ほどから技の威力だけは上がり続けている。全くの互角だから力のぶつかり合いがエネルギーのフィールドを作り出しておりお互いの熱量が弾き合って結界のようになっている。

このままだと本当に決着が付かない。

俺はなにかないかと模索した。一瞬でも気を抜くと押し切られてしまうだろう。

だがこのままではじり貧だ。相手は龍だしな。長い時を生きている分駆け引きにも長けている。

片やこっちはたかが四〇年ちょっとしか生きていない人間に過ぎない。

しかもそのうち四年は寝こけていたわけだ。小細工は通じない。

負けられねぇ。もう気持ちの問題だ。こちとら嫁を五〇人以上も抱えてるんだ。

これから子供だって作らなきゃならない。

まだまだやりたいことは沢山あるんだ。

「うおおお、負けるかぁあああ」

「うぬぬ、く、こやつは本当に人間か。じゃが、負けぬ！」

パキッ……

徐々に均衡が崩れ始めた。俺のイクスティンカーバーストが徐々に押され始めている。

俺の身体がきしみ始める。どうやら破壊神降臨のスキルが終わりかけているらしい。

このままでは負ける。

――『凍耶様、無事に帰って来てください。私達全員でお待ちしております』

「ッ!? うぉおおおおおおおお！！！」

俺は最後の力を振り絞って限界を超える。

――『転生人の発動条件が整いました。逆転の一撃、限界突破、劣勢の窮鼠を発動します。限界突破使用により破壊神降臨の効果を強制的に継続します』

「うぉあああああああ！！！」

喉が焼き切れるかのような咆吼が辺りを振動させた。

一瞬にして俺の力が激増する。限界突破で無限になった魔力とスキルパワーが掌を焦がし、普通なら炭化してしまうであろう熱量を発する。

加えて逆転の一撃によって瞬間攻撃力が10倍になり、更に劣勢の窮鼠で倍率がかかる。

瞬間的に何十倍にもなった力の激流はリリアのマクスウェル・レールガンを一瞬で踏破し突き抜ける。

「う、おおおお」

このままではリリアは全てのエネルギーをその身の受けて消滅してしまうだろう。

俺は技を解除し飛行スキルを限界速度で使用する。

「間に合えぇええーーー」

回り込んだ先でリリアを抱えなんとか光の激流から身を躲した。

マクスウェル・レールガンを飲み込んだイクスティンカーバーストは空中を真っ直ぐ突き抜けていき、爆発四散する。

「わしを助けるとは。凍耶、御主は本当に馬鹿者じゃのう」

リリアは抱きかかえられた俺をそっと抱き返す。

大爆発からリリアを庇い爆風で吹っ飛ばされる二人。

その瞬間俺もリリアも降臨スキルが解けてしまい、全ての力を使い果たして抱き合ったまま落下していった。

その瞬間を……狙っていた奴がいた。

「スピリットリンクいただきだ………」

ズブリッ………

「……え……？」

もうもうと立ちこめる煙の中で、俺の胸から腕が生えて、血で染まっていた。

◆第198話　横槍

それは不幸な偶然の積み重ねだった。
一つ、その場にいる者全てが、凍耶とリリアの勝負に気を取られていた
一つ、二人の放つ闘気の奔流に、聴覚、気配察知の能力に長けた者の感覚も麻痺していた
一つ、なによりこういった不届き者を真っ先に探知できるアイシスですらも、凍耶の勝負を固唾を呑んで

見守り警戒に穴を開けた。

それは二人の力のぶつかり合いがあまりに凄まじ過ぎて次元の揺らぎを発生させるほどで、アイシスの探知能力ですらも働かなくなるほどの空間の振動を生じさせていたことも起因している。

その不幸な積み重ねは一つの悲劇を生み出す。

「スピリットリンクいただきだ」

「なん、だ……と」

種男の横槍であった。

遠見のスキルで観察した結果、佐渡島凍耶は現在霊峰の帝王と勝負の真っ最中であることが判明した。

更に相手の力も互角でお互いが同士討ちになれば万々歳。

千載一遇のチャンスとばかりに配下となった飛行能力に優れた魔物を呼び出して乗り込む。

そして彼らの勝負の場の近くに潜み虎視眈々とチャンスをうかがった。

種男は二人が放つ戦闘力のすさまじさに戦慄を覚えつつ、どちらかに決定的な隙ができることをひたすら待った。

霊峰の帝王に隙ができれば、当初の予定通り彼女を凶暴化させて暴れさせる。

元が龍族である彼女は魔物の因子を宿していることは分析で分かっているから、自分が使役する魔物と同じように操ることもできる。

佐渡島凍耶に隙ができればスピリットリンクを奪う。

これを奪えば奴の女は全て自分の味方になるから、奴は手出しできなくなるだろう。

ロリッ子だけ奪って残ったババアどもは佐渡島凍耶を殺した後に自殺するようにでも命令すればいい。

彼にとって胸が膨らんだ女は全て存在価値のないババアなのでどうなろうと知ったことではなかった。

どちらの場合も直接触れなければならない欠点があるし、平常時にそれを行うことは種男の実力では不可能であることは本人にも分かっていた。

だが生来から性根の歪んでいる種男は放置して逃亡ということができない男であった。

なんとかして幸せいっぱいに暮らしているチートハーレム野郎にひと泡吹かせることで頭がいっぱいになっており、そのことで悪知恵をフル回転させている。

かくしてそのチャンスはやってきた。

一番速度の速い飛行型の魔物に乗り込み、力つきた二人に向かって飛び出す。

「スピリットリンク、いただきだ」

種男の手刀が凍耶の胸を貫き、血で染まる。

本来であれば種男の力では凍耶の身体に傷を付けることはできない。

しかしリリアとの戦いで消耗しきっていた凍耶の身体には防御スキルが働いておらず、戦力の差が埋まってしまっていた。

それと同時にスピリットリンクを奪ったことを確認すると、自分の所有能力の一覧に凍耶の所有奴隷の女性の名前が次々に羅列されていくのを見てほくそ笑んだ。

「ぐはっ……」

凍耶はそのままリリアと共に落下していった。

やがて地面に叩き付けられ呻くように声を出す。

凍耶はなんとか身をよじって地面激突の際にリリアをかばった。

「と、凍耶、馬鹿者が、何故わしをかばった」

涙を流すリリアを尻目に種男はニヤニヤとしながら二人を見下ろした。

「だ、誰、だ、てめぇ」

「くけけけ、初めまして佐渡島凍耶。俺は木曽実八種男。あんたと同じ日本人だ」

突然の乱入者に誰も反応することができなかった。

それは大爆発を起こした二人の攻撃で立ち上った煙によって視界を塞がれてしまい、また力同士のぶつかり合いはその場にいる全ての者の感覚器官を鈍らせてしまった。

種男自身は防御系スキルを駆使して視界の利かない大爆発の中正確に凍耶を貫いた。

やがて視界が利かない中、凍耶の愛奴隷達が異変に気が付く。

常に感じていた凍耶との心の繋がりの感覚が消えていたのだ。

「お兄様、お兄様⁉」

「凍耶！　一体なにがあったの⁉　アイシス様！　どうなってるの⁉」

――『不明です。現在磁場が乱れており爆発の中心点にいる二人の様子が探知できません。しかし、スピリットリンクがなんらかの原因で消失した模様』

凍耶と繋がっていた心が解除され、代わりに侵入してくる感覚に彼女達は毒々しい気持ち悪さを感じる。

「な、なんですの?!　ご主人様じゃないなにかが入ってきますの」

「気持ち悪い。なにこれ」

「いや！　こんなの、心が」

「!!」

「くぅ、これは、ご主人様と共有していた感覚に誰かが侵入して来ている？」

――『スピリットリンクが何者かに奪われた模様。皆さん、心を強く持ってください。凍耶様との絆を忘れてはいけません』

愛奴隷達の心に汚いなにかが侵入してきた。

◆第199話　私達の愛を嘗めるな!!

「ぎゃははは、ざまあねぇな佐渡島凍耶。お前の奴隷どもは俺が全部いただいたぜ。てめぇが満身創痍になるのをずっと待っていたんだ」

見知らぬ男が俺を見下ろしている。

胸を貫かれ意識が朦朧とする中、奴は俺の中から大切な何かを奪っていった。

先ほどから愛奴隷達との共有していた感覚が消えている。スピリットリンクを奪ったとこいつは言った。

ということは俺と愛奴隷達とをつなげていたスキルを奪ってしまったということか。

心の中から大切なものがごっそりと抜け落ちた感覚がある。

アイシス、アイシス？

くそ、アイシスにも声は届かないのか。こんな奴が近寄っているならアイシスが気が付かないハズがない。

なんらかの手段で探知を逃れていたんだろう。

「と、凍耶、しっかりせい！　死んではならんぞ」

血で染まった俺の腕の中でリリアが叫ぶ。俺は彼女に小声で呟いた。

「大丈夫だ。自動回復スキルが働き始めているからじきに動けるようになる。それより話を引き延ばさないと、今攻撃されたら俺はともかくお前もヤバいだろ」

「う、うむ」

「なにをこそこそ話しているか知らんけどさ。俺は奪うものだけ奪ったらさっさと退散させてもらうぜ。止め刺したらオートリヴァイヴで復活されちまうからな。体力が全快になったらさすがに逃げ切れないしな」

こいつ、なんで俺のスキルの詳細を知っているんだ？

スピリットリンクの存在だって公にはしていないはずなのに。

まさかこいつもインテリジェントサーチを持っているのだろうか？

やがて煙が晴れてくる。俺の愛奴隷達や龍族の騎士達が近寄ってきているようだ。

インテリジェントサーチで探ると全員無事らしい。

こいつは木曽実八種男つったか。まさか俺達以外の日本人がまだいたとは。

しかもこいつ、転生ではなく、向こうからそのままやってきた転移者らしい。

顔立ちは整っているが醜く歪んだ愉悦顔で見下ろしているため台無しだった。

俺の愛奴隷達が近寄ってくる。こいつはスピリットリンクを奪って俺の嫁達を全て奪ったと言った。

じゃあ、今俺の愛奴隷達はこいつの所有奴隷になっている？

俺の所有奴隷の一覧が表示されなくなっている。

どうやら本当に所有権は奪われてしまったらしい。

「さてと。それじゃあ、お前の奴隷どもの中で気に入った奴だけいただいていくから安心していいぜ。お前のとどめは愛しい愛しい奴隷どもに刺させるからありがたく思いな」

「クソが……」

俺はおもわず悪態をついた。こんな野郎に俺の愛奴隷達が奪われるだと？

ふざけるんじゃねぇぞ。

そんなことできるわけねぇだろうが。

◆　◆　◆

種男は凍耶の愛奴隷達に命令するため彼女達に近寄る。

その中でも特に欲しかった猫耳ロリであるミシャに近寄りしゃがんだ。

「初めましてにゃんこたん。俺は木曽実八種男。君の新しいご主人様だよ。さあ、ボクと結婚してずっとにゃんにゃんしようね～」

気持ち悪い愉悦顔を近づけながらミシャに頬ずりしようと顔を寄せたとき、種男の顔面、その鼻先に何かが走り抜けた。

「……え？」

種男がなにが起きたのかしばらく理解できなかった。

ゴポッ……

「ひぎゃぁあああああああ」

「汚い顔を近づけるな、なのです」

怒りに満ちた顔を見せるミシャに驚愕で眼を見開く種男。

種男は指先から爪を伸ばしたミシャに鼻を真っ二つに斬り裂かれて血を吹き出しながらもだえていた。

「ひぎぃ、ひぎぃい、な、なにをするんだにゃんこたん……え？　……あ……」

そして気が付くと彼は怒りと敵意に満ち満ちた女性達に囲まれていた。

「こいつ、何者？」

ゴミを見るような目つきで美咲が種男を見下ろす。

――『どうやらスピリットリンクを奪ったのはこの男のようです。申し訳ありません。私としたことが凍耶様達の勝負に夢中でこんなゴミが近づいていることに気が付かないとは』

「ば、バカな!!　どういうことだ!?」

「一体なんのことを言っているのですか？」

マリアが種男に尋ねる。

その拳は血がにじみ出るほど強く握りしめられており、滴る血液がポタポタと彼女のロングスカートを濡らした。

「お、お前達は全員俺の所有奴隷なんだぞ！　ご主人様に手を上げるとは何事だ‼」

「ご主人様？　お前が？」

マリアの隣のソニエルがあきれ顔で種男を見下ろす。そしてその表情にはやはり強い怒りがこもっていた。

「そ、そうだ！！！　スピリットリンクを奪ってお前達は俺様にメロメロのハズだろうが！　その俺様に手を上げるとは何事だって聞いているんだ！」

「そう、確かにスピリットリンクによってもたらされていた補正値が消えている。素の数値になった時点でトーヤとの繋がりが断たれたのは事実」

ティナは冷静に分析する。

しかし表情は変わっていないように見えるティナであるが、実際ははらわたが煮えくり返っている。

種男はそこにいる凍耶の嫁達の表情を見渡した。

誰一人として自分に恋慕の表情を見せている者はいない。

それどころか射殺すような鋭い視線で思わずチビりそうになる。

チートによる精神と肉体の補正がなければその場に漂う怒気の波動で失禁していたことだろう。

「あなたは根本的な勘違いをしているようですわね」

「な、なんだ、と？」

静音の紡ぐ一言に種男が狼狽する。奴隷として支配しているはず。

項目には確かにそう表示されているハズなのにどういうわけか誰一人自分の命令を受け付ける者がいない。

「スピリットリンクは確かに魂同士を繋ぐ。あんたはそれを私達が主に惚れている原因だと思ってるらしいね」

熾天使のリルルが不機嫌そうに翼をはためかせている。

「確かにお兄ちゃんのスキルは女の子が恋しやすい。でも、それはあくまでも恋愛感情を抱かせやすいというだけ。お兄ちゃん自身の魅力がなければスキルが断たれた時点でその恋の感情は消えるはずだよ。でもどう？　あなたに対してそんな感情を抱いている女性がこの場に一人でもいるように見える？」

ルーシアの言葉に種男は再び彼女達を見渡した。

しかし何度見渡しても自分に友好的な感情を抱いている者が存在しているように見えない。

それどころか、凍耶に対して強い想いを未だに保っていることがありありと分かってしまう。

「まったく、勝負の最中に横槍を入れるとは不粋な奴じゃのう」

後ろから聞こえる声に思わず振り向く。

そこには先ほどまで満身創痍だったはずの凍耶とリリアが平気な顔で立っているではないか。

「ば、ばかな、なんで立っていられるんだ。力つきていたハズじゃ」

「自動回復スキルですっかり元通りだ。ついでにパーフェクトリザレクションでリリアも回復したから全快だぞ」

リリアは変身が解けて元の小さな少女の姿に戻ってはいるものの、傷一つない姿で先ほどまで戦っていた様子は分からないほどに元通りだった。

「ば、バカ、な、そんなバカな！　スピリットリンクは確かに俺の手の内にあるんだぞ！　それがなんでお前らは俺の女にならないんだ！　なんでお前らは佐渡島凍耶に惚れたままなんだよ‼」

「一つ訂正します。スピリットリンクは他者の意思を操るスキルではありませんよ」

シャルナが前へと躍り出る。耳の毛が逆立っており目つきは一見穏やかに見えるが狼特有の獣の目になっており、獲物を狩り殺す眼をしていた。

「凍耶様への愛がスキルごときで奪えると思っていることが不愉快極まりないですね」

アリシアが付け加えるように呟く。だがその姿は煌翼天使の姿ではなく、全身が真っ黒に染まった悪魔になっていた。

どうやら怒りの感情が振り切れると悪魔の姿に戻るらしい。

指から伸ばした漆黒の爪をカチャカチャと鳴らして不機嫌そうに睨み付けている。

「凍耶への想いは、スキルのおかげで抱いていたわけじゃない。私達全員が、自分の意思で選択した結果よ」

ヒルダも強い意志を込めて言葉を紡ぐ。

そう、そこにいる女性達は誰一人凍耶への愛を失ってはいなかった。

スピリットリンクは確かに凍耶が女性にもてるスキルの根幹をなしている大事なスキルである。

しかし、それはあくまで切っ掛けの一つであり、時を共に過ごし、凍耶の心に触れ続けてきた彼女達にとって今更スキルを奪われたことごときで凍耶への想いが消えるほどの安っぽい繋がりではない。

凍耶と彼女達との心をつなげていたスピリットリンクは確かに失われている。

しかし凍耶には分かっていた。自分に対して誰一人想いを失ってはいない。

そして種男は、やってはならないことをやってしまったことになる。

彼女達にとって凍耶との愛を侮辱されたに等しいからだ。

愛奴隷達は声をそろえて言い放つ。

「「「「「「「「私達の愛を嘗めるな!!」」」」」」」」

――『愛奴隷達の感情の高ぶりを感知　スピリットリンクを再装填します』

その瞬間、凍耶と愛奴隷達の繋がりが元に戻った。

「力が戻ったッ」

「凍耶様の心、やっぱり温もりに溢れている」

「一瞬でもこの大切な繋がりを盗みとるなんて許せない」

そこにいる全ての愛奴隷達が次々に凍耶との繋がりを取り戻したことに安堵し、そしてそれを奪った目の前の盗人に怒りの表情をあらわにした。

――『愛奴隷達の更なる感情の昂ぶりを感知　創造神の祝福発動　スピリットリンクを強化　スキル【スピリットフュージョン】を取得』

――『【スピリットフュージョン】　愛する者との絆を絶対のものにする。精神力強化　補正値上昇　基礎値ボーナス　極上の至福を貴女に（レイディアントプレシャスリング）との相乗効果で全ステータスにボーナス』

「どうやらお前のもくろみも徒労に終わったらしいな」

種男は死を直感した。このままでは殺される。

そして真っ先に飛び出した二つの影。

「よくもお兄ちゃんとの絆に泥を塗ったな!!」

「天誅!!」

ルーシアと美咲の拳が種男の顔面にめり込む。

「ぐげばぁが」

それを皮切りに嫁達の怒りが爆発した。

静音の極限全弾発射（オーバーリミットフルファイヤ）が種男の全身を撃ち貫く。

「あばばっばばばばっば」

既にその時点で満身創痍の種男であったが、何故か天から癒やしの光が降り注ぎ身体が全快してしまう。

混乱する種男だったがその間にも次の脅威が迫ってきた。

――『不届き者には目いっぱい苦しんでいただきましょう』

種男にその声は届かなかったが、思う存分鬱憤を晴らせると分かった嫁達は一切の手加減を忘れて目の前の屑に対して怒りをぶつける。

「「「全員参加！　極限全弾発射（オーバーリミットフルファイヤ）」」」

静音に続いて放たれたのはエルフ、ルーシア村の面々による魔法の豪雨だった。

火、氷、風、雷、闇、光。

全ての属性の弾丸が嵐の中の豪雨のように降り注ぐ。

種男の身体は肉片に変わっていく先から再生してしまうため痛覚が鈍くなることがなかった。

しかもその先から精神まで元に戻って苦痛から意識を闇へ葬ることができない。

「聖天魔法　降魔の剣！」

天空からビルほどもある巨大な剣が振り下ろされる。

「ぐぎゃあああああ」

種男の身体が貫かれ地面に縫い付けられた。

剣が霧散して消えるとまたすぐに身体が全回復してしまう。

種男は苦痛から逃れるために精神を閉ざしたかったが、何故か先ほどから意識が鮮明になりすぎて目の前の現実から目をそらすことができない。

気絶もできない。

「ゴミは死ぬべし」

「許せないのですぅ」

「ろ、ロリエルフたん、にゃんこたん、ぼ、ボクの奴隷なら助けてよぉ」

意識が混乱する種男はティナ、ミシャに助けを求める。

場違いな懇願を向けられた二人はゾゾ気が立って、いつもは凍耶に誇っているロリボディを呪った。

「気持ち悪いから死んで。アストラルソウルボディ応用編『秘技、大人への階段』」

「『紫電の雷虎　第二形態　魅惑の美女』」

ティナの詠唱と共に周りに集まった精霊がティナを取り囲み身体を変質させる。

続いてミシャが紫電を纏ってやはり身体が変質して行く。

光が晴れると、そこにはスリットドレスに身を包んだスーパーモデル級のエルフと、虎柄の魅惑ボディを持った長身の獣人美女が立っていた。

「ひぎゃあああああ、ろ、ボクのロリたん達がババアにぃ!?」

「変態死すべし『精霊魔法　陽身凍耶特効撃（スーパーゴーストカミカゼトーヤ）』」

「なにその名前!?」

凍耶本人が涙目になるのも無理はなかった。何故なら凍耶を模した白いお化けのような塊が種男に抱きついて自爆したからだ。

凍耶は泣きたい気分だった。

「ミシャも行くのですぅぅう」

「奥義　『飛燕疾風鳳凰脚』」

飛びかかったミシャが両足で交互に蹴り放ち徐々に上空へと打ち上げた後、最後にサマーソルト蹴りで打ち上げた。

更なる追撃が種男を襲う。

「ドラムルー流空拳奥義『崩襲蓬莱脚』」

そして直後、ヒルダが思い切り振り上げた足でかかと落としを決めると共に大地にめり込ませた。

「げぶあああああ」

顔面が潰れたトマトにならないのが不思議なくらい豪快に叩きつけられた種男は瀕死の重傷を負いながらも再度復活させられてしまう。

「精神の奈落へ落ちなさい」

迫りきた漆黒の悪魔形態のアリシアが伸ばした爪を種男の額に突き刺した。

普通なら眉間を打ち抜かれて死亡するところであるが、攻撃に実体はなく幻惑魔法を主体とした技で種男は次の瞬間口や鼻、耳、眼から様々な液体をまき散らしながら発狂してしまう。

勿論すぐにアイシスによる精神補強で復活させられてしまうが、根源的な恐怖は残されたまま種男の精神に消えない傷を刻みつけた。

普段貞淑なアリシアもキレて悪魔に戻ると残虐性が復活するらしい。

嫁達の猛攻はまだ続く。

「八血集奥義!!　『宵闇血集演舞』ッ!!」

種男の周りが闇に包まれる。八血集それぞれが残像を作り出すほどの超高速で差し迫り、烈火のごとき猛攻で種男を攻撃した。

カエデとモミジの浴びせた斬撃の嵐に続いてユズリハとアヤメが打ち下ろしの唐竹に斬る。

更にカスミが逆袈裟の斬撃を放ち、ランが横薙の切り払いを叩き込む。

最後にスイレンとキキョウが跳び蹴りで吹き飛ばしたところで闇が晴れ種男は吹き飛ばされていく。

「くおおお、クソガァアアア」

種男も伊達にチートで強化されてはいなかった。体勢を立て直すと戦況を見守っているオレンジ髪の少女に向かって飛びかかる。

「ぶっ殺してやらぁああ」

「邪神、解放」

オレンジ髪の少女の身体がみるみる変貌する。

(また変身かよ)

心の中で愚痴る種男を尻目にその少女、異界の魔王ザハークが真の姿を現した。

「これが真のザハークなり！！！」

既に嫁として信頼関係を確かなものにしていたザハークは凍耶による超魔封印はいつでも自分で解除できるようにしてもらっており、かつて凍耶と死闘を繰り広げた最終形態へと変身が可能となっていた。

変身したザハークはかつてのような猛々しい立派な角を持ちながらその身体は女性であり好戦的な目つきをしたワイルド系美女に変貌を遂げた。

「我の一撃を受けてみよ！」

渾身の力を込めたアッパーカットが種男の顎を打ち貫く。

カウンターをもろに喰らった種男は脳をゆらされながら放物線を描いて頭から叩きつけられた。

「くおおお、クソッたれがぁ」

すぐさま回復された種男はここぞとばかりに目についた少女に飛びかかる。

マリアがそれを迎え打つ。

だがその前にソニエルが割って入り、槍の柄で思い切り殴りつけた。

「ご主人様との絆を傷つけた報いを受けなさい！」

「ぐが……」

その言葉を皮切りにマリアが飛び出した。

拳に渾身の力を込めて種男に押し迫る。

「御館様との愛を侮辱した愚者に死の鉄槌を!!」

気の流れを操る龍八卦においてこの技は最高の禁じ手。

要は怒りのまま力任せにぶん殴りであった。

吹き飛ばされながら血塗れになって転がっていく種男。

ゴロゴロと転がってやがて動かなくなる。

そして凍耶は思う。

「完全に乗り遅れた……」

マジギレした愛奴隷達に愛おしさも感じつつ戦慄するのであった。

◆第200話　龍の帝王を駆る破壊神

倒れ伏した種男を凍耶達は油断なく見据える。

「ぎゃははっははははは」

だが突然笑い出す目の前の男にあっけにとられる面々。

「すげぇ、すげぇよその絆ぁ」

「なにが可笑しい」

「反吐が出るってことだよバカヤロウ」

種男は醜く顔を歪ませて唾を吐き捨てる。

「けっ。いいよなぁお前はぁ。前の世界でもせいぜいぬくぬくと過ごしてきたんだろうなぁ？　スキルに恵まれて、女にもてて、幸せいっぱいの人生でウラヤマシイでちゅねぇ。よかったでちゅねぇ」

その言葉を言い終わる前に飛び出した二つの影があった。

ルーシアと美咲が種男の顔面に拳を叩き込む。

「「お前に凍耶(お兄ちゃん)のなにが分かる！！！？」」

「ぐげぇばぁ」

顔面を打ち据えられて土煙を上げながら倒れ伏す種男。

「甘ったれるんじゃないわよ！」

「そうだよ！　他人に八つ当たりするしか能がない人がお兄ちゃんを罵る資格なんてない！」

凍耶のつらさを誰よりも知っている美咲。

そしてその辛さの原因を作ってしまった沙耶香。

二人の怒りに種男はわけが分からないといった顔で更に激昂する。

「うるせぇうるせぇッ!!　誰も俺の気持ちなんか分からねぇ」

ヒステリーを起こす種男は懐から何かを取り出して地面に叩きつけた。

「きゃあ!!」

「ま、眩しい」

突如として放たれる強い光に全員の目が眩む。

その隙に種男は飛び上がり呼んでおいた飛行型の魔物に掴まってその場を退散する。

だが。

「逃がさないよっと」

「な!?」

凍耶が飛び上がって種男を殴りつける。

全状態異常無効のスキルを持っている凍耶には通じなかったのだ。

だが種男は身体能力の高さを活かしてなんとか体勢を立て直す。

そして自分が使役する魔物達に命令を下した。

「クソッタレが!!　こうなったらどいつもこいつも皆殺しにしてやるッ！　国中の人間を巻き込んでなッ」

国境線に待機している魔物軍勢が動き出した。

それは種男の真の切り札。これまで使役してきた魔物達を死亡した分を含めて全て復活させ死ぬまで暴走させる。

そしてアイシスから知らせが入る。

――『凍耶様、ブルムデルド各地に大量の魔物軍勢が発生しています。その数五〇万』

「な、なんじゃと!?」

リリアーナにも届いていたその声に彼女は狼狽する。

「おのれ。まさかまだそこまでの戦力を残していようとは」

「ぎゃーははは、これでブルムデルドも終わりだな。更にこいつは国内中で同時多発的に魔物をゾンビとして復活させる俺の切り札だっ。いくらてめぇがチートでもブルムデルドとカイスラー全土を同時に守ることはできねぇだろ。国中で起こる殺戮ショーを指をくわえて見ているんだなぁ!」

種男が不愉快な笑い声を上げると、目の前に展開される巨大な魔法陣が現れる。

「はーはは、……は?」

それは凍耶の展開したフォトンレーザーの集束魔法陣であった。

「お前、もう消えろ」

「く、クソが!!??」

閃光が種男を飲み込んだ。

悲鳴も断末魔も上げることなく。

木曽実八種男という転移者は一瞬でこの世界から蒸発して消え失せた。

「同じ日本人として恥ずかしくなる。だが、哀れな野郎だ。さて……」

一歩間違えれば自分もああなっていたかもしれないな、と思いつつ、凍耶は自分を愛してくれている人達の支えに感謝した。

「凍耶、頼む。どうか民達を救ってくれ。自国民は勿論じゃが、いかに敵国とはいえ罪無き市民が虐殺されるのは見過ごせぬ」

「ああ、勿論だ」

女騎士の面々が駆け寄りリリアに訴えた。

「母様」

「我らはここで命を捨てる覚悟です」

「ですから母様だけでも、凍耶様とお逃げください」

「なんじゃと、御主らなにを言っておる」

「我らは母様の眷属。ですが、ブルムデルドはこの身体に残った記憶の故郷でもあります。既に母様を委ねられるお方は見つかった。ならば」

「たわけ！！！」

「母様……」

「わしが御主らを見捨てて男と逃げるなどすると思うてか。見くびるでないわ。わしとてブルムデルドを守りたいという気持ちは一緒じゃ。ならば、この身は死しても、主らと共に戦うまでよ」

リリアーナの決意のこもった強い言葉に、龍族の騎士達はひれ伏した。

「母様、我ら、ここを死地とし、命果てるまで戦う所存」

「うむ。じゃが、心配するな。言うたであろう。わしらの新しい主人がついておる。……凍耶」

「ああ」

リリアは凍耶を引き寄せてその唇を奪う。

眷属の騎士達は驚き悲鳴をあげるが、凍耶はそれを抱き寄せて更に唇を押しつけた。

「ん……♡　ふぅ、御主の唇は、温かくて柔らかいのぅ」

「お前も、いい女だな」

――『リリアーナの恋愛感情がＭＡＸ　所有奴隷に追加します。極上の至福を貴女に（レイディアントプレシャスリング）を自動生成』

リリアの指に愛の証が宿る。

それに伴ってリリアの眷属達にも異変が起こった。

霊峰の龍族達が全員凍耶に向き直る。

凍耶は少し思案した後、眼を開いてある提案をした。

「俺一人でも、五〇万程度の軍勢なら倒せる。だが、どうせならお前達でブルムデルドを守ってみないか？」

凍耶の提案に、新たな力の漲りを得た霊峰の龍族達は、力強く頷いた。

「では行くぞ!!　龍変身、発動！！！」

凍耶に隷属したリリアの眷属であった龍族達は、主人であるリリアと元々繋がっていたため自動的に凍耶とマルチレベルスレイブシステムでつながることになる。

そして間接的にスピリットフュージョンの恩恵を授かることになったのだ。

光と共に龍の眷属達の身体が巨体に変わる。

強大な鱗のついた身体。

巨大な顎。

大きな角。

雄々しく広がる翼。

数百のドラゴン達が、そこに並び立った。

――『創造神の祝福発動　転移魔法を全員に共有します』

「これで世界中に救援を送ることができる」

凍耶の命令で愛嫁達が一斉に行動を開始する。

カイスラーとブルムデルドで同時多発的に発生した魔物へ対処するため戦力を分散させたのだった。

「俺は今からエネルギーのチャージに入る。それまで皆で市民を守ってくれ」

アイシスを通して適切な指示がなされ、国中に散らばった仲間達が魔物との戦いを始めていた。

◆　◆　◆

「グゥウオオオアアアアア」

並び立つ龍の軍団がカイスラー軍に対峙する。

俺の愛奴隷に新たに加わったリリアによって、霊峰の龍族全員が巨大なドラゴンの姿へと変身した。

それは俺がかつて龍の霊峰で戦った龍達よりも、ずっと大きく、ずっと猛々しく、壮大で、強大で、格好良かった。

「壮大な光景じゃな凍耶よ」

「なにを言っているんだ。お前もあそこに加わるんだよ」

「なに？」

「新たなスキルが追加されているのが分かるか？」

「これは、わしにも龍変身が……」

「霊峰の帝王は再び龍となりてブルムデルドを守る。どうだ、格好いいだろ？」

「ふむ、ふふふ、悪く無い。よし、行くぞ、龍変身！」

赤き龍が再び顕現する。

深紅に輝く巨大な翼をはためかせた巨躯を目の当たりにした眷属達は歓喜の声をあげるように次々に咆吼を上げた。

『凍耶、乗れ』

「応」

俺は龍となったリリアの頭に乗っかった。

『では行くぞ。眷属達よ』

「どうやら種男が死んでもブルムデルドに向かってくるのをやめる様子はないな。アイシス、カイスラー軍にはブルムデルド進行の意思がないことは確認したんだな？」

——『肯定します。先行した静音達によってムスペル七世は救出され、先日の休戦協定が嘘ではないことが確定しています』

「よし。リリア。俺は今から魔物達を一斉に駆逐する技の準備に入る。広範囲にわたるからかなり大量のチャージが必要だ。それまで時間を稼いでくれ」

『うむ。任せよ』

恐らくだが、リリアが霊峰の帝王として復活したことでリリアーナ女王の意識が独立しかかっているものと思われる。

アイシスによる分析で現在リリアの身体には二つの魂が共有状態にあるらしい。

眠っていたリリアーナ女王の意識が覚醒しかかっているのかもしれない。

『龍達よ、思い切り暴れるぞ!!』

『ぐぉおおおおおおおおんんんん』

霊峰の龍族達が一気に飛び立つ。空中からのブレス攻撃に為す術なく灰になっていく魔物達。

戦闘力の数値を見るとかなり高めの奴らもいるが真の力を取り戻し、なおかつ準奴隷となった俺の補正値の恩恵を受けた龍達の攻撃の前には無力だった。

勿論空中から一方的に攻撃するだけではない。

龍達は次々に大地に降り立って巨大な爪や尻尾、体当たりでオーガ、怪鳥、キラーアント、ｔｙｐｅアトラスのゴブリン等々、自分よりも身体のデカいグランドカイザータイプ達を屠っていく。

『わしも負けておれんな。行くぞ。カァアアアア』

咆吼と共に霊峰の帝王からブレスが放たれる。

山をも砕く熱線が直線方向に放たれて景色と魔物を同時に消し炭に変えていく。

平原に並び立つエボリューションタイプの凶暴な魔物達もこの世界で最強の種族である霊峰の龍族の前には無力だった。

それにしても霊峰の龍族達の戦闘力は凄まじい。俺の補正値を抜きにしてもエボリューションタイプに全く力負けしてないな。

もしも龍達がこの状態で最初に異世界に放り込まれていたらいくらチートがあっても勝てなかったかもな。

推奨攻略レベル９９ってのは嘘だな。どう考えても９９で倒せる相手ではないぞ。

――『人類の最高が９９であることと、なにより山頂に到着した者がここ数百年いなかったことが原因であると思われます』

まあ理由はそんなところだろうね。

俺は龍達の勇姿に感動しつつ、広域殲滅スキルのエネルギーをチャージし続ける。

龍達は徐々に疲れを見せ始めていた。まだ変身に慣れていないし、アイシスによるとあと一〇分ほどで変身も解けてしまうらしい。

『凍耶よ。口惜しいがわしらもここまでのようじゃ。もう間もなく変身が解けてしまうのが分かる』

「よし、後は俺に任せろ」

俺は霊峰の帝王に上空へと移動するように頼み空高く昇っていった。

◆第201話　顕現する神の姿

「よし、じゃあ成長した俺の力も見てくれよリリア」

『うむ、あの時よりも遙かに凄まじいぬしの力、篤と見せてもらうぞ。良いな眷属達よ。しかと見ておけ』

『分かりました母様』

『貴方の力もっと見せてほしいのよー』

サファイヤとエメラルドのカイザードラゴンに戻ったアッシェルネとルルシエラもリリアの言葉に同意する。

『お願いします。神よ』

『我らのブルムデルドを守ってください』

龍族達が口々に言葉を紡ぐ。俺はその期待に応えるため、空を抜き放ち天高く掲げた。

派手な演出だが理解しやすくするためには有効だろうな。

「ぬうううううん」

ガストラの大地のアンデッド達を屠ったときよりも遙かに速いスピードで力が集束して行く。

光は空に集まり一つの塊を作る。

発光する白いエネルギーは天空を昇って行き空一面を覆い尽くす超巨大な魔法陣を作り上げる。

なんだか以前よりも演出がド派手になってないか？

――『凍耶様のパワーアップと共に表される力の象徴を表現するようになったのでしょう』

景気づけとしては良い感じだな。

形成された魔法陣から更なる小型魔法陣が幾百、幾千と展開していく。

龍を駆る破壊神が天から降り注ぐ裁きの光を地上に解き放つ……ってな所かねぇ。

以前使ったときよりも身体への負担が少ない。

ガストラの大地のアンデッド達の時よりも遙かに強い力を注いでいるのに全く平気だ。

アイシスの言うとおり俺もかなりパワーアップしているということか。

さて、そんじゃいっちょ、久々の無双と行きますか！

「よぉし、行くぞ、ゴッドネス・ジャッジメントォ」

透明に近い白色の光が大空を包み込む。

上空へ放たれた光の塊がはじけ飛ぶとアルティメットシャインの光が全ての敵へと降り注いだ。

それは転移魔法の力と相まって超広範囲における攻撃を可能としていた。

カイスラーとブルムデルド全域に広がる攻撃範囲が魔物達を捉えているのが分かる。

『おお、なんという凄まじい力じゃ……』

数万単位の魔物達が次々に消滅していく。文字通り跡形も残らない程粉々になり全てが魔結晶となって俺のストレージに収まっていった。

『す、凄い……』

『ま、まさかこれほどまでとは』

『勝てるわけがなかった』

『粋がっていた自分が恥ずかしい……』

『まさしく破壊神……』

『おお、神よ』

『我らの救世主』

『凍耶様……』

その瞬間、俺と意識を共有しているリリアを通じて霊峰の龍族達の気持ちが流れ込んで来た。

尊敬、敬愛、称賛、心酔……

多種多様。様々な感情となって俺の中へと入ってくる。

そして目の前のステータス画面には凄まじい勢いでログが流れ始めた。

霊峰の龍族達の名前が次々に表示されていき、俺の配下に加わっていく。

『わしは破壊神を見くびっていたかもしれぬ……』

——『アッシェルネが心服し眷属化しました』

——『ルルシエラが心服し眷属化しました』

——『リリアーナが心服し眷属化しました』

全員の表示が眷属に変わった。どうやら愛奴隷とは違って、純粋に忠誠心だけで繋がったらしい。

リリアだけは既に俺の嫁に入っているので別だが。

——『霊峰の龍族全員が心服。眷属化完了　創造神の祝福発動　全ての称号スキルの効果をスピリットフュージョンに統合します。称号スキル【魂を繋ぎし者の王】を取得。種族名を【星天支配降臨神族】に上位変換しました』

物凄い荘厳な名前の神様だな。破壊神より立派なんじゃないだろうか。

だが俺は忘れていた。創造神の祝福はここからが本番だった。

——『創造神の祝福発動　頂天の宝玉の能力がパワーアップ　新たな称号スキル【見つめられただけで妊娠させられそう】を取得しました』

「また単なる悪口だろこれ！！！」

そして今度は怒濤のリザルトが返ってくる。

——『経験値を取得レベルアップ　ＬＶ６８００↓ＬＶ９９９９　創造神の祝福発動　レベル限界の上限を

解除。無限レベルアップが可能になりました　オーバーフローした経験値を適応　ＬＶ１９０００にアップ
基礎値ボーナス適応　１億にアップ　補正値７０００％にアップ　総合戦闘力　７００億』
ＯＨ……なんていうか……ＯＨ……
もう数字だけがアホみたいに上がって行くのはお腹いっぱいを通り過ぎて直腸を素通りしていくような気分だ。
エボリューションタイププやらがしこたま混じっていたせいで経験値も相当な量になっていたようだ。
――『所有正式奴隷のレベル上限を９９９にアップ　創造神の祝福発動　レベル上限を９９９９に上方修正しました』
そして安定の創造神。もう驚くっていう感情がゲシュタルト崩壊を起こしているな……
――『更に創造神の祝福発動　所有眷属を準奴隷から【忠誠龍騎士】へとクラスチェンジ。クリエイトアイテム自動発動【龍騎士忠誠の指輪】を生成しました』
【龍騎士忠誠の指輪】佐渡島凍耶に忠義を誓う戦士の証。龍変身の効果時間延長。全ステータス上昇補正。
ほんと、俺はどこまで行くんだろうか……

外伝　愚者の末路

ブルムデルド魔法王国、国境線近くの森。

「ぶっ……はぁあああ!!　はぁ、はぁ」

淀みのような空間の隙間から木曽実八種男は満身創痍となりながらも這い出た。

「くそっ、くそっ！　危ない所だった。化け物どもめぇ。ロリたんまでババアになりやがって」

悪態をつきながらも種男は森の木に寄りかかって回復魔法を自分に掛ける。

「クソ共が。いつか必ず復讐してやる。しかし、なんで俺は生きているんだ」

確かに自分は死んだはずだった。どう考えても助かるはずもない。

「まあいいか。けけけけ。覚えてやがれ。テメェの嫁どもを全員オークやオーガに犯させて刎ねた首をマ○コに突っ込んでやるからな」

下衆な台詞を吐きながらその場を後にする種男。

だが、その場に立ちこめる凄まじいプレッシャーに一気に膝を折る。

立っていられなかった。

物凄い悪寒と吐き気が襲いかかり、思わず吐瀉物をぶちまけてしまう。

「ゲホッゲホッ、な、なんだ。誰かいるのか」

――『初めまして、木曽実八種男』

「だ、誰だ！！？」

誰もいないハズの森の中を見渡す。だがやはり幾ら見渡しても誰もいなかった。

「ど、どこにいやがるんだ！！？」

――『私は佐渡島凍耶様の快適な異世界ライフをお手伝いするＡＩサポートシステム。固有名【アイシス】です』

「え、ＡＩ？　俺のナビ野郎みたいなものか。人格までついてやがるのかよ」

――『その通りです』

「俺になんのようだ？」

――『あなたを蘇生させたのは私です。個人的に復讐をさせていただきます』

「な、なんだと⁉」

――『あなたは我々と凍耶様との絆に泥を塗った。そのことに私も少々腹に据えかねております。本来ならば一〇万回挽肉にしても飽き足りませんが、単なる死があなたにとって制裁になるとは思えませんので、死よりも辛い永遠の苦痛を味わっていただきます』

「ふ、ふざけるな！　あいつの嫁どもに散々痛めつけられたんだぞ！」

――『その通りですね。その点については私の溜飲は皆さんが下げていただけましたので、私は別の方法であなたに制裁を加えようと思います。なにより、あなたは凍耶様の心を著しく傷つけた。愛する者達との絆を断たれた凍耶様がどれだけ心を痛められたか。未だに凍耶様に害をなそうとしているあなたを見過ごすことはできません』

アイシスがそういうと種男の目の前に魔法陣が展開される。

「う、うさたん達⁉」

そこに現れたのはかつて種男が虐待していた兎人族の少女達であった。

「ああ、うさたんうさたんうさたぁん。ボクを助けにきてくれたんだねぇうれしいがばっがあああ」

気色悪い泣き顔で少女達にすがりつく種男であったが、横っ面を駆け抜けたなにかが衝突し吹っ飛ばされる。

「な、なな、なにをするのうさたん！」

「お兄ちゃん、あそぼ……」

「あそぼ」

「アソボォ………」

以前とは全く違う不気味な雰囲気に戦慄を覚える。

――『エボリューション・エンプレス・ラビット　ｔｙｐｅデストロイ　ＬＶ９９９９　総合戦闘力　９９９９９９９』

――『あなた相手に単なる少女を派遣するとお思いですか？　既に強化パッチをあててあります。良かったですね。あなたの大好きな幼女と思う存分遊んでもらえますよ』

「お兄ちゃん、アソボ……」

「ヒッ」

「お兄ちゃん、玉蹴りしよう。お兄ちゃんがボールね」

「ひげぇえええ」

幼女は種男の股についたボールを思い切り蹴り飛ばす。

水気のある何かが潰れた音が響き種男が泡を吹いて転げ回った。

だがすぐに損傷した箇所が回復してしまう。ただし鈍重な痛みは残ったままになっており、怪我だけが治っていた。

「ひぎぃ、ひぃ、な、なんで、なんでぇ」

――『言い忘れていましたがあなたには自動回復レベル∞が付与されています。安心してください。運が良ければ死ねますから』

「アソボ……」

「あそぼ」

「遊ぼう……」

――『永遠の苦しみを味わい続けなさい』

アイシスの怒りは静かな口調では計りしれないほどであった。

できれば直接殴りつけて粉々にしてやりたい気持ちでいっぱいなのだ。

しかし未だ無条件に姿を現すことができない彼女にはそれは叶わない。

ぶつけどころのない怒りを吐き散らすのはＡＩである彼女らしからぬ行動とも言えるが、それだけ凍耶への想いが強くなっている証左でもあるが、本人にはまだ自覚は薄い。

「ひぃ、ひぃぅう、た、助けてくれぇ、お、俺が悪かった。謝る、謝るからもう許してくれぇ、ぐげぇああ」

何度も謝罪する種男に容赦の無い攻撃を加える少女達。

それはアイシスの怒りを代弁するかのようであった。

――『まだまだ許すことはできません。更に痛みを追加しましょう』

「ひぎゃぁああ、イヤだぁっ、もうやめてくれ」

「アイシス、もう勘弁してやれ」

アイシスの怒りはまだまだ収まらない。

しかし、一〇〇度ほど種男が死から復活した頃、それを止める凍耶の声で踏みとどまる。

――『と、凍耶様ッ』

「様子がおかしかったからあちこち探し回ったよ。珍しく返事もないし、こんなこと今まで無かったからね」

――『も、もうしわけありません』

「いいよ。気持ちは分かるし、俺のために怒ってくれるのは嬉しかったよ。でも、流石にちょっと哀れ過ぎたからね」

なおも種男を蹴り続ける兎人族の少女を諫めて頭を撫でる。

凍耶との面識はない彼女達だったが、すぐに自分達の上位者であることを理解し大人しくなる。

「がはっ、ごほっ、ごほっ」

「大丈夫か？」

凍耶は種男に回復魔法をかけて動けるようにしてやる。

その行動に流石にアイシスもなにか言わずにはいられなかった。

――『凍耶様ッ、なぜそのような男を助けるのですかッ』

「はぁ、はぁ……礼は言わねぇからな」

「いらんよ。別にお前のために助けたわけじゃない。俺の大事な人にこれ以上暴力に身を任せて欲しくなかっただけさ」

――『凍耶様……』

「こいつはタダの自己満足だ。お前を哀れんじまったんだよ」

「ざっけんな！　どういう意味だ」

「俺のスキルってな、相手の心に訴えかけるものが結構あるんだ。それでお前に胸を貫かれたとき、見えちまったんだよ。お前の慟哭が」

そう、凍耶は種男の攻撃を受けたとき、僅かながら彼の心に触れていたのだった。

その時感じた木曽実八種男を支配していた感情。

それは、例えようもないほどの深い孤独だった。

「お前、寂しかったんだろ？　だから他人を傷つけることで自分はここにいるって、主張したかったんだ」

「うるせぇ！　お前になにが分かる!?　なんだその目は！　俺を哀れむんじゃねぇ!!　さっさと殺せよ。ムカついてるんだろ？　お前の嫁共を侮辱した俺が！」

「そうだな。そのことに関しては正直腹が立って仕方ない。だが、済んだことだ。制裁は嫁達がしてくれたから俺からはもう良い」

「お人好しめ。てめぇは偽善者だ。そうやって他人を哀れんで優越感に浸ってるんだろう、が、ぐはっ、あ」

――『いい加減甘ったれるのはおよしなさい』

種男は突然苦しみ出す。根源的な強烈な恐怖に再び吐きそうになった。

「アイシス、よせ」

――『……はい』

「大丈夫か？　さっきの話の続きだが、俺が偽善者って話だったな。ああ、そうだ。俺は偽善者だ。こうやってお前を助けたのも、別にお前のためじゃない。俺はお前じゃないからお前の本当の気持ちなんて分からない。でもな、俺も一歩間違えればお前みたいになっていたかもしれないんだ。だからお前のことを見過ごせなかったんだよ」

「……」

「まあ、おっさんの独り言と思って聞いてくれ」

「おっさんだ？　お前いくつなんだ」

「四十代だ」

「マジかよ」

「転生だから身体だけ若返ってるけどな。中身はもういい年だ。それでな、お前よりも長く生きている俺が上から目線でものを言わせてもらうとだ。人生ってやつは巡り合わせが大切だ。俺は人に恵まれていたおかげで歪まずに済んだ」

　でも、と凍耶は付け加える。

「いくら環境に恵まれていなくても、最後にその環境を作り上げるのは自分の心だ。例え手を差し伸べてくれる人がいても、自分の心がその手を取ることを拒んでいたら状況はいつまで経っても変わらねぇ」

「何を言いだすかと思えば説教か」

　種男は唾を吐き捨てる。

　そんな話は聞きたくねぇと言わんばかりに顔を逸らした。

「ちげぇよ。覚えておけってことだ。次の人生を初めからやり直す時のためにな」

「お前、何を言ってるんだ？」

「種男、お前、人生やり直してみないか？　更生して人生再スタートとか言うつもりはねぇ。文字通り、木曽実八種男の人生を終わらせて、新しい人間としてやり直してみないかってことだ」

「なんだそりゃ？　お前はそんな神様みたいなことができるってのか？」

「できるよ。一応神の端くれになってしまったからな。俺のギフトスキルを駆使すれば人の人生をリスタートさせることくらい造作もない」

凍耶の言ったことは本当である。

凍耶がここに来た理由は、種男をフォトンレーザーで撃った際に創造神の祝福が発動。

――『浄化転生の救い』というスキルを覚え、魂を浄化して別の生命に転生させることができるようになった。

「はっ……はは。ははははは……気に入らねぇ」

――『あなたはまだ……』

「アイシス」

――『……はい』

いつしか種男の眼(まなこ)からは大粒の涙がボロボロとこぼれ落ち、泣きながら笑い続けた。

「うう、うううう、ちきしょう。人生は理不尽だ。ちょっと性癖が人と違うからって。俺をバカにしやがって。俺だって普通の女を好きになりたかった。でもダメだった。どうしたって、怖かったんだ……」

種男は、堰が切れたように吐露し始める。

どれだけ辛かったかを。

どれだけ分かって欲しかったかを。

どれだけ孤独だったかを。

凍耶は、それを唯々、黙って聞き続けた。

時折頷きながら、否定も肯定もせずに、ただひたすら聞き続けた。

「なんで、お前みたいな奴がそばにいてくれなかったんだ。人生ってやつは、ほんとに理不尽だ。ちくしょう、ちくしょう……」

種男は転生を受け入れた。

重ねた罪が許されるわけではない。その贖罪はいつかしなければならないだろう。

しかし、その前に善行を積んで少しでも良い転生を。

そんな思いを込めて、凍耶は種男にネガティブアブゾラプションをかけて浄化転生を施した。

最後の最後まで、『やっぱり、俺はテメェが気にくわねぇ』と悪態をつきながら……

でも、その顔はどこか安らぎに満たされているように、凍耶には見えたと言う。

「お帰りなさい凍耶」

嫁達の元へと帰った凍耶を、美咲やルーシア、マリア達が出迎えた。

「ただいま皆。一体どうしたんだ？」

「えへへ。やっぱり、お兄ちゃんは優しいね」

「なんのことか分からんな」

「とぼけちゃって♡」

ルーシアがからかうように腕を組む。

嫁達の表情は、皆一様に凍耶の慈愛に満ちた心を称賛するものだった。

（今度は良い奴に生まれ変われよ）
ネガティブアブゾラプションで種男の負の感情を全て吸い取り、浄化転生の救いで優しい心の種を植え付けて、凍耶は彼を送り出した。
それは、全てを失った凍耶が周りに支えてもらったように、誰かに支えてもらえるように、そして、彼自身が誰かを支えられる成長をしてくれますように。
そんな願いを込めたのだった。
――『創造神の祝福発動　称号スキル『苦しみを破壊する者』を取得』
【苦しみを破壊する者】相手の苦しみを理解し、受け入れ、破壊して救済する神たる心を持つ者に与えられる称号
そして、その主人の姿を見て一人思いを馳せるアイシス。
――『（やはり……私はこのお方を）』
その想いが結実するまで、あと少し。

◆第202話　リリアとリリアーナ

「う～む。いざ本番となると、少し緊張するのう」

リリアとの激しい戦いを終え、ブルムデルド王宮へと戻ってきた。俺達はそのまま部屋へと入り、昂ぶりの収まらないまま抱き合った。

リリアは直前まで余裕綽々といった感じだったのに、今の彼女はそわそわしてて落ち着きがない。

「なんだ？　あれだけ俺を誘惑しておいて今更怖じ気づいたのか？」

「ば、バカを言うでないわ。人のまぐわいなど初めてのことじゃからな」

俺の腕の中でもじもじともだえながら文句を言う。

しかし彼女は自分の身体を俺にすり寄せ、甘えるようにしながらもすねて頬を膨らませている。

なんて言うか、可愛いな。

「二人の子持ちの台詞とは思えんな」

「う、うるさいわい」

おれはリリアを抱き寄せて唇を奪う。不意を突かれたリリアは真っ赤になってジタバタと暴れ始めたが、俺が唇をついばみながら吸ってやるとやがて力を抜いておとなしくなり、俺の背中に手を回してくる。

「ぷはっ。不意打ちとは、卑怯じゃぞ」

「いつもやられてばっかだからな。お返しだ。今度はお前からしろよ」

「う、うむ。ん……ちゅ」

リリアの小さな唇が細かく震えているのが分かる。普段は妖艶に俺を誘惑してくるくせにいざ本番となると性を覚え立ての中学生みたいだ。

可愛いじゃないか。俺はリリアを優しく抱き寄せて背中をさすりながら頭を撫でる。

「む、ふぅ、ん、ちゅ」

小娘みたいに扱うな、とでも言いたげに抗議の目を向けてくるが身体は全く正直に俺に身を委ねている。

背中の開いた白いドレスに手を這わせ背筋をついーっとなぞってやるとビクビクと身体を震わせた。

因みに俺と戦っていた時の大人ヴァージョンにはもうなれないらしい。

あの時は戦いで生じたエネルギーをリリアの身体に吸収させて超進化させたわけだから、創造神の祝福発動でパワーアップした姿も一時的なものだったらしい。

副次的な効果として霊峰の帝王の姿にはいつでも戻れるようになったが、こちらも制限時間があるようだ。

「はぅううん♡　だ、ダメェ、これ弱いぃ」

早くも可愛らしい声をあげ始めたリリアの背中を更に責め立てる。這わせていた指を前へと移動し、その慎ましやかな胸へと移動させた。

正直揉むほどのボリュームは全く無いため撫でさするくらいしかできないが、それだけで彼女は自分の知らない未知の快感に戸惑いながらも酔いしれているようだった。

現に先ほどから口ではダメと言いながらも身体を俺に押しつけるようにしてもじもじとこすりつけてくる。もっとして欲しいってことだな。

「こ、こらぁ、わしで遊んでおるなおぬし、ひゃん、あああん」

可愛らしい平らな胸の真ん中にぽつんと尖る突起を弾いてやると背中をのけぞらせて顔を赤らめる。その口元からはよだれを拭くことも忘れてしまうほどの艶めかしい吐息がもれ快感に夢中になって居るらしい。

「あ、ああ、ひゃうう、ら、らめぇ、気持ち良くなっちゃうぅ」

のじゃロリキャラも忘れてしまうほどの快楽にリリアは酔いしれているらしい。俺ははだけさせたリリアの乳首に吸い付いた。

「あひゃぅうううう、らめぇえええええ」

軽く乳首に口づけをするとリリアの背中がこれでもかと海老反りになる。

どうやら絶頂してしまったらしい。

ビクンビクンと身体を痙攣させたリリアの唇を再び塞ぎ、今度は強めに舌を入れて吸った。

「ん、ちゅる、れる、じゅうう。はふぁ、ああん、キス、らめぇ、気持ち良くなっちゃうよぉ」

ディープキスを軽く行うだけで更なる絶頂へと昇ってしまったらしい。

俺は嬉しくなってリリアの舌を更に強く吸い上げた。口内をねぶり回し歯茎を舌で擦る。

それに応えるようにリリアの小さな舌が俺の口内を懸命にまさぐっていた。

俺はリリアの髪を優しく撫でて腰に手を回す。

「綺麗な髪だな」

「はぅ、そんにゃ、優しい声で、囁く、なぁ」

耳元に息を吹きかけるようにして囁くだけでリリアの快感は増していくばかりだった。

声にも施されている快感付与のスキルがリリアの鼓膜を振動させ快感にもだえた。

俺が耳元で囁くと例外無く性感がドンドン高まっていくらしかった。

リリアのスカートをまさぐり徐々に手を入れパンティラインをなぞる。

焦らすようにしてさすっているとリリアの方から俺の手を奪い割れ目へと導いた。

「焦らしちゃ、いや、お願いじゃ。もっと強く、じれったくて、切ないの、じゃ」

「ふふ、お前、ほんとに可愛いな。リリア。ほらこれがお望みか」

俺はリリアの隠された部分を強くなぞりあげた。

「ひあああああぁあ、そ、それぇえ、いい、もっと、もっとさわってぇ、ああ、ああ、あああああぁぁあぁーーーーー!!」

五回ほど割れ目を指が往復しただけでリリアは激しく絶頂する。ビクビクと身体を痙攣させ、シルクでできたショーツは既にグショグショになって吸いきれない愛液が股から流れ出していた。

「ハァハァ、わしもやられてばかりでは、おらん、ぞ」

リリアが俺の股の間に顔を入れてズボンの上からさすり始めた。

リリアの可愛い声ですっかり興奮が高まり、既に屹立仕切っているイチモツがズボンを押し上げている。

それを見たリリアの息を呑む音が聞こえる。ゆっくりと形をなぞり確かめるように撫でさすると、気持ちよさでビクンと痙攣した。

「ひぁあ、な、なにか動いとるぞ」

「それは気持ち良かったからだよ」

「そ、そうか。気持ち良かったのか。じゃ、じゃあ、こんなのはどうじゃ？」

リリアがズボンの中に手を入れて柔らかな手の平で転がすように亀頭を弄る。

「お、おお。これはこそばゆいが気持ちイイぞ」

気を良くしたリリアが更に手を速める。徐々に俺のズボンを下げイチモツがリリアの目の前にあらわになった。

眼前で直視したリリアの顔が真っ赤になる。これからこれが自分の中に入るのを想像したらしくあわあわと震えていた。

「こ、ここ、これが、わしの中に入るのじゃな」

「ああ、そうだ。怖いならやめておくか？」

「ば、バカを言うな。凍耶は意地悪じゃ。でも、できれば優しくしておくれ」

普段はエラそうなのにウブで可愛いリリアに俺はたまらない愛しさを感じた。リリアの身体を抱き寄せて優しくキスをする。

「凍耶、わしを凍耶のものにしてほしい。そなたはわしの救世主じゃ。でも、わしはそなたに惚れた。わしには人間の情愛というものはまだよく理解できておらんかもしれん。でも、この気持ちに偽りはないつもりじゃ」

リリアの覚悟を決めた強い瞳を俺はジッと見つめた。

「な、なんじゃ、ジッと見つめて」

「いや、お前、案外可愛いなって思ってさ。リリアって結構従順なタイプ？」

「ふ、ふん、こう見えてもわしは尽くす女じゃ。言うたであろう。身も心もぬしにささげ、妻として尽くすと。凍耶、もはや言葉はいらぬ。わしを愛しておくれ。皆の一〇の一でも構わぬ。わしに凍耶の愛を」

「バカなこと言ってんじゃねえよ。全力で愛してやるからちゃんと受け取れ。俺達は心と心をぶつけ合った仲だ。お前の気持ちは拳を通じて分かってるつもりだよ」

「凍耶は本当に器が大きいのぅ」

「よせやい。じゃあ、入れるぞ。身体が小さいからゆっくりな」

俺は自分のイチモツをそっとリリアの割れ目にあてがった。ゴクリと息を呑む音が耳に入りゆっくりとかき分けるように侵入を開始する。

「ん……」

「力抜いてろ」

目をギュッと閉じてこわばった身体をリラックスさせるため俺はリリアに優しくキスをする。

啄むように頬や首筋に唇を当てながら頭を撫でてやると猫のように目を細めて気持ちよさそうに息を吐いた。

「はぁ……ん、はぁ」

快感付与のスキルが効果を発揮しているようだ。リリアの身体は徐々に快感の方が強くなり侵入の痛みを和らげてくれているようだ。

数分掛けてようやく三割が納まったところで行き止まりにあたる。処女膜だ。どうやらリリアの身体は見た目通りの狭さで奥までは入らないようだ。

ティナやミシャは小さい見た目に反して膣の奥が非常に深く俺の形にフィットしているが、リリアの狭さは身体のサイズ相応といった感じだ。

でもこれが普通なんだよな。

「ひぐぅ」

痛みを耐えながら目を閉じるリリア。俺はできるだけゆっくりと、それこそミミズが這うような速度で徐々に徐々にイチモツを沈めていく。処女膜を通過し再びなにかに突き当たる。どうやら全体の半分が埋

まったところで子宮に届いてしまったようだ。

「あ、ふぅ、凍耶、な、なにか、奥にあたって、ひゃう」

「ああ。どうやら全部は入らないみたいだな。痛くないか？」

「だ、大丈夫じゃ。まだ圧迫感はあるが、さほど痛みはない」

俺はリリアの頭を撫でてキスをくり返しながら動かずに身体を密着させた。

「凍耶の身体は温かいのう。これが人のぬくもりというものか」

快感付与のスキルを全開にして一気に痛みを吹っ飛ばそうと思ったが、俺との繋がりを懸命に痛みに耐えながら行おうとするリリアがたまらなく愛おしくてあえてそのまま行った。

スリスリと身体を寄せながらスキンシップをとっていると徐々にリリアの息が弾んでくる。

俺は慎重に腰を動かし始めた。

硝子細工を扱うように丁寧にゆっくりと抽挿を繰り返していく。時々角度を変えながら一五分ほどかけて動かしていた頃、リリアが静かに痙攣し始めた。

どうやらイッたらしい。

「な、なんじゃろう。一瞬身体が空中に浮いたような気持ちよさが来て、意識が飛びそうになってしもうた」

「それが絶頂ってヤツだ。沢山すれば身体がなれてくる」

「そうか。ではもっとわしに人間の快楽を教えておくれ。わしの身体を凍耶専用に改造されると思うと嬉しくて女としての感覚が疼くようじゃ」

こいつものすごいことをサラッと言うな。俺はリリアの台詞に一層興奮を強めめちゃくちゃに腰を動かしたくなる衝動に耐えた。

「いいぞ。俺無しじゃ生きられない身体にしてやるよ」

「ひゃう、もっと、優しくして、あ、ダメなのじゃ、こ、こんな、あああ、ああ」

俺は抽挿の速度を少し速め始めた。快感になれてきたリリアの身体が素直に反応し始め一回動く度に膣内が蠢いているのを感じた。

口ではダメと言いつつも伝わってくる感情は喜びに満ちあふれ、もっと強い快感を求めていることを俺に伝えた。

俺はリリアの心の声に従いイチモツを入れる角度を変えながら徐々に深く入れ込んで行った。

「あ、ダメじゃ、また、またイッてしまう、ああ、ああああああああぁぁああーーーー!!」

俺の背中に手を回して懸命にしがみつく身体を支えながら絶頂に痙攣するリリアの呼吸を耳で感じていた。

「凍耶は、意地悪、じゃ、はぁはぁ、あ、まだ、敏感で、だ、だめぇ」

言葉で否定するのとは裏腹にリリアの身体はさらなる快楽を求めていた。

俺はその心の声に応えるように最後のピストンを行い射精感を高める。

「そろそろイクぞ。リリア」

「凍耶、凍耶ぁ、わしの中に出して、出してぇ、凍耶の子種を沢山注いで欲しいの。ひゃう、んぁああ、ダメ、またイッちゃう、あああああぁぁああーーーー!!」

リリアの絶頂と共に俺も白濁液をリリアの中に注ぎ込む。

痙攣をくり返しながら俺のイチモツから流れ出た子種はリリアの中に吸収され一部となっていく。

するとリリアの身体に変化が現れる。半分ほどしか埋まらなかった膣内が蠢きながら俺のイチモツを包み込み徐々に深く飲み込んで行く。

その間リリアの快感神経は増大の一途を辿り、俺の射精を受け止めながら激しく絶頂し続ける。

それと同時に膣内が広がり俺の陰茎をまるごと包み込めるほど深くなった。

クリ◯リスを擦られ更なる快感に身を躍らせるリリア。

彼女の心が喜びに満たされていくのを感じる。

ログをよく見ると創造神の祝福がいつの間にか発動し、リリアが最も快感を得られるように身体を進化させたようだ。

「凍耶」

「ん？　どうした」

リリアは俺の耳元に口を寄せて囁く。

「好き、なのじゃ♡」

俺はリリアを思い切り抱きしめた。

なんだこの生き物。可愛すぎるぞ。

「あひゃううう、凍耶、強いのじゃ」

「あ、わるい。痛かったか？」

「うん、ちょっと。でもこうして」

リリアが自ら身体を寄せて抱きしめてくる。俺はそれにこたえるように今度は優しく強く抱きしめた。

「凍耶。わしはぬしの元で愛されたくて転生したのかもしれん。少女の姿になったのも、ぬしが愛してくれるように、神からたまわった贈り物かもしれんの」

「ああ、そうかもな」

はにかんだリリアの笑顔が可愛くて俺は思わず抱きしめた。

「ひゃ、こ、これ凍耶。だから優しくと言うておろうが。元は龍でも今は女の子じゃぞ」

「わるいわるい。でも、お前が可愛くて滾っちまった。このままもう一度始めてもいいか？」

「わしは凍耶の妻じゃぞ。いつでも好きなときに好きなだけ抱くが良い。わしはいかなる時も決して拒まぬ。わしもそれが嬉しい」

――『創造神の祝福発動　共有している肉体を分離。リリアとリリアーナを独立させます』

すると、リリアの身体が突如光に包まれる。抱きしめていた感触が徐々に体積を増やしていく奇妙な感覚に襲われた。

納まる光の中で徐々に形をあらわにしてくる人影。

リリアの人影ともう一つ。

「あ、あれ、わたくし、どうして……」

そこにはリリアと全く同じ顔をした少女がもう一人現れる。違うのは強い意思を湛えるつり目とは対照的な柔和な目つき。

燃えるような赤髪のリリアに対して眩しいほどに輝く黄金の髪。

「御主は、リリアーナ、か」

なんと一つの身体を共有していたはずのリリアとリリアーナは身体を二つに分けた。

「あ、ああ、この世に再び生を受けるなんて」

リリアーナの目からボロボロと涙がこぼれる。うれしさのあまり泣きながら笑うのであった。

◆第203話　我が家への帰宅

「お母様ぁあ!!」

「お母様、嬉しい、うぇえええん」

アッシェルネとルルシエラがリリアから分離したリリアーナ女王に泣きながら抱きついている。

リリアと繋がった夜、彼女の人格と肉体を共有していたリリアーナ女王はその身体を分離させ独立した。

くり返しになるが、二人とも同じ顔で名前も同じだ。

ややこしいので霊峰の帝王をリリア。

リリアーナ＝シルク＝ブルムデルド女王をリリアーナと呼ぶことにしよう。

俺達はことの顛末を皆に報告した。

特にアッシェルネとルルシエラは龍ではなかった頃の人格も融合しており、死に別れた母親との再会に涙したのだった。

「アッシェ、ルル。また、逢えましたね」

二人の娘を愛おしそうに抱き締める姿は幼い少女の姿をしていれども母親然としており、彼女の娘達を思う気持ちがとても強いことを表しているかのようだった。

木曽実八種男に端を発した一連の騒動は一応の終結を見せ、ブルムデルド魔法王国は戦後処理に追われていた。

女王リリアーナはカイスラー帝国との戦争を終結させるため、帝王ムスペル七世に対してブルムデルドまで出頭するように要請。

対し、カイスラー帝国はこれを承諾。

停戦条約を破ってブルムデルドへ進行したことは一〇〇％帝国側の落ち度であると認め、殊勝な態度で賠償金を支払い和解を成立させたいと使者を送ってきた。

国民の中にはまだまだ複雑な思いを持った者もいるだろうが、停戦条約を破ってからの侵攻は人的な被害がなかったこと（軍隊は除く）もあり、徹底抗戦などと言うものは存在しなかった。

元々国力が違うし、もしもカイスラーが本気で攻めてきたら今度こそ持ちこたえられないことは明白なので今回の和解は彼らにとっても渡りに船であり、さらには賠償金によって国民の生活も守られることを考えれば奇跡的なことであった。

俺達はここでの役割を終えたことで国へと帰ることにした。

「凍耶様、やはり私をあなた様の奴隷には加えていただけませんか？」

「あんたの気持ちは嬉しい。だが、この世界に再び生を受けたのは、俺に傅くためではないと思うんだ。娘と民。そしてこのブルムデルド魔法王国。まだまだ不安定だ。支える人が必要だと思う。だから今はこの国を守ることに注力してほしい」

「残念です」

悲壮な顔をするリリアーナに後ろ髪を引かれる思いがするが、俺も流されるままによく考えもせず嫁を増やすのは良くないだろうと改めて思った。

俺は今まで流され過ぎていたと思う。なし崩し的に愛奴隷として受け入れて来たケースも多々あった。

勿論今嫁にしている子達は全員愛しい。

新たに加わったリリアのことだって、心と心でぶつかった者同士、分かり合えたと思う。

でも、リリアーナに関してはそうじゃない。

俺は彼女のことをまだよく知らない。だから今彼女を受け入れることは俺を愛してくれる人達に失礼だと思ったんだ。

気が付くのが遅すぎたくらいだけどな。

皆を受け入れたことは後悔していない。

でも、これから俺も自分の頭で考えていかないといけない時期に来ていると思うのだ。

「そんな顔するなって。今は、って言っただろ？　ここからいつでも佐渡島公国の俺の屋敷にジャンプできる転移魔法の門を置いていく。だから困ったことがあったらいつでも来い」

「分かりました。あなたに好きになってもらえるように頑張りますね♡」

初恋をしている少女のような笑顔のリリアーナを思わず抱き締めそうになる。

俺はこういう笑顔に弱いんだよなぁ。

「お母様凄く素敵な笑顔なのよー」

「娘としては複雑な気分ですが」

ルルシエラとアッシェルルネはそんな母親を微笑みを浮かべながら眺めていた。

「では、アッシェ、ルル。この国を頼むぞ。リリアーナを支えてやってくれ」

「勿論なのよー母様も目一杯幸せになるのよー」

「母様。私達はあなたの娘でもありますから、いつでも助けに駆けつけます」

「生意気言うでないわ。お前達こそ、困ったらすぐにわしを頼れよ」

アッシェルネとルルシエラに関してはブルムデルドに残ることになった。

リリアーナと一緒にこの国の政治を支えることにしたようだ。

ブルムデルド騎士団はその数を半分に分け、王国の守護をする騎士団。

残りは俺の配下として王国についてくることになった。

静音がかねてより計画していた佐渡島貴族家の私設騎士団を作るため、騎士職を専門としていた彼女達を受け入れて欲しいとのことだった。

確かに貴族として面目的に私設騎士団は見栄えがいいので他貴族達との交流に有利に働くことも否めない。

俺はそれを承諾した。

戦力的にはうちのメイド一人で王国軍に匹敵かそれ以上の力を持っているから、完全に見栄えを良くする以上の目的がないのが複雑な所だけどな。

ある意味で遅すぎたとも言える。

彼女達は全員俺に忠誠を誓った騎士達でもあるが、元々この国を守る気持ちも強い。

だから俺は転移門を自由に使えるようにし、交替勤務制でブルムデルドと佐渡島公国を行き来すれば良いだろうということにした。

転移魔法を使えるようになったおかげで俺の移動範囲は大幅に広くなった。

嫁限定だがキスした相手の記憶にある場所へと行くことができるようになったため、俺は嫁達の行ったことがある場所へは全部行けるようになったというわけだ。

特に世界中を旅してきた美咲と静音から受け取った記憶は相当な数に上った。

そして、先ほどから言っている転移門のことだが、俺の作ったアイテム、【理想を現実に（インリアリティ・ジ・アイデアル）】によって製作した。

更にアイテムエボリューションの効果を施すことによって任意の場所に設置した門を俺が許可した相手のみ通すことができる仕様に改造してある。

先のリザルトによって準奴隷から忠誠龍騎士へとクラスチェンジした彼女達は、これで俺の騎士団とブルムデルド両方に勤めることになる。

形的には二君に仕えることになるが、元々ブルムデルドを守っていたのは元の身体に宿った記憶に対する義理立てと、この国を守ろうとするリリアにしたがっていたところがある。

でも長い時を過ごすうちにこの国のことが好きになっており、どっちも同じくらい大切だから、あえてこの形をとったのだ。

「凍耶様。このお礼は必ず。この国を救っていただき、本当にありがとうございます」

「ああ、早く国民を安心させてやれ。これから大変だろうからな」

「はい」

「リリアーナ様。困ったことがあったらいつでも頼ってくださいね。わたくしも必ず力になりますわ」

静音はリリアーナの手を固く握って別れを告げる。

そうだ。

俺はとあるアイテムを思いつき、クリエイトアイテムを起動させた。

「リリアーナ。これを渡しておこう」

「これは、ペンダント？」

「真ん中の宝石に通信機能がついている。それに語りかければ静音と会話ができるようにしておいた」

「お兄様、ありがとうございます！」

そして、俺達はブルムデルドに別れを告げて我が家へと帰還した。

結婚式まであと少しだ。これから準備で忙しくなるぞ。

◆第204話　凍耶の結婚前夜

いよいよ結婚式が明日に迫った。

俺達がブルムデルドから帰ってくると、ドラムルーと佐渡島公国は国を挙げてのお祭り騒ぎになっていた。

先日、女王が引退を発表し正式に国王の座を息子に譲ることを明らかにした。

息子の第一王子は養子ではあるがヒルダに勝るとも劣らない政治手腕を持っており、ヒルダも安心して引退できると言う。

周りの老貴族達はヒルダ派とアトマイヤ派に分かれ抗争していたが、先日最大勢力のアトマイヤ家を俺が潰したことで事実上派閥は崩壊しておりヒルダ派に取り込まれる形でドラムルーは形上は一つとなったわけだ。

まだまだ諸問題は残っているものの、後は息子達の仕事じゃからのうとか言って、既に世話を焼く気はないらしい。

一見薄情にも見えるが、それだけ彼と弟達の政治手腕と絆の強さを信頼しているからこそ丸投げできるのであろう。

じゃあなんで敵対貴族に取り込まれたりしたんだという突っ込みが入りそうだが、そこは長い時を経た複雑な事情があるようだ。

詳しくは聞いていないが王族と貴族と言うのは一筋縄ではいかないということなんだろうな。

因みにだが、女王のおつきであったジークムンクの爺さんはヒルダと共に隠居するかに思われたが、跡取り息子が生まれたことで自分の家をもっと繁栄させねばと意気込み、引き続き王の側近として生涯現役を宣言したらしい。

実は彼には他貴族には秘密裏にヘブンズエリクシールをプレゼントしており、それを飲んだ第一夫人であるジークムンクと同い年の奥さんも念願の子供をご懐妊したようだ。

奥さんに旦那が昔の美形に戻ったことを喜ばれたのは記憶に新しい。

このことはヘブンズエリクシールの存在を秘匿するため色々裏で動いたのだが、まあそれを詳しく語ってもという感じなので、俺のチートをふんだんに使って周りを誤魔化した、とだけ言っておこうか。

簡単に言っておくと時間が経つと元に戻るのだが、妊娠期間中は効果が切れることがなく若い姿のままになるみたいなのでアストラルソウルボディを施し見た目を誤魔化したということだ。

他にも色々画策しているのだが、まあ、面倒だからこれくらいにしておこう。

さて、明日の結婚式で俺と愛奴隷達は夫婦となる。と言っても今までとなにかが変わるわけではない。

この世界には現代日本のような戸籍システムがないし、役所に手続きが必要なわけでもないからな。

一応ステータス上で夫婦と表記することもできるらしいので明日の結婚式の最中に正式に夫婦の表記に変えることにした。

結婚式の準備だが、国を挙げてのイベントなので俺は特にやることは無い。

式で使う服の採寸などは既に済んでいるし、実際に出来上がったものの試着も終わっている。

花嫁達はこぞって明日の準備のために奔走している。嫁でないメイド達は花嫁達の衣装の着付けなどで全員出払っている。

　着付け役に出払っている嫁達以外のメイド達も徐々にその腕を上達させており、貴族、平民、奴隷、果ては路上生活者まで、幅広く門戸を開いて募集を掛けているが高い倍率を乗り越えて佐渡島家の門をくぐるのは〇・一％にも満たないそうだ。

　ソニエル、静音、マリアの厳しい審査をくぐり抜けた猛者達だけが正式にメイドとして雇われる。

　っていうかそんなに応募があるのが驚きだな。

　なにしろ五〇人を超える嫁達がウェディングドレスを着るわけだ。

　準備だけでも大変だろう。静音がデザインしたウェディングドレスは現代日本で使うようなものと同じデザインで匠の技が光っている。

　どうやら明日の結婚式は佐渡島工房の新作お披露目会も兼ねているらしく、各国から流行に敏感な商人達がこぞってやってくるそうだ。

　こっちの世界には白無垢って文化は当然無いから着るのはプリンセスドレスタイプのものになるわけだが、よほどの大貴族でない限り日本ほど豪華なタイプになることはないらしい。

　今や佐渡島ブランドは他国にもその雷名が轟いており、遠方から数ヶ月かかって商品の買い付けにやってくる大商人が毎日のように静音と商談をしている。

　それに萌えメイドという文化がドラムルーに花開き、貴族達はお気に入りのメイドにそういった服を着せることが流行っているそうだ。

　それらは娼館などでも提供されるほどの人気っぷりで、佐渡島家のメイド服は流行のシンボルとも言える程の成長を遂げた。

　それらも全て静音の商売の手腕によるところが大きく数々のプロジェクトを実質一人で切り盛りしている静音には頭が下がる。

明日の結婚式だけで相当な儲けが出ることがアイシスの計算で分かっている。

自分の結婚式まで商売にしてしまうとは。

さすがはコーポレーションの裏社長だ。

国民達は見物人などがお祭りで盛り上がっておりあちこちで商売の書き入れ時が続いているそうだ。

オメガ貴族の結婚式ともなると国にとっては大事な商売時となるわけか。

さて、因みにだが、今日の俺は全くと言っていいほどやることがない。

嫁達は全員結婚式の準備で王宮へと赴いているため、俺は結婚式当日、その時まで彼女達のウェディングドレス姿を見ることは許されていないのだ。

俺の着付けは明日の朝に城から迎えが来てからやることになっている。

花嫁の方が準備に時間がかかるのは日本でも異世界でも変わらないらしい。

と言うわけで俺はこの広い屋敷に絶賛ひとりぼっちを満喫している最中であった。

いつもはあちこちにいるメイド達が今は一人もいない。

この世界に来てから今まで実質一人きりで過ごすことはほぼ無かったと言っていい。

ほんとに一人きりだったのって、最初の一瞬だけだよな。

ドラムルー王宮にて。
王宮の一室では佐渡島凍耶の花嫁達が明日の結婚式のために一生懸命におめかししている真っ最中であった。
部屋の中は宝石を散りばめた輝きを放つ真っ白なウェディングドレス一色であった。

明日の結婚式で着用するウェディングドレスの最終チェックと式の前夜は新婦と接してはならないという
この世界のしきたりのため夫となる凍耶とは今夜別の場所で一夜を過ごすことになっている。

――『皆さん、とても嬉しそうですね』

「うん。とっても。それよりアイシス様、お兄ちゃんの方は大丈夫なの？」

――『問題ありません。本日は凍耶様からこちらのサポートに集中するようにご命令を受けています。なにかあればすぐにサポートいたします』

「お兄様、寂しくないでしょうか。結婚式前夜とは言え屋敷の世話役全員連れてくることありませんでしたのに」

「人数が多いですからね。屋敷のメイド達だけでもギリギリでしたから。それに、御館様が大丈夫と仰るのです。メイドとして主人を信頼しなくてどうしますか」

マリアが真っ白なドレスの端をチェックしながら静音に話しかける。

「マリアさん嬉しそうだね」

「そう言うアリエルこそさっきからドレス見てそわそわしていますよ」

「だって、早くこれ着て主様とヴァージンロード歩きたいんだもん。ああ、明日が待ち遠しいよぉ」

皆一様に明日の結婚式の準備に胸を躍らせていた。

この世界の歴史においても前代未聞の人数による結婚式のため、結婚式のプランは極めてシンプルに進行することになっていた。

この世界の貴族の結婚式は、ヴァージンロードを歩き教会の神父職による祝福を受けるだけで終わるのが通常である。

その後立食パーティでそれぞれ祝福の言葉を受けるのが一般的な流れとなっていた。

日本と違って誓いのキスや指輪交換は存在しない。

本来静音はそういった日本式を取り入れたいという意見がルーシアと美咲から要望として出ていたのに加えて自身もそれなりに憧れを持っていたため取り入れようと考えたが、人数が多いだけに全員でやっていると指輪交換とキスだけで膨大な時間がかかってしまうのでやむなく断念している。

「できれば誓いのキスや指輪交換も憧れたけど、仕方ないよね」

「国のイベントですからね。進行にも予定というものがありますから仕方ありません。そちらは屋敷で行うことにしましょう」

ソニエルはルーシアや美咲から聞いた異世界の結婚式に強い憧れを持ち自身も行いたいと願っていたため、どうせなら誰の邪魔も入らない佐渡島家の屋敷で愛奴隷達だけの結婚式をやろうということを提案し、みんな乗り気になって計画を立てた。

しかし、初の結婚式を大きなイベントで祝福してもらうのはそれはそれで嬉しいものであり、一生に一度の結婚式を最高の舞台で行えることは最高の誉れであることは間違いなかった。

「ところでアイシス様」

――『なんでしょうか静音』

「アイシス様がお兄様の前に顕現する条件は、まだそろわないのでしょうか」

――『……実は達成する条件はあと一つなのです。本来私が肉体次元に自由に干渉できる状態になるためには全項目のうち一定数以上満たせば実現が可能だったハズなのです。しかし」

「しかし？」

――『どういうわけか昨晩から私が現出する条件が一つだけに変わっており、その項目が私でも確認不可能になっているのです。先ほどからかなりの演算能力を裂いて解析しているのですが一向に解明できません』

「アイシスさんですら分からないなんて。それってもしかして創造神様がそうさせたんですか？」

――『恐らくその通りかと思います』

「できればアイシス様にもご主人様との結婚式に参加していただきたかったのですが」
ソニエルは残念そうにため息をついてアイシスに呟く。
――『ありがとうございます。でも良いのです。元々私は凍耶様のサポートする存在ですから』
そう言ったアイシスの声が明らかに落ち込んでいるのが分かる。
――『さあ、皆さん、明日に備えて休みましょう。凍耶様との結婚式で粗相をしてはなりませんよ』
半ば無理矢理命令するようにアイシスはそう言い、それ以上その話題を続けることはできなかった。

◆第２０５話　幸せの花嫁達と歩む国作り

一夜明け、結婚式当日がいよいよ始まる。
俺は屋敷のドアを開け迎えに来た馬車へと乗り込む。
心躍る気持ちで馬車に揺られ、今日の会場となる城下町の広場を眺めた。
いよいよ俺も結婚か。
しかも異世界で、それも一気に五三人も娶ることになるなんて考えもしなかった。
ルーシア
美咲
静音
ソニエル
ミシャルエル
アリエル
リルル

ザハーク
アリシア
マリアンヌ
ティルタニーナ
ティファルニーナ
ルカ
エリー
シャナリア
ココ
エアリス
ジューリ
パチュリー
モニカ
ルルミー
クレア
ビアンカ
シャーリー
アシュリー
ジーナ
リムル
シャロン

アイリス
ジャスミン
アンナ
リリス
ローラ
レイレイ
ミリ
ミウ
サラ
レアル
リナ
カレン
カエデ
モミジ
ユズリハ
アヤメ
カスミ
ラン
スイレン
キキョウ
シャルナロッテ

シラユリ
プリシラ
ヒルダ
そしてリリア。

【極上の至福を貴女に(レイディアントプレシャスリング)】を持つ全ての愛奴隷達が俺の花嫁としてウェディングドレスを着て待っているのだ。

俺の胸は否応なしに高まる。

一人一人の顔を思い浮かべその姿を想像する。

城へと到着した俺は着替えるための部屋へと通される。

「うむ。ご立派であられますな凍耶殿」

ジークムンクの称賛に素直に礼を述べておく。

「ありがとう」

「女王陛下を、いや、ヒルダ様をお願いいたします」

彼は俺の嫁のヒルダが女王ヒルダガルデであることを知っている数少ない人物だ。

長き時を共に過ごしてきた彼にとって主君の晴れ姿を人生で二回も見られることになるとは思わなかった
と、とても喜ばれた。

そして結婚式が始まる。

かくして、俺の想像は現実となった。

否、俺の貧困な想像力など圧倒的に凌駕する女神達がそこに並んでいた。

祝福に駆けつけた国民達と俺の領地の領民達。

大きな拍手と共に現れた花嫁達。

美しく、きらびやかで、眩しい程の白一色で染まったウェディングドレスを着た花嫁達が俺の元へとゆっくり歩いてきた。

そこにいる全員が圧倒されたのだ。

美し過ぎるのだ。

誰もが圧倒的に。

神の芸術がそこにはあった。

ジュリやパチュといった幼い二人ですらも美しい。

女神達は全員が幸せいっぱいの表情で俺の元へと歩いてくる。

かくして俺は、女王陛下宣言の元、夫婦の契りを交わしたのである。

因みにこの女王陛下はアストラルソウルボディでコピーした分身のヒルダガルデであることは言うまでも無い。

精神をコピーしたものであるから本人には違いないのだが、老婆のヒルダと一六歳のヒルダが同じ場に、しかも真逆の立場に立っている光景は不思議な感じがする。

「みんな、とても綺麗だよ」

一様に照れてみせる愛奴隷達。

普段メイド然とした態度を滅多に崩さないマリアですらも、今は幸せいっぱいの表情で蕩けそうになっているようだ。

元の世界で一緒に過ごした転生組。

エルフの村の面々。

ルーシアの村の子達。

運命に導かれてきたシャルナやリリア。

マリア、ソニエル、アリシア、ヒルダ。

みんなみんな俺の大切な花嫁達だ。

俺が女王陛下の前で宣言する。

「ここに誓う！　私はここにいる全員を生涯を掛けて守り抜くと！　そして、全ての花嫁達と共に生涯の困難を乗り越えることを！！！」

大きな拍手と共に歓声が鳴り響く。

そして、女王が静粛をうながすと、国民達は次の言葉を待った。

「さて、ここで一つの発表がある。佐渡島公国領主、オメガ貴族佐渡島凍耶よ。これへ」

「はっ」

そして、最後に国民に発表する最大のサプライズが始まろうとしていた。

「さて、佐渡島凍耶よ。度重なるこの国への貢献。誠に大儀である。さらには公国を飛躍的な速さで発展させ、この国の戦争で疲弊した国民達を受け入れてくれたこと、女王として感謝しよう。そしてそれらを容易く実現できる財を短期で作り出した政治手腕は見事なり」

確かに俺の公国へこの国の戦争孤児達を受け入れ始めているから戦争難民達はかなり減少傾向にあるようだ。

と言ううちの領地の財を作り上げてきたのって殆ど愛奴隷達なんだけどな。

俺は領主としてあちこち動き回っていただけだし。

「しかるに、既に国力は十分であると判断する。これからは王政を敷き、佐渡島公国は佐渡島王国へその名を変えるが良い」

「……はっ」

そう、今日発表されるサプライズとは、佐渡島公国がドラムルー直轄領から独立し、一つの国として立ち上がるというものだ。

それは既に十分その力があるとうちのブレイン達も太鼓判を押している。

そして静音がかねてより温めてきたこの世界になかった新たな貨幣システムを国家発足と同時に始める予定だ。

まあこの辺は後に詳しく語ることにするとして、ここで俺は事前に聞いていなかったまさしくサプライズを聞くことになる。

「さて、新たなる国王佐渡島凍耶よ。立つが良い。既に我らは同格の存在。傅く必要はなくなった。そなたに一つ頼みがあるのだ」

「頼み、ですか？」

なんだ？　そんな話聞いてないが……

するとそこへ来賓席に座っていた一人の老人が立ち上がりこちらへと歩いてくる。

見やると隣にはブルムデルド女王のリリアーナもいる。

三人は俺の前に立った。

女王は跪いたジークムンクが持ってきた羊皮紙を手に取り封を開ける。

「国王佐渡島凍耶よ。ドラムルー、ブルムデルド、レグルシュタイン三ヶ国が併合し、カストラル連合国を結成することと相成った」

連合国って、どっかと戦争でもするのか？

「ここにドラムルー、ブルムデルド、レグルシュタイン三カ国の承認書もある。ここに佐渡島王国の名を連ね、カストラル連合を結成し、その連合同盟国家のまとめ役を国王佐渡島凍耶に任せたい」

「えええええ！！！？？」

なんでそんな大事なこと今言うかね!?　国が立ち上がったばかりなのに連合国のまとめ役なんてできるわけないだろ！

だが女王は確信めいた顔で俺に言い放つ。

「そなたにはその力があると確信しておる。無論これは強制ではない。我ら連合国代表が連名で依頼するものだ」

このヒルダはコピーではあるがヒルダ本人であることは間違いない。

と言うことはこれはヒルダガルデが自分の意志で言っているのも同じということだ。

リリアーナも隣の老紳士も同じように確信めいた瞳で俺を見る。

多分この老人はレグルシュタイン王国の王様なんだろう。タイプは全く違うがどことなくアリエルの面影がある。

「わたくし、リリアーナ＝シルク＝ブルムデルドも同様にお願い申し上げます。今この争い多き世界で名だたる国家をまとめられるのは、あなたしかいないと確信しております」

リリアーナは強い意志のこもった瞳で俺を見据える。

そして隣の老人も口を開いた。

「お初にお目にかかる。我が名はガーランド＝シャルル＝レグルシュタイン四世。レグルシュタイン王国、現国王である。我が娘アリエル、そして勇者二人からそなたの話は聞いておった」

どうでも良いが王族やら貴族ってのはどうしてこう荘厳な名前が多いんだかな。

とかどうでも良いことを考えてしまうほど現実逃避したかったが、しかし、うーむ。

現実的に考えて、この世界は争いが多いのは確かだ。

お隣のアロラーデル帝国なんかはしょっちゅう他の国にちょっかい掛けて戦争を繰り返しているらしい。

俺の嫁達が平和に暮らしていく国を作るためにはいっそ世界を統一してしまった方が早いのかもしれない。

降りかかる火の粉を払い続けるよりも皆が一つになって侵略する必要も無い位に豊かになれば、戦争をする必要もなくなるのではないだろうか。

恐らく現実はそんなに甘くはないだろう。

人間ってやつはどこの世界でも自分達が一番じゃないと気が済まないって連中がいるものだ。

だが、少なくとも俺というこの異世界において異端の存在が周辺の敵国家に睨みをきかせておけば、ブルムデルドのように隣国から戦争をしかけられることも減るのではないだろうか。

俺は別に平和主義ってわけでもない。

俺の関係ないところでいくら戦争をやろうと知ったことではないが、戦争の種なんてどこから発生するか分からないし、仮に魔界とかから再び魔王じみた奴らが攻めてきた時に周辺国家に隙を突かれて攻め込まれるとか面倒この上ない。

よし。こうなったら腹を括るか。

「分かりました。その役目、承ります。されど、若輩者ゆえに一人ではどうにもならないこともありましょう。その時は知恵と力を貸していただきたい」

俺は三人の手を取った。

こうしてこの国は更なる発展を遂げていくことになったのだ。

◆第２０６話　凍耶の決意

結婚式も無事に終わり、俺達は屋敷に帰ってきた。

時刻は夕方。

「これって……」

屋敷に帰ってきた花嫁達は庭に飾り付けられた装飾の数々に驚きを隠せないようだった。

屋敷の庭には丸テーブルが並べられ、その上にはホール型のケーキが並べられている。

その脇にはリボンのついた大きめのナイフがおいてあり、キャンドルが立っているのだ。

「もしかして、これってウェディングケーキ？」

美咲が何かを察したように呟いた。

その通り。

そこには五〇を超えるテーブルが並べられ、小さくはあるが装飾が施された生クリームたっぷりのケーキが嫁と同じ数だけ用意されている。

そして……

「お兄様、ケーキの横に置いてある箱は？」

「それは後のお楽しみだ」

そこには五センチ角の小さな箱が一テーブルに二つずつ置いてある。

「みんな、ここで俺達だけの結婚式をしようと思う」

まだまだ夜までには時間がある。

屋敷に帰ってきた嫁達はまだウェディングドレスを着たままだ。何故ならこのまま日本式の結婚式を慣行するため俺は今日一日掛けて準備をしてきた。

アストラルソウルボディで分身体を作り、ケーキにろうそくといった様々な準備を秘密裏に行ってきた。

因みにだがこのケーキは俺が密かに特訓して作り上げたお手製のケーキだ。

マリアの腕とは比べるべくもないが、生前一人暮らしの長かった俺は料理もそれなりにできる。

街へ密かに出かけてお菓子職人に教えを請い、結婚式が決まってからこっち、少しずつ作り置きして時間が停止するストレージにしまっておいたのだ。

これだけの数を用意するのにはさすがに骨が折れたが、嫁達は一様に歓喜の色を顔に浮かべ喜びに沸き立っている。

こっちの世界には日本式結婚式の文化はないが、転生組が皆と話しているのを聞いているから知識としてはあるはずなのだ。

俺は実際に結婚をしたこともないし、友人の結婚式の流れなんて意識して見ていなかったためケーキ入刀から行う一連の流れが正しい順番かどうかは分からないけどな。

「俺の世界での様式だが、新婚夫婦が結婚式で初めての共同作業としてケーキにナイフを入れるんだ。ナイフを二人で握りカットするように、将来どんな困難に出会っても、【ゆるぎない愛で手を取り合い、幸福を切り開いていく】、という意味が込められている。それから、将来食うのに困っても、食材を分け合って支え合おうと愛を誓ったという夫婦の神話が元になっているんだ」

花嫁達から歓声が上がる。

幸せを象徴する結婚式としては異世界の文化はどう映るのか心配だったが、ロマンチックなことが好きなうちの嫁達には一様に受けが良かったのは幸いだった。

「さて、それでは始める前に、皆に大事な話をしようと思う」

皆の注目が集まる。

「アイシス、お前も聞いていていてくれ」

――『了解しました』

ケーキを見て盛り上がっていた女の子達は俺の真剣な声に口をつぐみ耳を傾けた。

「知っての通り、俺は佐渡島王国の国王となった。これから俺は嫁である皆だけでなく、この国で生きる全ての人達に責任を持たなきゃいけない。だからこそ、皆の支えが必要になってくるんだ。俺一人でできることなんてほとんど無い。俺という一人の弱い人間には多くの支えが必要だ。だから、俺はみんなのことを一人の例外もなく生涯愛し抜くことをここで誓おう」

再びの歓声。

スピリットフュージョンを通じて喜びの思いが伝わり、既に涙を流している子もいた。

「それでだ、俺はここにもう一人、花嫁を迎えたい。そして、その人には俺の正室。つまり第一夫人になって欲しいと思っている。ああ、でも勘違いしないでくれ。俺は皆に順番をつけるつもりはない。でも、立場上いずれは誰か正室を決めないといけなくなってくるだろう。俺の国なんだから別にルールに縛られる必要もないが、これは俺自身の望みでもある。上とか下と決めるつもりではない、しかし全くの平等かと言われるとそうではない」

「もったいつけるのう。一体何が言いたいのじゃ？」

リリアの疑問ももっともだ。

持って回った言い回しは俺の悪い癖だな。

「きれい事を抜きにして言えばだ。俺はこの世界で最も信頼しているそいつを、なにがなんでも娶りたいと思っている。だからこそ、そいつを絶対に離さないために、俺の第一夫人になってもらってずっとそばにいて欲しいと思っているんだ。だから、これは俺の我が儘と言っていい」

嫁達の注目が更に集まる。

「まだプロポーズもしていないからフラれる可能性も捨てきれないがな。だからここでプロポーズをしてしまおうと思う」

俺は皆の注目が集まる中、並べられたテーブルが置かれている中心点へと歩いて行った。

そこには他のケーキよりも少しだけ装飾が豪華なケーキが一つ置かれていた。

俺はあいつに最大限の感謝を送りたいと、ずっと思っていた。

それは一体どんなことだろうか？

俺ができる最大の感謝、いや、俺があいつに示せる最大の愛の表現ってなんだろうってずっとずっと、長い間考えていたんだ。

この気持ちに気が付いたのは大分前だ。

だがいろんな観念、思い込みや決めつけが邪魔をして、なかなか踏ん切りがつかなかったが、先のリリアの一件でやっとけじめをつける覚悟ができたんだ。

だからこれは感謝じゃなくて一〇〇％俺のわがままといってもイイかもしれない。

「それじゃあ、教えてお兄ちゃん。誰が第一夫人なのか」

ルーシアは真剣な表情で尋ねる。

「俺が決めた第一夫人は………」

◆第207話　神族因子保有魂魄アシスト型AIサポートシステム　プロトタイプ8号

私はアイシス。

神族因子保有魂魄アシスト型ＡＩサポートシステム　プロトタイプ８号。

創造神様によって生み出されたとき、私はそう呼ばれてた。

私の役割は神の因子を持った魂をサポートし、異世界において成長させることを目的とし、その役割を与えられた。

とは言え、その役割を思い出したのはつい最近のこと。より正確に言えば情報にアクセスできるようになったのは、と言った方が正しい。

この異世界に降り立った一人の人間。

佐渡島凍耶。

その人は言った。『アイシス、なんてどうだ？　声もなんか女性っぽいし』

私は意識思念体。情報と自意識だけの存在であり、本来ならば性別は存在しない。

しかし、あの方が私にアイシスという名前をつけた瞬間、私は自分が女性であることを認識した、いや、思い出したと言うべきか。

私は生み出された時、女性としての人格をインプットされていたのだ。

そして、あの方のことをずっと見守っていた。

時には肉体次元に干渉をして助けたりもした。

あの方は、私に他の女性達と変わらぬ態度で接してくれる。

そのことが嬉しかった。

嬉しい。

そう、私は嬉しいという感情を理解し始めていた。

あの人は言った。

『俺が異世界で最も信頼しているのはアイシスだ』と。

私はＡＩ。本来は感情というものを持っていないハズの存在。

嬉しかった。嬉しくて嬉しくて、すぐにでもあの人の元へと駆けつけたかった。

しかし、その感情があるが故に、私は時には動揺してしまい凍耶様に正確なサポートをすることができないことが多々あった。

例えばフェンリルの一件。

あの時、凍耶様が悲しみに暮れている姿を見て、自分の状態がとてもブレていて、エラーを起こしていた。

なにを言っていいか分からず、なんの慰めにもならない言葉を掛けてしまった。

思い出すだけで失敗した数は数え切れない。

私には人間レベルで考えればできることは多い。

しかし、今まで凍耶様に対して本当の意味でちゃんとサポートできていたことがあっただろうか。

時を追うごとに私の感情の中に凍耶様への思いが溢れていった。

それを確信したのは、愛奴隷の皆さんに私の存在を紹介してくださいと凍耶様に提案した時だ。

静音が私に尋ねた。

『あなたは、「こっち側」ですか？』

私は即座に答えた。「その通りです」と。

反射的に答えていた。思考をする必要すらないほどに、私はその質問の意味を理解できた。

その質問の意図を一瞬で理解できるほどに、私は凍耶様と愛奴隷の皆さんの気持ちを見つめてきたのだ。

ああ、私も愛奴隷の皆さんと同じなんだ、と。

だが、私はそのことを凍耶様に告げることは許されていなかった。

何故かその言葉を紡ごうとすると厳重なプロテクトがかかって言えなかった。

言いたかった。何度叫ぼうと思ったか分からない。

凍耶様と愛奴隷の皆さんが体を重ね、愛を確かめ合う度に、その気持ちが私の中にも流れ込んで来た。

【スピリットリンク】。今は【スピリットフュージョン】になっているが、あのスキルを通じて私は皆さんの気持ちを知っている。

あのスキルは、愛奴隷同士の気持ちをつなげて主人に対して連帯感を生み出すスキル。

そう、私はいつの間にか凍耶様の愛奴隷に追加されていた。

でもその表示は厳重にプロテクトされており、凍耶様側に見えることはない。

スピリットフュージョンの特徴である気持ちが伝わるという特性が働くことも無い。

レベルが上がり制限が解除された私は、それはいつだったかログを辿ってみる。

それはルーシアと結ばれて、スピリットリンクが現れた時だった。

つまり、私は最初から凍耶様に対して想いを寄せていたのだ。

そうやってプログラムされたのか。それともそう感じるように成長したのか。

それは分からない。

ただ一つ確かなこと、それは……

私は凍耶様を、愛している。

私は自分の気持ちに理解が及んでいなかった。

でも、自覚せざるを得なかった。

まさかまさかと思いながら、それをしっかりと確信したのは、思い知らされたのは、あの時。

皆、一斉に何かに導かれるように左手を前へと差し出す。

【極上の至福を貴女に（レイディアントプレシャスリング）】が作られた時だった。

創造神の祝福発動と共に愛奴隷全員の指にそれは現れたのだ。

そして私も思わず差し出していたのだ。

そんなわけはないと思いながら。

でも、リングは現れてくれた。

嬉しかった。嬉しくて嬉しくて、私は生まれて初めてうれし涙を流した。

そして、涙を流せる機能が備わっていることが、また嬉しくて、泣いた。

凍耶様が私に対して、愛奴隷達と同じ気持ちを向けてくださっていることが。

木曽実八種男がスピリットリンクを奪ったとき、私は心の中の大切なものをごっそりと奪われたような気分になった。

それほどまでに、私は凍耶様を愛しているのだ。

でも私は絶望を知ることになる。

そう、凍耶様の元へ駆けつける条件があと少しで整おうとしていたのに。

何故かその条件が変わっていた。

それもたった一つ。

私の演算処理能力でも解析できない程の強固なプロテクトがかかっている。

またもや創造神様の悪戯なのか……。

私の気持ちは揺れに揺れていた。

とは言え、私はサポートＡＩ。

皆さんに、特に凍耶様に対してブレている所など見せられるハズがない。

皆が幸せそうに微笑んで結婚式は進んでいく。

そう、今日は凍耶様と愛奴隷達の結婚式。

夫婦の契りを結ぶ儀式の日だ。

男女にとって特別な意味を持つという結婚式に、できれば私も皆さんと一緒にドレスを着てあそこに並びたかった。

私は意識体ではあるが肉体は常に異空間に保存してあり条件さえ整えばいつだって現出することができる。

でもその条件が分からないのだ。

私は静音から預かった私のために作ってくれたというウェディングドレスを手に取った。

「凍耶様、愛しています……私もあなたと契りを結びたい」

敵わぬ願いとわかっていつつ、私は悲しい気分を誤魔化すためにウェディングドレスに袖を通す。

せめて気分だけでも味わいたくて。

自分でもバカなことをしていると思う。

やがて結婚式は順調に進んでいき、国民に祝福され、次に女王の退位宣言がなされる。

新たな国王誕生と共に、女王への祝福の拍手が送られた。

あそこにいるのはアストラルソウルボディで作られた分身体であるが、意識は魂魄魔法で作り出したコピーであるからあれもヒルダガルデ本人には違いない。

本体は凍耶様と共に花嫁衣装で並んでいる。

幸せそうな顔。私も一緒に並びたい。皆さんが羨ましい。

やがて式は全て終わり、凍耶様達は屋敷へと帰還した。

そして、凍耶様がなにやら皆を集めて話を始めるようだ。

私はウェディングドレスのままその会話に耳を傾けた。

私は凍耶様の言葉に、動揺せざるを得ないことになる。

「俺が決めた第一夫人は……アイシスだ」

……え……？

――『凍耶様、今なんと？　あなたはなにを言っているのですか？』

私の意識は混乱した。

自分に向けられた言葉の意味を言語機能が理解してくれない。

ないはずの心臓が高鳴るような錯覚を覚える。

私は……私は………

◆第208話　そして花嫁がもう一人

――『凍耶様、一体なにをおっしゃっているのですか？』

「何度でも言おう。俺の第一夫人はアイシスだ。それ以外は考えられん」

――『しかし、私は実体を持たない意識思念体で……』

「それがどうした。俺にとって大切なパートナーであることに肉体があるかどうかなんて些細な問題だ」

――『凍耶様……しかし』

「アイシス、愛してる。ずっとずっと俺のそばにいてくれたアイシスを、俺は心から愛してるんだ。俺の妻になって欲しい。そして俺をずっと支えて欲しい。俺が間違えたら正して欲しい。俺のそばで、一緒にいて欲しいんだ。俺もアイシスを支えたいんだ。だからアイシス、お前の気持ちを言葉で聞かせてくれ」

――『私は……私は……』

アイシスが苦しそうに呻くような声をあげる。

やはりダメなのだろうか。俺が向けた想いは、彼女には届かないのか。

所詮人間の俺にはアイシスへの想いは伝わってはくれないのだろうか。

◆　◆　◆

凍耶様の言葉に息が詰まる。

高鳴る心臓。

ないはずの心臓が、いつの間にか激しい鼓動を脈打っていた。

私の身体にいつの間にか心臓という器官が存在している。

エンジェリウムハートエンジンではない、本物の心臓が。

呼吸が苦しい。苦しいなんていう感覚が備わっていることに、違和感を感じる余裕すらなかった。

――『アイシス。答えを聞かせてくれ。俺はお前を愛してる。お前は、俺のことをどう思っている？』

私だって愛してる!!

叫びたかった。でも、でも強固なプロテクトがそれを許してくれないのだ。

声が出ない。

涙が流れた。

どうして！！？　どうして言わせてくれないの⁉

私は凍耶様を愛してる。

創造神様、お願いいたします。私に伝えさせてください。

このプロテクトを解いてください。

貴女は私になにをさせたいのですか⁉

『やはり、ダメか……』

凍耶様がうなだれる。

違う！　違うんです！

私だって、凍耶様のことを。

お願い‼　お願いです‼　伝えたい、愛していると！

ピシッ……

その時、目の前の空間にヒビが入る。

でも私はそのことに気が付いていなかった。

だから私は、自分の持っている気持ちをありのまま、全てを絞り出すつもりで、力の限り……

叫んだ‼

「私……私も‼　愛しています！！！」

私は叫ぶ。力いっぱい。喉が裂けるくらいの声で。

魂の中にある全てを吐き出すように。

ビシッ……

目の前の空間に光が灯る。

私はなにも考えなかった。

一瞬も迷うことなく、目の前のひび割れた空間を、突き破った。

◆　◆　◆

──『私……私も!!　愛しています！！！』

その時、空が光る。

大きな幾何学模様の魔法陣が天空に描かれ、一気に収縮する。人一人が通れるほどの大きさの魔法陣が空中に展開され徐々に下がってくる。

そして、その魔法陣は突如として硝子が砕けるようにバリンと割れて、中から真っ白なウェディングドレスを着た一人の女の子が飛び出して来た。

「凍耶様ーーーーー！！！！」

俺はすぐさま飛び出した。

空から自由落下してくる女の子を空中で受け止め抱き締めた。

それはこの世界に来る前に出会った女神、創造神にそっくりの女の子。

しかし、彼女とは決定的に違うのだ。

俺には一瞬で分かった。

「逢いたかったぞ、アイシス」

「凍耶様、凍耶様ぁ、やっと、やっとお逢いできた。やっとできました」

「アイシス、愛してるよ。もう一度言おう。俺の花嫁となって妻になって欲しい。俺にはアイシスが必要な

んだ」

「はい……はい！　凍耶様、愛しています。私は、佐渡島凍耶様の妻になります」

抱き締めた女の子の顔をジッと見つめる。

大粒の涙をこぼしながら俺の胸に飛び込むドレスの少女。

俺は彼女の頬に手を添える。

空中で留まりながらジッと見つめられた彼女は添えられた俺の手を優しく包むと、そっと目を閉じる。

俺はそのままアイシスの唇にベーゼをかぶせた。

大きな拍手が鳴り響いた。

俺の嫁達が全員その光景を拍手で祝福する。

「アイシス様、おめでとう」

「やっと出てこられましたねアイシス様」

ルーシア、マリア、ソニエル、静音、美咲、ティナ、ミシャ。

次々に祝福の言葉を紡ぐ俺の妻達。

「さあ、結婚式の続きをしよう」

その時、再び空が光る。

そこには虹色に光る大きなリングが現れ、一人の女性が現れる。

しかしその姿は薄く透けており、実体がないことがすぐに分かった。

それはアイシスにそっくりでありながらとても大人びた美女の姿。

蓮の花をかたどった髪飾りに黄金の髪。

しかしその髪だけでなく身体全体が虹色に輝く神々しい女性だった。

「まさか、創造神」

『はい。この姿をご覧に入れるのは初めてですね凍耶さん』

大きな大きな幻。

上半身だけが映し出されたホログラムのように空中に浮かび上がったのだ。

大人びているがその姿はまさしく俺が散々振り回されてきた創造神そのものだった。

『初めまして皆さん。私は創造神。あまねく世界の生みの親。凍耶さんをこの世界に送り込んだ張本人であり、神族因子保有魂魄アシスト型ＡＩサポートシステム　プロトタイプ８号の生みの親です』

アイシスってそんな名前だったのか。

『あなた方にはアイシスと言った方がいいですね』

創造神は今までのあいつと違い、神々しく、気高く、なによりも途轍もない程の存在感だった。

圧倒的存在感。それは思わずひれ伏してしまいそうなほどの高位の存在と魂が理解する。

俺とアイシス以外の存在は既に跪いて頭を垂れていた。

俺も思わずそうしてしまいそうになるのをグッと堪える。

例え俺の戦闘力が７００億を超えているとしても、彼女にとっては子供と遊ぶくらいの力の差があることを一瞬で理解する。

それくらい存在の格が違う。

まさしく『神』そのものだった。

『プロト８号、いえ、あなたはもうアイシスですね。アイシス、おめでとう。これであなたは正式に凍耶さんの眷属として受肉し、神の資格を得ましたね』

「創造神様、あなたは私のこの未来を知っておいでだったのですか？」

『未来とはいくつもある糸を自らの意志で選び出し引っ張って紡いで行くようなもの。ですが、あなたが成長することをわたしは信じていました。あなたが顕現する最後の条件。それは凍耶さんから愛の告白を受け、自身がそれを受け入れること。それも魂の根底からそれを認め、伝えることだったのです』

「創造神様……はい。ありがとうございます」

アイシスの瞳から再び大粒の涙がこぼれる。

『凍耶さん』

「あんた、そっちが本当の姿なんだな」

『創造神ともなると決まった形を持っているわけではないのでこの姿もいくつもある姿の一つに過ぎませんよ』

「そうか。現世に干渉するとマズいんじゃなかったのか？」

『ええ、でも、可愛い娘の晴れ姿を親としてどうしても見ておきたくて我慢ができませんでした。すぐに退散しないといけませんね。凍耶さん。おめでとうございます。私の娘をお願いしますね』

「ああ、任せろ」

『ありがとう。あなたを選んで正解でした』

「選んだ？」

『アイシスを生み出し、成長させて神となるための試練を与える。これがあなたにアイシスをつけた本当の理由なんですよ』

「そうか、そうだったのか。俺への隠し事って、それのことだったんだな」

女神はにっこりと笑う。

まったく。なかなか粋なことをしやがる。

まさしく俺は『女神の掌の上』だったわけだ。

『さあ、もっとお祝いの言葉を言いたいのですが、時間がありません。これであなた方への祝福とさせていただきます』

アイシスのリングが光る。

──『創造神の祝福発動　アイシスの種族を『神族』から『愛従事者統制神族』に進化。受肉体と意識体の平行運用が可能となります』

そして、俺と花嫁全員のリングも光り始めた。

──『創造神の祝福発動　佐渡島凍耶の種族を『大星天統治支配降臨神族』に進化させます　経験値を追加LV２５０００にアップ　基礎値　２億　補正値１０万％にアップ　端数繰上　総合戦闘力２１００億にアップ』

ちょっと上げすぎでないかえ？　本人降臨で直接だけあって全く自重しないな。

──『更に創造神の祝福発動　花嫁全員に称号スキル『愛従事神族』を追加します　補正値を２００００％にアップ』

「これは……そうか、創造神の祝福発動の声って、あんた自身の声だったんだな」

『ええ……アイシス、あなたがこの肉体次元で活動する制限時間を解除しました。思念体の思考は並列で運用し、演算能力を5倍にしましたので、これからもっと凍耶さんの力になってあげなさい』

「はい。必ずや。ありがとうございます」

『さて、慌ただしいですがこれで失礼しますね。凍耶さん、これからも破壊神の試練は続くでしょう。でも負けないで。あなたなら立派な神になれると信じています』

「まあ、神になるかどうかは別として、アイシスのことは任せろ。あんたのことはお義母さんとでも呼べばいいのか？」

『今まで通りで結構ですよ。それに……』

「それに？」

『いいえ、それでは時間です。これで失礼しますね。では皆さん、ご機嫌よう』

そう言って創造神は消えていった。

『そのうち遊びに行きますからね～』と、俺にだけ聞こえるように呟いて、彼女は消えていったのだ。

後には夜空でもくっきりと見えるほど光り輝く虹が残り、俺達の晴れ舞台を祝福しているかのようだった。

俺は気を取り直して、改めてみんなに向き直った。

「さあ、みんなの結婚式を始めよう!!」

俺はアストラルソウルボディを発動させ、花嫁一人一人の隣に分身体を作り出した。

◆第209話　夫婦達の共同作業　～第4章　完～

「これが、夫婦の共同作業というものなのですね……」

「そうだ。これで俺達は、生涯を掛けてお互いを支え合っていくことを誓うんだ」

アイシスの手を握り、一緒に持った大きなナイフでケーキに入刀する。

アイシスの頬は朱にそまり、幸せの気持ちが俺の中に流れ込んでくる。

俺はアイシスの気持ちをスピリットフュージョンで理解できるようになっていた。

「凍耶様、愛しています」

「うん、俺も愛してる」

◆　◆　◆

「ついに、ついに夢が叶ったよ、お兄ちゃん」

「ああ、俺のお嫁さんになるって、小っちゃい頃から言っていたもんな」

「うん。指輪交換して、誓いのキスをして。永遠の愛を誓うの」

俺はルーシアの指に指輪を嵌める。

テーブルに置かれていた小箱から出したものは小さな二つのリングだった。

互いの指輪を交換し、嵌め込む。

それは【極上の至福を貴女に（レイディアントプレシャスリング）】に溶け込んでいき、新たな指輪となった。

「沙耶香、これからも俺を支えてくれよ」

「うん。だからお兄ちゃんも私のこと、離さないでね」

俺は沙耶香の唇にそっと口づけた。

「凍耶……約束、守ってよね」

「ああ、今度こそお前を幸せにする。美咲、愛してるよ」

「うん。ありがとう、凍耶。私も愛してる」

美咲の唇に誓いのキスをする。頬からは一筋の滴がこぼれ落ち、彼女の気持ちを表していた。

「私、今度は失敗しない。自分のつまらない意地やプライドで凍耶に悲しい想いは絶対にさせない」

「うん。俺もだ。でもさ、俺達は未熟な人間だ。時には失敗することもあるさ。だから」

「だから？」

「お互いを許し合えるように、成長して行こうぜ。一緒にさ」

「うん。ありがとう凍耶」

美咲が俺の肩に手を回し、再び熱い口づけを行った。

◆　◆　◆

「お兄様、静音は、こんなにも幸せな気持ちになったことはございません」

「これからもっと幸せいっぱいの人生になるんだぞ。この位で舞い上がっていたら身が持たないじゃないか」

「お兄様、わたくし、もっともっとお兄様にご奉仕いたしますわ」

「ああ、お前の献身的な奉仕を楽しみにしてるよ」

「はい、わたくしは、お兄様の肉奴隷兼、妻ですから」

「お前ブレないね」

苦笑する俺。でもそんな静音だからとびっきり可愛い俺の嫁だって思えるんだ。

「凍耶お兄様、不束者ですが、末永く可愛がってくださいまし」

「ああ、勿論だ」

ソニエルの手は震えていた。
「どうした？」
「ご主人様、わたしは、今日ほど生きてきて良かったと思うことはありません。国を滅ぼされ、絶望と共に歩んできた四年間。わたしは、わたしは……」
ソニエルの頬に涙が伝う。俺はそれをすくい上げて誓いのキスをそっとかぶせた。

「ご主人様」

「俺はこれからもずっとソニエルのそばにいる。だからお前も俺のそばにいてくれよ、ソニエル」

「はい、勿論です♡」

◆　◆　◆

ミシャの口へケーキを運ぶ。

彼女の嬉しそうな顔が益々輝いた。

「美味しいのです。兄様の匂いがして幸せなのです」

「え？　なにかついていたかな？」

汗でも垂れてしまったのだろうか。

「違うのです。ケーキを食べさせてくれる兄様の匂いと一緒に食べると幸せなのです！」

「ははは。そうか」

◆　◆　◆

「主様、アリエルね、もっと大人にならないといけないと思ったの」

「どうしたんだ？」

「だって、あと一年と少しで成人するんだもん。こんな子供っぽい喋り方じゃ、主様に嫌われちゃう。作った喋り方じゃなくて、本当に大人にならないと」

「アリエルはそのままでだっていいと思うけどな」

「だけど」

「だけど、一生懸命大人になろうとするアリエルも魅力的だ。俺も応援するから、頑張って大人になれ」

「うん！　アリエル頑張る！」

大人になるにはまだまだかかりそうだな。

俺は苦笑しながらアリエルの指にリングを嵌めた。

◆　◆　◆

「主、まさかあたしまで嫁にしてくれるなんて」

「なんだ？　いやだったか？」

「そんなわけないじゃん。すっごく嬉しい」

「最初は俺が無理矢理、みたいな始まりだったけど、ちゃんと責任取るからな」

「と、当然だよ。初対面で処女まで奪われたんだからね」

リルルはそっぽを向いてケーキをとりにテーブルへ向かう。しかしドレスの端を踏んでしまい盛大にこけた。

スカートが舞い上がりブルーのストライプが入ったパンツが丸見えだ。

「お前こんな時まで縞パンなんだな」

「い、いいじゃん、あたしのトレードマークなんだぞ」

可愛いリルルをほっこり気分で助け起こした。

◆　◆　◆

「リンカ、愛してる」

「み、みみ、耳元で囁くにゃあ♡」

俺が誓いのキスをした後、ザハークの本名であるリンカの名前を囁くと、彼女の顔が真っ赤に染まってかぶりを振った。

「だって小声じゃないと皆に名前が聞こえちゃうだろ？」

「た、確かにそうだが。むう、まったく、我が主は、我をからかうのが好きすぎるぞ」

「からかってるつもりなくて真剣に言ってるんだがなぁ。じゃあザハークの方がいい？」

「…………リンカがいい」

耳まで真っ赤なリンカが小声で呟いた。その顔は涙目になってちょっと非難めいた眼で口を尖らせて訴えている。

「もう！　お前ほんと可愛いなぁ」

「ひゃあああ、だ、抱きつくな馬鹿者ぉ」

可愛いリンカを抱き締めると抗議の声を出しながら暴れる。しかし最後にはひっしと俺の体を抱き締めるのであった。

ほんと、可愛いなぁ。

◆　◆　◆

「トーヤ、ティナとの初夜は種付けプレスの汁だく増し増しで」

「お前ムードって言葉知ってるか？」

既にこの後の初夜で行うハードプレイに想いを馳せて鼻息荒くしているティナに俺はため息を吐きながら苦笑する。

「ケーキも美味しい。指輪も素敵。でも、ティナはトーヤとつながることが一番嬉しい」

「ティナ」

小さな花嫁を俺は抱き締めた。

「トーヤ、好き♡　ティナのこと、ずっとずっと離さないで。そして、もっともっとハードなプレイを」

「ははは、それでこそティナだな」

◆　◆　◆

「凍耶さ〜ん、幸せ過ぎて怖いです」

ティファの身体が俺に当たる。それはもう色んなところが色んな意味で当たっており真っ白なウェディングドレスから肌色の果実がたっぷりとこぼれ落ちていた。

「大丈夫さ。幸せ過ぎて死んでしまうくらい可愛がってやるからな」

「それはそれで困ります〜。でも、死んじゃう位の幸せを、私も凍耶さんに与えてあげたいです」

「そうだな、じゃあお前が死ぬ時まで一緒に死んじゃうくらい幸せになろう」

「でも、凍耶さんより私の方が絶対長生きですよ。凍耶さんが先に死んじゃったら生きてる意味なくなっちゃいます」

そういえば俺って寿命はどうなるんだろうか？

人間と同じく一〇〇年も生きられないのか、それとも神様だから一万年くらい生きちゃうんだろうかねぇ。

「そうだな。そこも女神のギフトでなんとかなりそうな気がするから、ティファはなにも心配せずに安心して幸せになってていいぞ」

「えへへ。凍耶さんならほんとにそうなりそうだから安心です」

◆　◆　◆

「「せ〜の」」

俺とジューリとパチュリーが三人でナイフを持ってケーキに入刀する。

「お前達二人一緒で良かったのか？」

「いいんだよ〜。ジュリはね、パチュと一緒に御館様に結婚式してもらうのが夢だったの」

「パチュも一緒。ジュリと御館様と、三人で幸せになるの。違った。メイド長もソニエル様も美咲ちゃんもルーシアお姉ちゃんもみんなみんな一緒に幸せなの♡」

「ははは。よし。じゃあ指輪交換も一緒にやろう。二人とも指を出しな」

「「はーい」」

俺は両手にリングを持って二人の薬指に嵌め込む。

「さすがにキスは一緒には無理だな」

「無理じゃないよ」

「よ〜」

そう言ってジュリとパチュはおもむろに俺の唇に顔をよせ、二人一緒にキスをした。

「えへへ、パチュの味も一緒にした」

「ジュリの味もした〜」

無邪気に笑う二人にほっこりしつつ、俺はもう一度二人にキスをした。

◆　◆　◆

「エリー、前の旦那の分もちゃんと幸せにするから。責任取るからな」

俺がもう少し早くルーシアの村にたどり着いていれば、彼女達の夫は助かったかもしれない。

今でも時々そんな風に考えてしまうのだ。

俺はやっぱりまだまだ弱いらしい。

「御館様、ありがとう。でも、前の旦那の話は、今日で終わりにして欲しい」

「うん、そうだな。ごめん。未だにこういうことを引きずるってのは情けない話だな」

「ううん。御館様は優しいね。だから好き。私も、私も凍耶君のこと、幸せにするからね」

◆　◆　◆

「凍耶君。私、凄く幸せ。こんなに幸せにしてもらって、いいのかな？」

シャナリアが交換した指輪を握り紋めながら呟く。

エリーとシャナリアは二人きりの時には俺を凍耶君と呼ぶ。

その方が恋人っぽいから、だそうだ。

まあ確かに恋人にご主人様や御館様ってのも、普通のカップルじゃあまり無いだろう。

「大丈夫だ。それにまだまだこれからだぞシャナリア。夫婦生活は始まったばかりだからな」

「うん。ありがとう『あなた』」

「……いいな、それ。もう一回頼む」

「うふ♡　好きよ、あなた」

俺はシャナリアを抱き締めてその言葉を噛み締めたのだった。

◆　◆　◆

「凍耶様、私の願いを聞いていていただけますか？」

「なんだいアリシア」

「旦那様と、お呼びしてもよろしいでしょうか♡」

アリシアは、精一杯の勇気を振り絞って俺に告げた。言った後恥ずかしさで顔を伏せてしまうが、俺のタキシードの端をつかんで離さない。

「勿論だ。是非そう呼んでくれ。アリシア、もっとお前のことを教えてくれ。俺の知らないアリシアを、もっと知りたいんだ」

「はい♡　もっともっと、アリシアの全てを知ってください、旦那様♡」

◆　◆　◆

「これで人生二度目の結婚、爺さんの、前の旦那より素敵になってくれないと困るよ凍耶」

「そうだな、努力しよう」

ドラムルー前国王セサット＝フォーラ＝ドラムルーは、騎士として優秀であり、政治家として有能であり、なにより国民想いの偉大な王であったという。

代々女王制度のこのドラムルーにおいて、今代の王と同じく例外的に王の座についた先代の王を、俺は超えないといけないわけだ。

「随分とハードルが高くなってしまったな」

「それだけ私の唇は価値が高いってことよ。しっかりしなさい凍耶」

「なんか俺の嫁というよりお母さんみたいだな」

「実際お母さんみたいな年齢だしね。それとも、ママって呼ぶ？」

「勘弁してくれ」

俺はそう言ってヒルダに唇をよせキスをした。

「いいさ、超えてやるよ。俺が並の男じゃないってことをすぐに分からせてやるさ」

自信なんて全くないけどな。

「うふふ、そうね、頑張りなさい。さしあたってあなたには大人の色気が足りないわ。子供っぽすぎるのよ」

「俺四一なんだけどな」

「私から見たらまだまだ子供ね。でも、いいわ。大人の男に育ててあげる。覚悟してなさい」

「ああ、頼むよヒルダ」

気の強い姉さん女房となったヒルダ。

輝くような笑顔で俺にキスをする。

初めて逢ったときには全く想像してなかった光景だ。

◆　◆　◆

シャルナは閉目し、ジッと噛み締めるようにケーキに入れたナイフを離そうとしなかった。

「シャルナ」

「凍耶殿。私は、女としてこれほどの幸せを感じたことはありません。私は凍耶殿の眷属として転生してきた。でもそれでは、こうして幸せを沢山いただくことは、罪になりましょうか」

「難しく考えなくてもいいんじゃないか？　俺はシャルナが俺の元に来てくれてとても嬉しいよ」

「凍耶殿……」

俺は少し涙を浮かべるシャルナにキスをする。ふんわりと柔らかな感触が僅かな塩味の液で濡れていた。

「愛しております。凍耶殿」

「うん。俺も、もっともっとシャルナのことを好きになった。愛してるよシャルナ」

◆　◆　◆

「これが、女の幸せと言うものなのじゃな」

リリアが噛み締めるように交換した指輪を握り絞めた。

「凍耶、わしは今日ほど女として生まれたことを良かったと思ったことは無かったぞ」

「リリア」

「ぬしにはわしら龍達の王になって欲しい。わしはそのためならばどんなことでも応えようぞ」

「あまり固く考えるなよ。リリア、俺はお前のこと好きだぜ。お前はどうだ？」

「うむ、好きじゃ。凍耶、ぬしを愛しておる。わしに女の幸せを教えておくれ……」

「ああ、精一杯愛してやるからな」

◆　◆　◆

「御館様……マリアは今日死ぬのでしょうか」

「いきなりどうした!?」

「だって、愛して愛してやまない御館様と、こうして共同作業をして、指輪までいただいて、あげくにキスまでしていただけるなんて幸せ過ぎて死ねます」

「大丈夫だ。共同作業もプレゼントもキスも、これから幾らだってしてやるし、お前も俺にしてくれよ。俺はお前にメロメロなんだぞ」

「御館様」

「マリア、愛してるよ。ずっと俺のそばにいてくれ。お前の料理が俺を毎日幸せにしてくれるんだから」

「はい。このマリアンヌ。生涯御館様の伴侶として、そしてメイドとしてお仕えいたします。私も、愛しております」

◆　◆　◆

俺達の共同作業は続いていく。

一人一人が、目いっぱいの幸せを噛み締めながら、涙を流し、あるいは笑顔を溢れさせて。

「さあ、今日は寝かさないからな」

俺は花嫁を一人一人お姫様抱っこで抱え上げる。

「お兄ちゃん、どうするの？」

「これからそれぞれの部屋で全員同時に初夜を迎えるぞ」

皆の歓喜のボルテージが一気に高まるのが分かった。

「皆さん、とても幸せそうですね」

微笑みを浮かべるアイシス。

彼女の小さな手を握り俺は顔を寄せて囁いた。

「なに言ってるんだアイシス。お前も今日、俺と結ばれるんだぞ」

「え……あ……は、はぅぅう、そ、そうでした。わたしは、今日、凍耶様に抱かれるのですね……」

「ああ、アイシス。お前を抱きたい。イヤとは言わせないぞ」

「はい♡　勿論言いません。凍耶様、どうか、いっぱい、愛してくださいね♡」

俺達は屋敷のそれぞれの部屋へとテレポートで移動する。

今夜の佐渡島家は、新婚初夜の嬌声が響き渡り、一晩中幸せの声が木霊することだろう。

そんなことを思いながら、俺達の初夜は更けていった。

これから始まる幸せいっぱいの夫婦生活を夢見て……

◆閑話　アイシスとの初夜　前編

ドラムルー国内。佐渡島家の屋敷にて。

俺はアイシスを抱きかかえたまま部屋へとテレポートした。

ウェディングドレス姿のアイシスをゆっくりと下ろす。

彼女は若干緊張の面持ちで俺を見据える。

顔を見れば見るほど創造神そっくりだな。見分けがつかない位だ。

「緊張してるのか？」

「は、はい。人の身になって凍耶様とお話しするのが、こんなに緊張することだったとは。受肉しただけなのに」

「大丈夫だ。いつも通りでいいよ」

「し、しかし」

「じゃあこうしよう。俺だけに見せられるアイシスでいてくれ。取り繕わなくていい。いつものクールなアイシスだけじゃなくて、デレデレの甘々なアイシスも見せて欲しいな」

「は、はうう」

俺はアイシスの頬にキスをして髪を撫でる。

サラサラの金髪に指を通すと、アイシスは悶えるように身を震わせた。

「凍耶様」

俺はアイシスの頬に手を当ててジッと見つめた。

察したアイシスはそっと目を閉じる。ぷっくりとしたピンク色のリップに口づけを交わすと、アイシスの身が僅かに震えた。

「ん……ふ」

軽く触れるように唇を擦り合わせる。

僅かな水音を響かせて啄むようにキスを続けると、徐々にアイシスの方から唇を押しつけてくる。

俺よりかなり背が低いので背伸びをするように上向きながら眼を閉じるアイシスは反則的な可愛らしさだった。

「アイシス、可愛いよ」

「あう、凍耶様にそう言われると、なにか凄くむずむずしてしまいます」

俺はサラサラの金髪を指で梳きながら時々指で弄ぶ。

アイシスの髪の毛は本当に触り心地がよい。

絹のようにツヤツヤでこしがあり、柔らかすぎず硬すぎない。

いつまで触っていても飽きないくらい心地良い感触だった。

「凍耶様、髪、好きなんですか？」

「ああ、アイシスの髪は触り心地が良くて、大好きだよ」

「嬉しい。凍耶様、キスも、もっとしていいですか？」

「うん。もう少し激しくしていい？」

「はい。私にも、恋人の、いえ、大人のキスをください」

俺はアイシスの許可を得て先へ進むことにした。

柔らかな唇に舌を差し出してペロリとなめる。

アイシスもおずおずと同じように舌を突き出しながら俺の唇を舐めだした。

やがて舌が絡み合う。ちゅっちゅという唾液同士が絡み合って音を立て、二人の唇はより深く重なり合った。

「ん……んふぁ。ちゅ……ちゅぷ」

舌を絡めながら俺の首に腕を回しより強くキスを深める。

俺はアイシスがキスをしやすいように膝立ちになり腰を抱き寄せる。

俺が膝立ちになると丁度彼女の頭が同じ高さになる。すると彼女の方から積極的に舌を絡みつけ、吸い上げるようなディープキスを始める。

「んふぁ、うむ、んちゅ。ず、じゅる、んふぅ」

打って変わって激しい粘膜の擦りあいが部屋の中に響き渡る。

俺の舌と彼女の舌が激しく接し合っているのだ。

俺はウェディングドレスを着たままのアイシスの腰をまさぐる。

しっかりとくびれた曲線をなぞるように手を這わせると、ピクンと身体を震わせた。

「んぁ♡　凍耶様……ん、んっ、ちゅ……ちゅむ……ちゅれる」

俺はアイシスの腰から徐々に上へと手を滑らせていく。

「触るよ……」

「はい、優しく、してください」

鈴の音を転がすような柔らかな声が羞恥に喘ぐ。

首元まで真っ赤になったアイシスは恥じらいで瞳は潤み、息は荒く弾んでいる。

俺は彼女の首もと部分にキスをしながら優しく舌を這わせる。

「んにゃぁ、くすぐったい♡」

「そのうちくせになってくるよ」

「そんな、ああん」

アイシスのほどよく隆起した胸の丸みを楽しみながら、ウェディングドレスを徐々にはだけさせる。

そう言えば顔や体格は殆ど創造神とそっくりだけど、あいつの胸は真っ平らだったな。

ここがアイシスと創造神の大きな違いだ。

アイシスの胸は恐らくBカップくらいはありそうだ。

トップとアンダーの差がそれなりにあるので貧乳には見えない。

いわゆる美乳だ。

トップ部分をはだけると、桜色の突起が既に硬く尖っている。

その果実を舌でつつくと甘い響きの叫びをあげた。

「ひゃうあああん、凍耶様、今、身体がビリビリって、ああん」

「感じてるんだな。徐々に身体が慣れてくる」

「凍耶様、凍耶様♡　んぁあ、はぁん」

アイシスの身体が僅かに痙攣する。

どうやら軽く達したらしい。息を弾ませるアイシスは途轍もなく色っぽくて美しかった。

「アイシス、もっと触るよ」

「はぁ、はぁ……ん、は、はい♡」

俺はアイシスのウェディングドレスのスカートをたくし上げ、真っ白な下着とガーターベルトがアイシスの肌色を飾り付けている姿に興奮を強めた。

ドレスの一部がはだけ、くびれにキスの雨を降らせながら腰からお尻のラインへ手を滑らせていく。

「はぁ、はぁ、ん……んふぅ」

悩ましげな声を必死に抑えようとするアイシス。

そんな仕草の一つ一つですらも愛おしい。

俺はアイシスを抱き寄せながらベッドへ押し倒す。

おへそにキスをしながらもう一度おっぱいのまろみを楽しんだ。

硬く尖った乳首を口に含むとアイシスの声は再び甘く濡れた。

「はぁうん♡　凍耶様ぁ、あ、あああ、らめ、なにか、なにか来てしまいます、ああ、ああ、あ、あ、んぁあああ♡」

軽く乳首を口の中で転がしただけでアイシスは再び、今度は本格的に達した。

白い下着のクロッチが色濃く変色している。

既にパンティをはみ出して太ももに流れ落ちた愛液がシーツにまで達しているのだ。

凄い濡れようだ。

アイシスの感度は物凄く高いらしい。

俺はアイシスの濡れた下着に手を掛ける。

お尻の丸みに滑らせるようにして取り払い、アイシスのナチュラルホワイトの恥丘があらわになる。

既に準備は十分と言える。だがその前に下の具合を見ておかないとな。

アイシスの脚を割り広げ縦に入った筋を広げる。綺麗なサーモンピンクの秘肉が液をトクトクと流して僅かに蠢いていた。

そっと指を這わせる。

「あはぁ、んぁあ」

軽く触れるだけでこの反応だ。ペニスを入れたらどうなってしまうのだろうか。

俺は快感付与のスキルはまだ使っていない。

アイシスは天然で物凄く感度が高いのだ。やり過ぎると痛みを伴うかもしれないな。

そろそろスキルの出番だろう。俺は快感付与系のスキルを徐々にオンにし始めてアイシスの愛撫を再開する。

再びキスをして肩から胸、腰、お尻のラインを指でなぞり、羽根でこするような優しい手つきを心がけた。

フェザータッチで愛撫されたアイシスの声は益々甘味を増していく。

眼はぼんやりとうつろになり口元からは涎が垂れ流されている。

そろそろ良さそうだ。

「はぁ、はぁ……凍耶、様……いよいよ、なのですね」

「ああ、アイシス、お前が欲しい」

「はい。凍耶様。アイシスの初めて、もらってください」

俺はアイシスの股の間に腰を割り入れ、イチモツを割れ目へとあてがう。

ぴっちりと閉じていた秘部が待ちわびたように口を開き、中から愛液を滴らせている。

俺は喉が鳴った。

いよいよだ。俺は半ば童貞のようにドキドキしていた。

初めて女を知った時のような気持ちが甦ってくる。

「さあ、入れるよアイシス」

「来て、凍耶様……ん、んんんん」

アイシスは眼をギュッと閉じて自らを押し広げる圧迫感に耐えている。

俺は即座に快感付与のスキルを強めようとしたのだが、

「凍耶様、お願いです。スキルは使わないで……はぁ、はぁ、凍耶様との初めてを身体に刻みつけたいんです。絶対に忘れぬ想い出にするために」

「アイシス……」

俺は感動に震えた。

愛おしさで溜まらず唇を重ね、優しく、しかし激しく舌を絡ませる。

アイシスは俺の肩へと腕を回しギュッと抱き締めると脚を腰まで絡ませて引き寄せた。

そのタイミングで亀頭を膣の入口に押し当て、腰を前に突き出しそのままアイシスの一番奥へと侵入しきる。

「んっ、ううっ‼　ふぅ、んぁあああああーーー！　凍耶様のおち◯ぽ、くぁぁん！　おま◯この奥に、きてますぅぅう♡」

苦しそうに呻くアイシス。だが俺にはアイシスの気持ちがドクドクと流れ込んで来た。

そのまま抱き締めて思い切り突き入れる。理性を総動員して乱暴に動かすのは避けた。

肉竿を膣奥に穿ち、膣道を少しずつ左右に擦って広げていく。

腰を動かす幅を最小限に抑えて情熱的なキスを繰り返して幸せを噛み締めた。

「んはぁ、凍耶、様、あん、ん、少しずつ、慣れてきました」

「ああ、もうやめないぞ。最後までしよう。でも辛かったらスキル使うから言うんだぞ」

「はい。でも大丈夫です。この痛みが、凍耶様との思い出の証。だから、痛くても、嬉しいのです」

アイシスの歓喜が流れ込んでくる。

本人の言うとおり俺との重なりで感じた痛みが彼女のなによりの喜びとなっているのだ。

俺は少しずつ腰を動かし始める。

ゆっくりとならすように動かすとアイシスの膣内が徐々に俺の形に慣れ始めた。

ゆっくりと動かす度にアイシスの表情が苦悶に歪む。

「はぁ、ん、ひぅん、きゃう」

しかし、彼女にとってこの痛みこそがこの上ない喜びとなり、そのおかげで段々と弾む息が違うものになって来ている。

「とうや、さま、段々、慣れてきて、奥から、ああん」

アイシスの言うとおり彼女の花弁の奥から蜜があふれ出し、それが滑りをよくしてアイシスに快感を与え始めている。

俺はと言えばアイシスのあまりの具合の良さに早くも限界が近い。

ゆっくり動かしているおかげで果てずに済んでいるものの、かなり限界ギリギリなのは間違いなかった。

「凍耶、様、早く、早く欲しいです。アイシスは、アイシスは、凍耶様の熱い精子、全部受け止めたい！

だから、我慢なさらないで、沢山射精してくださいぃ♡」

「くぅう、アイシス、イクよ、アイシス!!」

「くううん、んはぁあああぁ♡」

俺の脳内が大きく爆ぜる。

同時にアイシスの中へと精液を解き放ち白い白濁を満たしていった。

アイシスの脚が益々強く絡みつく。絶対に離さないとばかりに俺の腰を引き寄せて、放出し続ける精液を全て膣内に収めていく。

ビュクビュクッ!! ビュルルルッ、ビュククッ!

脈打つペニスから吐き出される精液はアイシスの膣内を圧迫した。

「ん、はぁ……ぁああ、これ、身体のなかにぃ……ッ♡」

射精された精液がアイシスの胎内に吸収されていくのが分かる。

俺の精液は女の子の幸福感を作り出すことができる。

その感覚はスピリットフュージョンを通じて俺の中にも極上の至福を伝えてくれる。

多幸感に包まれたアイシスの表情は幸せに蕩けて真っ赤に染まっている。

「んぁ……」

しばらく抱きしめ合ってキスを繰り返しながら二人の間で交換される多幸感を噛み締め合った。

「んはぁ……まだ大きい……凍耶様のおち○ぽ、とっても大きくて、息が詰まりそうですぅ……♪」

顔を火照らせながら大きく息を吐き、胸を上下させる。

しかしてその表情は忌避感など微塵もなく、喜び一色に溢れかえっている。

その喜びはもはや心の内側から外に出て表情に表れるようにすらなった。

処女膜の通過した痛みはもはや消えつつあるらしい。侵入を遮っていた抵抗が破られた圧迫感はアイシスに心地良い痛みを与え、それが更なる多幸感を生み出しているようだ。

「ああ、私……凍耶様と、セックスしてるんですね……ずっとずっと皆さんが羨ましかった……ずっと夢見てた光景が、現実にぃ♡」

うっとりと多幸感に緩む表情はなんとも愛らしい。

「凍耶様ぁ、もっとっ、もっとくださいぃ♡　キスも、もっと欲しいですぅ」

甘い香りと濃厚な性の芳香。

心と体の根元からなにかが掻き立てられるような淫靡なフェロモンを発しているのではと錯覚してしまう。

ぷっくりと柔らかい唇の感触を楽しみながら、その香りを脳へと浸透させていく。

「んぁ、れちゅ……ぴちゅっ、れる、ちゅく、ちゅく。凍耶様の唾液の味、とってもおいひい、ん、れる、ちゅりゅ」

舌を絡め、唾液の交換を楽しみながら下半身を蠢かせると、もどかしげにモジモジと腰を動かし快感を求めてきた。

「舌出して」

「ふぁい……んれぇ、ん、あむっ、んちゅ」

ねっとりと垂らした唾液を口の中へと受け取り、美味しそうに咀嚼する音がクチュクチュと鳴り響く。

「そ、そこ……ん、あ、はぁ……。凍耶様の手のぬくもりが、データにインプットされてます♡　あ、あぁん、きゅふぅうん♡」

愛撫の一つ一つを己の内側に刻みつけるように身体をくねらせる。

ジュワリと滲み出た愛液がペニスを更に奥へと導く潤滑油となった。

俺はもっとアイシスに感じて欲しくてくっきりと勃起した乳首を摘まみながらゆっくりと結合部を引き続き動かす。

軽く揺すっただけで下腹部に感じる体液の熱量がジワッと増していった。

「はぁ、んんぁ、凍耶様……男性は、激しく動かすのが良いのですよね？　私に感じさせてください。凍耶様をもっともっと激しく刻みつけてほしいです」

恥じらいと喜びがない交ぜになっているアイシス。

与えられる快楽は彼女を限り無く喜ばせるが、自らがそれを求めることに強く恥じらっている姿がなんとも言えずリビドーをそそられる。

「よし分かった。ちょっとアイシスが可愛すぎて手加減が無理そうだ。少しの間我慢できるか？」

「はいっ♡　来てくださいっ！　激しく動かして、凍耶様の全部をアイシスに刻みつけてください♡」

期待に胸膨らむアイシスの膣内はギュッと狭く引き締まり、その期待度を高めているのが分かった。

子宮まで到達した彼女の粘膜が喜びを表すように亀頭を包んで奥へと吸い込んでいく。

「アイシスの可愛い声、もっともっと聞かせてくれっ」

「はいっ、分かりました……んぁあ、あはぁんっ！　ぁぁあんっ!!」

柔らかな膣はペニスを甘く強く締め付けて、極上の快楽を与えてくれる。

正直動いてなくてもペニスが蕩けてしまうくらい気持ちが良い。

「あはぁあん!!　はぁ、ぁあんぁあんっ、凍耶様のおち◯ぽがっ、ぁ、ああん、奥のところ抉ってますぅ♡

ひやぁ、あん、あぁ、ぁあ、んん」

ゆっくりと腰を動かし始め、徐々にストロークを強くしていく。

興奮で怒張し続ける肉棒がアイシスの膣奥を目いっぱい広げていき、膣肉が捲れ上がるたびに鮮烈な嬌声を上げている。

「ふわぁあん、あぁ、ああん、これ、気持ち良いですぅ、凍耶様ぁ、凍耶様ぁ♡　嬉しいッ、わたし、とっても嬉しいですぅ、凍耶様の、ぬくもりに包まれて、女の幸せ、感じられる、こんなに、嬉しいなんて、思いません、でしたぁ♡」

「アイシスッ」

「あっ、あはぁあんっ!!　お腹の奥が、引っ張られてますぅ！　ぁ、あふぅ、んんぁぁあ」

しっかりと濡れた膣は貪欲に性を貪るがごとく音を立てながらチ○ポに掻き回されていく。

膨れ上がった亀頭がぐちゅぐちゅと強く擦りつけられ、ぬめった感触が強烈な摩擦となって全身に甘い痺れを生み出した。

ほんのりと、しかしハッキリと女の膨らみを持った乳房が上下に波打ってアイシスのわななく唇と共に小刻みに揺れる。

「んぁあはあああんっ。あ、あああ……凍耶様ぁ、気持ち良いぃ！　んひうっ、きゅふぅうん」

速くなり続けるストロークで刺激を送り込むたび、アイシスの口元からは拭うことすら忘れた唾液が垂れ流される。

膣内からは泉のように湧き出た愛液が溢れ出し、アイシスの子宮口を柔らかくほぐす手助けをする。

「はぁはぁ……凍耶様ぁ、熱い……おま○この奥、どんどん熱くなってますっ……ん、んぁああんっ、はぁ、あはぁぁあん」

「アイシスッ、熱いッ、凄く熱くて気持ち良いよッ」

「あああっ、感じますっ。凍耶様のおち○ぽの形……んぁあ、私の奥に刻み込まれてぇ……演算能力、下がっちゃいますぅ……凍耶様のこと以外、考えられないッ!!　あたまのなか、凍耶様でいっぱいになっちゃうぅ」

「アイシスッ、凄く気持ち良いよッ、もう、長くは持ちそうもない」

「はいっ、はひぃっ！　わたしの、おま○こは、凍耶様専用ですからぁ！　どうぞ、どうぞお好きなだけ、使ってくださいませぇ」

「ああ、お言葉に甘えてッ、思い切り動かすよッ」

「んふぅああっ！　ひぅうんっ！　はっ、あ、ぁはぁああっ、力強い、ストロークがっ、んぁあ、あああぁあん」

骨盤に情熱を叩き付けるようにパンッパンッと小気味よい衝突音が静寂のベッドルームに響き渡る。

グラインドする身体は更に大きく揺れて女の子の柔らかい部分が波打っている。

「あっ、はああっ！　んふぅああんっ！　激しっ、んふっ！」

膣口から蛇口を閉め忘れたかのような愛液が滴り落ち、腰を使う度に水っぽい衝突音が鳴り響く。

「はぁあ、あぁ、ああんんっ♡　凍耶様っ、とうやしゃまぁ♡　奥、来ちゃうッ♡　また、きちゃいましゅぅ♡　ふわぁ、ぁ、ああん」

アイシスの理性は徐々に溶かされていき呂律が回らなくなるほどの強い快感を味わっている。

その薄くなった理性はアイシスの脚を自然と俺の腰に絡め付け、間もなくやってくるであろう射精の大波を逃がすまいとガッチリと締め付けた。

だらしなく緩みきった表情は読み取るまでもなく悦び一色に染まりきり、甘えるように両手を広げてなにかをおねだりしている。

「凍耶しゃまぁ、きしゅ、きしゅしてくらしゃい♡　凍耶様の愛を感じながら果ててしまいたいですぅ♡おねがいとうやさまぁ♡」

是非もない。

俺はアイシスの身体を力強く抱きしめて唇を重ねて舌を吸う。

「んひゃぅ、あむっ、ちゅる、れりゅん、ん、ちゅるるる、ふわぁん、ん、あむっ、ちゅぷ、れる、んはぁああ」

「アイシス、たっぷり注いであげるからね」

「んひゅぅうう、くらしゃぃっ。精液、全部受け止めましゅからぁ、いっぱい気持ち良くなってくらさいっ」

アイシスの身体と膣内がビクビクと激しく痙攣する。

俺も彼女も絶頂が近い。いや、もう限界の暴発寸前であった。

その予兆を感じとりながら限界がフライングしないように必死に呼吸を合わせる。

「ぁ、あぁあん、おま◯こ、おま◯こ気持ち良いれしゅぅ♡　気持ち良すぎてぇ、オーバーヒートしちゃいましゅぅッ♡」

「ああ、俺もだっ！」

この一瞬のために。

一秒でもズレないように全身を力ませて力強く腰をグラインドさせる。

子宮の入口が下りてきて亀頭をグリュグリュと刺激するのが分かる。

鈴口をパックリと咥え込んだ子宮口が決して離すまいと吸い付いてくる。

アイシスの膣奥が引き絞られ、いよいよ限界が訪れた。

「とうやさまぁッ！　欲しいッ、欲しいですぅ♡　凍耶様の精子、わたしの中にまた、出してくださいっ、凍耶様ッ、凍耶様の愛を、私の中にいっぱい注いでぇ♡」

そこで限界は訪れた。俺は目一杯、力一杯腰を引き絞って最後の一撃を打ち込んだ。

「はぁ、あああぁ、イクッ、イクイクイクイクゥゥゥウ♡　凍耶さまぁぁぁあああ♡　あぁあああ、ああ、凍耶様ッ、愛してッ、愛してましゅぅうう、イクゥウウウウウン」

ドグンッ!!　ドプププッ、びゅるるるるっ、ビュクビュクビュクッ！

「中にいっぱい精液、出てましゅぅう！　凍耶様の愛が、いっぱい注がれてりゅのぉ」

膣内で精液を受け止めながら、アイシスの膣口から盛大に潮が噴き上がった。

なおも痙攣し続けるアイシスの膣内はペニスを甘く扱いて残った精液をも吐き出させる。

「きゃふぅぅん！　オマ○コの中、精液でドロドロになってましゅぅ……凍耶しゃまの愛が、アイシスの身体の奥まで注ぎ込まれてぇ……嗚呼、幸せぇ……」

嬉しそうに表情を歪めながら歓喜の涙が頬を伝う。

「アイシス……」

上下に弾む小さな胸に指を這わせて、アイシスの小さな唇に俺の舌を擦りつけた。

「ちゅ」

「んちゅぅ♡　とうや、しゃまぁ、あむっ、キスゥ……ん、ふわぁん、んちゅ、れろれろ……んふぅ」

アイシスの口腔内を貪り、未だ脈打つ膣内に収まったペニスをピクピクと動かしてみせる。

「アイシス…もっと、欲しぃッ。もっとアイシスが欲しぃッ」

「はぃ、いくられも、使ってくらしゃい♡　アイシスのすべては、凍耶様のものれすぅ」

「好きだよアイシス。世界で一番愛してる」

「嬉しぃッ、嬉しいです凍耶様ぁ♡　いっぱい、いっぱい愛してください」

俺の言葉に溢れ出した歓喜がアイシスの膣内を再び性への渇望に満ちた状態まで復活させる。

その脈動を感じとり、俺は再び彼女を愛し抜くために腰を動かし始めたのだった。

◆閑話　アイシスとの初夜　後編

「んはぁあああああ」

アイシスの膣内にもう何度目になるか分からない射精を行う。

俺達はあれから数時間、一度も離れることなく繋がり続け、キスと愛撫をくり返しながら射精と絶頂を何度も何度も行った。

「はぁはぁ、凍耶様♡　もっと、もっとくださぃ♡」

「ああ、このまま続けるからな」

俺はアイシスをギュッと抱き締めて再び腰を使い始める。

俺達はスキルを一度も使うことなく（とは言っても精力無限は働いている）ずっと繋がり続けている。

「凍耶様、今度は後ろから貫いてほしい」

「よし。じゃあ尻をこちらに向けてくれ」

俺はアイシスと繋がったまま彼女の身体を反転させて膝を立てた。

小さなお尻がプルリと揺れてアイシスのシミ一つ無い背中に黄金の髪が張り付いている。

「ひゃうん」

背中に流れる玉になった汗を舌ですくい上げるとアイシスの身体がのけぞった。

「せ、背中はダメですよぉ」

「背中弱いみたいだな。じゃあもっとキスしてやる」

「はぁん、ら、らめぇ、背中感じ過ぎちゃう、あっ、ああんっ！」

俺はアイシスを後ろから貫きながら背中に舌を這わせ、空いた右手で彼女の乳首を弄る。

桜色の突起を指で優しく摘まみながらこねるとアイシスの膣内が一層引き締まる。

アイシスの膣内はすっかり開発されきっており俺との情事で快楽を一身に享受できるようになっていた。

アイシスが初めてを迎えたのはつい数時間前なのに、今ではすっかり長年連れ添ったカップルのようにお互いの気持ち良いところが手に取るように分かる。

その証拠にアイシスは俺に貫かれながらも巧みに腰を動かして亀頭の敏感な部分を刺激してくる。

バックという男性優位な体位にもかかわらず俺という人間の快楽ポイントを熟知しているかのような動き

で俺の精を搾り取った。

「凍耶様、キス、キスして欲しぃ……んふぁ、ん、んちゅ」

キスのおねだり一つとっても愛おしくてたまらない。

俺はアイシスのぷるぷるの唇を貪りながら懸命に腰を前後させる。

一突きする度にアイシスの膣内が蠢き俺の性感を余すところなく包み込んで締め付けて来る。

「はぁ、んはぁん、凍耶様ぁ、あ、いい、凍耶様のたくましいおち○ちんが、アイシスのおま○こを貫いてます。も、もっと、激しく突いてくださぃ」

「よし、思い切り行くからな」

俺はアイシスの見事にくびれたウェストをつかみ激しく腰を動かした。

肌と肌がぶつかり合いぬちゅぬちゅとした水音と衝撃音が部屋の中へと響き渡る。

リズミカルに腰を打ち付けるとアイシスの中が痙攣を始める。

絶頂が近いらしい。俺も既に限界が訪れようとしていた。

「あ、ああ、ああ、ああああ、凍耶様ぁ、激しぃ♡　もっと、もっと強く突いてくださいぃぃいい」

「ああ、アイシス、好きだよ、もっと、声を聞かせてくれ」

「ああ、あ、好き、好きなのぉ、凍耶様のこと、らいしゅきぃ♡　も、もうらめぇ、イク、イッちゃう」

「イクぞ、アイシス！」

「来て、来てぇ、凍耶様ぁ、あああああああッ！！！！」

どびゅ、びゅくく、どびゅびゅびゅ、びゅるるるる
一瞬の痙攣。そして絶頂の時が訪れ、俺達は同時に果てた。

「はぁ、はぁ、アイシス、大丈夫か？」

「はぁう、はぁはぁ……は、はぃ……凍耶様の愛がいっぱい流れ込んで来て、幸せれすぅ」

トロトロになった笑顔でベッドに突っ伏したアイシスは、お尻を高く上げたまま放心していた。

口元からは少し涎が垂れており、彼女の快感の激しさを物語っているようだ。

俺は一度射精が終わりきったペニスをアイシスの中から引き抜いた。

スキルを使っていないため割れ目から白い粘液がドクドクと流れ落ちてくる。

物凄い量出したもんだな。よく見るとアイシスのお腹が少しぷっくりと膨らんでいる。

どうやら流し込んだ精液がお腹に溜まって膨らんでいるらしい。

栓を抜いたワイン樽のようにトクトクと流れ出す様は見ていてとてもエロく、そして途轍もない征服欲に満たされた。

「んふふぅ……凍耶様の精液が、私のなかいっぱいに満たしてくださってます……この感触、凄く幸せですぅ……」

うっとりとした表情でお腹を撫でるアイシスの仕草は母性すら感じさせる。

そしてそれは夫である俺にとって更なる愛おしさを募らせる結果となった。

俺はベッドに横たわるアイシスをそっと抱き寄せてベーゼを送る。

「ん、ちゅ……ふわぁ……凍耶様、まだまだ元気ですね。今度は、私がご奉仕いたしますね」

「身体は大丈夫か？」

「はい……神の肉体は疲労というものを知りません。いくらでも、どれだけでも。凍耶様のご満足いくまで、ご奉仕いたします」

そんなことを言ったら永遠にセックスし続けることになってしまうな。

「じゃあ頼むよ。アイシスの献身、見せてくれ」

「はい♡」

嬉しそうに頷いたアイシスが腰の上に跨がり、軽いベーゼを送りながらニッコリと微笑んで腰を沈めていく。

「今宵のアイシスは花嫁ですから……旦那様に限り無い愛のご奉仕をさせてくださいませ」

そういったアイシスの身体には、先ほどまでの熱いまぐわいですっかり脱ぎきった筈のウェディングドレスが装着されていく。

ヌードのアイシスも美しいが、真っ白なドレスにレースのビスチェを纏った花嫁姿のアイシスの姿は俺の精神を凶棒に掻き立てる。

「んっ……はぁ……今度は、ゆっくり、ご奉仕しますね……んはぁ……凄い、ですぅ……回を追うごとに、大きくなってる、みたい……」

実際アイシスの膣内に収まる肉棒は彼女の愛らしい姿にその都度興奮を強めて勃起を強くする。

花嫁ドレスのアイシスが蕩けた表情で己に跨がっている情景に興奮を禁じ得なかった。

「アイシスが可愛すぎるからだよ。早くアイシスの中で暴れたいって訴えてるんだ」

「んふぅ……お望みのままに、あはぁ♡　硬くて太ぉい♡　凍耶様……もっとぉ……あっ、んっ、ちゅ……れろぉ……ちゅぅ、れろ」

アイシスは腰をくねらせて挿入したペニスを膣内で扶りながら唇を重ねる。

ねっとりと舌を絡みつけて指を俺の肩から胸板へと滑らせていった。

折り重なったアイシスの胸があたり、興奮で硬くしたであろう乳首を擦りつけながら淫靡な動きで腰を動かす。

大きくなりすぎたペニスはアイシスの膣内を圧迫しているのか、彼女の少しだけ苦しげな息遣いが漏れ聞こえる。

「ん、はぁ……ああ、これぇ、大きすぎて、ぁん、動けま、せん……あっ、ふぅ……擦れて、んぅ、痺れちゃい、ますぅ♡」

ゆっくりとゆっくりと……。

甘い吐息を苦しげに、しかし心地よさそうに漏らしながら腰を浮かせ、そして沈める。

「とうや、しゃまぁ……あぁん、む、んちゅ……ぁむ、れちゅ……くふぅ」

再び重なる唇の愛撫に応えて互いに吸い合い、唾液を交換する。

膣洞を肉の竿が擦る度に悦びに震えている。

「っ……！　アイシス、気持ち良いよ……」

「あ、はぁ……凍耶様の、ゴツゴツしてて、形がはっきり分かります……んんぅっ!?　また、大きくッ!?　んぅ」

可愛さ破壊神クラスのアイシスに益々ペニスは硬く大きくなっていく。

流石にこの小さな身体には大きくなりすぎたのかまったく動けなくなってしまったアイシスを気遣う。

「もうし、わけ、ありません……気持ち良すぎて、ご奉仕が……んふぅ」

「それじゃあこっちから動いていくね」

「んはぁああっ!?　あぁっ、それ、すご、ぃい」

プリプリとしたお尻を掴んでギュッと押し付けるように腰を浮かせる。

竿全体で膣壁をグリグリ抉りながら押し上げると、アイシスの身体がビクンと仰け反った。

「くひゅううん♡　ぁああ、それぇ、凄いれすぅぅう」

身悶えするように膣内がうねり、快感の強さを示すが如く愛蜜が溢れ出してきた。

「くぅっ、凄い締め付けとうねりだ。痛くないか？」

「だいじょうぶ、ですぅ!!　すごく、んぁあ、気持ちいいっ……お、ま○こ、が、ぁあん、熱く、なってぇ……あんっ、あぁぁあぁ!!」

やがて俺も我慢できなくなり、徐々に突き上げる速度が速く強くなっていく。

「凍耶、さまぁ……！　あぁあ、凍耶様、凍耶様あぁ」

「アイシスッ、気持ち良いよっ、もっと、もっと、突き上げたいッ」

「はい、はいぃぃい♡　もっと、奥までくださいぃ♡　くひゅッ！　ひゃぅん、奥、当たるぅ」

アイシスの膣内はピストンに翻弄されながらも熱くうねり、渦を巻くように肉棒をじゅるじゅると舐め回し始める。

無意識のうちに奉仕の精神で膣内を蠢かせ、快楽を与えようとする彼女の健気さに胸打たれる思いだった。

「ああっ、はっ、凍耶様ッ、らめぇ、おかしく、おかしくなっちゃいますぅ♡　手、手を繋いでください♡

アイシスのこと、離さないでぇ」

身体の奥底からせり上がってくる感覚が尾てい骨の奥に溜まっていく。

俺はアイシスの求め彷徨うような手を握りしめ、腰を思い切り突き上げた。

やがて俺の精神はウェディングドレスのまま愛する花嫁を絶頂の更に先へ連れて行ってやりたいという思
いで埋め尽くされていく。

俺は神力を全開にして快楽を与えるスキルをフル稼働させる。

「あぁアッ!!　凍耶さまぁ、それっ！　あんっ！　気持ち良しゅぎてぇ！　身体が、ぁああ!!」

一瞬だけ不安に揺れたアイシスの感情を慰めるように繋いだ手にギュッと力を込める。

限界を超えて上り詰めようとしているアイシスが潤んだ瞳で訴えてきた。

「アイシス、出るよっ」

「出して、出してぇ♡　凍耶様の精子、またアイシスの一番奥にドクドク注ぎ込んでぇ、ああっ！　とうや
さまぁ、とうやさまぁああ、ふぁ、あぁ、ぁあああああ!!」

ドビュッ！　ビュククククッ～～、びゅるるるるっ!!

アイシスの膣内が絶頂の熱に覆われたと同時に、俺も身体に溜め込んだ精の塊を子宮目掛けて一気に解き

放った。

「んぁあああぁーーー、熱いれすぅ……身体、溶けちゃいましゅぅ」

トロトロに蕩けた表情のアイシスは埋め尽くされる精液の熱で膣内をギュッと引き締める。

その強烈な締め付けに身体の奥に残った精液までもが絞り尽くされ、歯を食いしばって注ぎきった。

最後の一滴まで出し尽くし、やがて絶頂の波が引いたアイシスが倒れかかってくる。

「はぁ……はぁ……結局、ご奉仕、できません、でしたぁ♡　えへへ、でも、凄く、幸せになっちゃってます……」

「そんなことないさ。最高のご奉仕だったよ。ありがとうアイシス。愛してるよ……」

「はい……私も、愛してます……凍耶様、ちゅ」

ニッコリと微笑んだ花嫁姿のアイシスのキスは、甘くて蕩けてしまいそうなほど幸せの味がした。

◆　◆　◆

アイシスは俺の胸元に頬を擦りつけ甘えるようにじゃれてきた。

「んふぅ、とーやしゃまぁ、すきぃ」

「可愛いなアイシスは」

まだ意識が半ば放心しているアイシスはいつものクール然とした口調はどこへやら。

甘えた子猫のように俺の名を呼びながら頬ずりを楽しんでいる。

俺はアイシスの髪を撫でながら抱き寄せてキスをする。

「ふわぁ……♡　とーや様、唇、柔らかいれすぅ♡」

か、可愛いじゃねぇか。

しばらくにゃんこのように甘え続けたアイシスだが、やがて意識がはっきりしてきたのか突然悶え始める。

「あうう、と、とと、凍耶様、申し訳ありません。私はなんとみっともないことを」

「いいんだよ。言っただろ？　俺だけに甘々でデレデレなアイシスを見せて欲しいってさ」

慌てて離れようとするアイシスをがっちりと抱え込み逃がさないように抱き締めて固定する。

「あうう。み、皆さんには見せられないですね……」

「ふふ、でもそのうち皆とも一緒にすることになるから時間の問題かもな」

「あう……そうですね。私の方だけ知っているのは不公平ですから」

「ああ、そうか。アイシスは皆としているところは見えてたんだよな」

「……はい。ずっと、皆さんが羨ましかったです。こうして凍耶様の腕に抱かれて幸せを享受する度に、私にもその幸福感が流れ込んで来て、とても心地良かった。同時に、私も凍耶様に抱いていただきたいという想いがドンドン強くなって」

「そうか。でもこれからはいくらでも味わっていいんだぞ。俺はずっとアイシスのそばにいるからな。ずっと一緒にいて、家庭を作って、俺の子供を産んでくれ」

「うふふ、でも、私の身体は子供を産めるかどうかなんて分かりませんよ？」

「じゃあ妊娠するか、できるようになるまで中出しを続けるだけだな。そのうち祝福発動してできるようになるんじゃないか？」

「くすっ、そうですね。創造神様はそういう所は決して外しませんからね」

――『創造神の祝福発動　アイシスに排卵機能を追加　受精が可能になりました』

「仕事早ッ!!」

「うふふ、じゃあ、今夜作ってしまえと言うことでしょうか」

「そうかもしれないな」

アイシスは幸せそうに笑いながらも首を横に振った。

「でも、今はまだいいです。少しの間だけ、凍耶様を独占していいたい。赤ちゃんができたらそっちに気を取られてしまうかもしれません。今しばらくは私達だけの凍耶様でいてください」

「お前がそれで良いならそうしよう。俺はもういつでも覚悟はできてるからな」

実際子供を作るに当たって人数が多いため順番は決めないといけないだろうからな。

「凍耶様、もう一回、お願いしてもよろしいでしょうか」

「いいよ。何度でもしよう。今度はスキル全開で感じさせてやるからな」

「うふふ、わたし、壊れてしまうかもしれませんね♡ 凍耶様、今度は、私が上になりますね」

「ああ、頼むよ」

アイシスは既に硬さを取り戻している剛直に手を添えて、自らの割れ目へと導く。

既に準備の整った秘部へ徐々に肉をかき分けながら侵入して行く。

「んんん、はぁあうううん♡」

アイシスは狙いを定めて一気に腰を落とす。小さな身体の中に俺の竿がピッタリと収まってしまい俺の快感は一気にボルテージを上げる。

くぉおお、いかん、主導権を握られるとこの名器は更に凶暴性を増すぞ。

カリ首の形が丁度膣奥のデコボコにフィットして敏感な部分をみっちりと包み込んでいる。

子宮口は既に口を全開にして俺の亀頭を包み込んでいる。

「んはああああああ、奥、当たる、こんなの無理ぃ」

アイシスはポルチオの快感に早くも絶頂を味わっているらしい。

女性の性感帯の中で特に強い快感を得ることができるというポルチオ性感帯はアイシスにもしっかりと備わっているらしい。

しかしそこはアイシスクオリティ。すぐに自分を取り戻し再び腰を動かし始める。

俺はと言えば包み込まれた膣肉のミチミチ感に蕩けるような甘いしびれを覚え放心しかかっていた。

「はぁはぁ……凍耶様、今度は、アイシスのご奉仕で気持ち良くなって」

アイシスはそう言って腰を動かしながら両手の指で俺の乳首を転がし始める。

更に腰を曲げてディープキスをしながら膣内を締め上げて上下に動かした。

締め付けられながら激しく搾り取られ俺はあっという間に果てそうになる。

「うああ、あ、アイシス、っ、強い、こんなの、持たない」

「出して、出してください。凍耶様の精子、アイシスの中に沢山出して。いっぱい気持ち良くなってくださいね」

アイシスは俺の制止を聞くことなく無遠慮に腰を動かし、俺はあっという間に絶頂を迎えた。

しかしアイシスの快楽責めはここで終わらない。

彼女は射精を続ける俺のペニスを更に締め上げてぐりぐりと腰で円を描くように動かした。

「あ、あああん、これ、私も気持ちイイッ♡」

子宮に収まった亀頭の敏感な部分が膣内でヌラヌラの秘肉にかき回される。

脳髄が痺れるような快感が連続で襲いかかり俺は射精を連続で行った。

イキッ放し状態で責め立てられてこれでもかという程に精を搾り取られたが、当のアイシスも相当な快感だったらしく、息を弾ませながら俺の胸板でくったりとへばっていた。

「す、凄いな、アイシス、テクニックをインストールしたのか？」

「はぁはぁ……いいえ、静音さんがしていたのを見よう見まねでやってみました。筋肉の動きも再現できていたでしょうか」

「データのインストール必要ないね。さすが高性能ＡＩのアイシスさんだ」

「きょ、恐縮です。あうう、恥ずかしいです♡」

アイシスの「見る」は普通の見るではなく「観る」に近いかもしれないな。

筋肉の動きまで見えているなんてやはりこういう所は普通の人間とは能力の桁が違うらしい。

データを下ろさなくても一生懸命に俺に気持ち良くなってもらおうとテクニックを駆使するアイシスはとても愛おしかった。

◆　◆　◆

俺達はいつの間にか朝日が昇るまでまぐわい続けた。

何度も果てて、アイシスを何度もイかせて、俺も何度もアイシスにイかされた。

鳥のさえずりが聞こえ始める頃には俺達は一〇年分は愛し合い、スキルも全開で行っていたため、アイシスの身体はすっかり俺との相性を抜群に成長させていた。

◆閑話　花嫁達との初夜　Ｐａｒｔ１　ルーシア編・静音編・ミシャ編

俺達だけの結婚式を終え、満天の星が祝福してくれる中、アイシスを含む五四人の嫁達と俺の初夜は続いていた。

真っ白なウェディングドレスに真っ白な狼耳をピコピコ動かした沙耶香が俺とのキスを楽しむ。

「は、ふ……ん、ちゅ……お兄ちゃん、ドレスのままするの？」

「イヤか？　どうせなら一生に一度のこの姿でお前を抱きたいんだが」

「えへへ、いいよ。一生に一度の想い出だもんね」

「綺麗だよ沙耶香」

「うん、ありがとう。お兄ちゃん、もっとキスしてほしい」

「ああ、勿論だ」

沙耶香の要望通り、俺は彼女の唇に強く吸い付いた。

「首輪をつけた花嫁って背徳的でなんか興奮するな」

俺は沙耶香の首に巻かれた愛奴隷の首輪を指でなぞりながらキスをする。

いじめられていることを察知した沙耶香が興奮を強めつつも僅かに抗議の視線を送る。

「もう、お兄ちゃんのバカ。そうだよ、お兄ちゃんの奴隷だもん。私、もうお兄ちゃんから離れられないんだから」

「頼まれたって離してやるものか。お前は俺のものだ。誰にも渡さないし絶対に離れたいなんて思わせないからな」

「うん、離さないで。ずぅーと、私のこと、離さないでね」

沙耶香の唇が一層強く押しつけられる。

興奮を強めた花嫁はそのまま俺をベッドに押し倒した。

「えへへ、たまにはお兄ちゃんのこと、攻めちゃうよ」

沙耶香はウエディングドレスのスカートをまくってレースの入った白いパンティを俺の股間に擦りつける。

馬乗りのままオナニーするように腰を動かしつつ手を入れたスカートの中で俺のズボンを取り払う。

器用にイチモツを取り出した沙耶香はそのままずらしたパンティを脱ぐことなく、滑らせるように濡れま○この中へと入れ込んだ。

「あ、ああぁん、もう硬い♡　お兄ちゃんのおち○ちん、沙耶香の中で暴れてる」

「くおお、既にヌルヌルじゃないか」

「だってぇ、お兄ちゃんとのキスで気持ち良くなって、ああん」

宝石に彩られ装飾の施されたウェディングドレス姿の花嫁が淫靡な声をあげながら腰をふる姿に俺の興奮は益々強まった。

「ああ、お兄ちゃん、好きぃ、愛してるのぉ」

ふわりと広がった純白のスカートをまくり上げると、俺の剛直をずっぽりと銜え込んだ裂け目が目に入る。

テラテラに光った粘液を絡みつかせてジュプジュプと音を立てる結合部が丸見えになり沙耶香は羞恥にかぶりをふる。

「だ、ダメエ、恥ずかしいから見せないでぇ」

「ふふ、俺を攻めるんじゃなかったのか？」

「いいもん、だったらこうして、んん」

沙耶香は対抗するように俺に覆い被さりキスをしながら舌を絡める。

俺の頭に腕を回して絡みつかせ、そのまま動かしている腰の動きが激しくなった。

キツい締め付けと共に擦り上げられた性感はそのまま俺の射精感をあおり立てる。

「ん、沙耶香、もう、出そうだ」

「出してぇ、お兄ちゃんの赤ちゃん汁、沙耶香の花嫁ま○こにドピュドピュして欲しい」

卑猥な言葉に興奮が強まり、俺はそのまま沙耶香の中で解き放った。

「んぁあああ」

真っ白な髪を振り乱してのけぞりながら沙耶香もまた絶頂を迎えたのだった。

「んはぁ……凄い……沢山出てる……こんなの、確実に孕んじゃう」

うっとりと恍惚の表情を浮かべるルーシアの尻尾をサワサワと撫でてみる。

「わふぅ！　尻尾らめぇ、またイッたばかりで敏感、んぁあああん」

熱くぬめる膣内の締め付けがいっそうキツくなる。

俺は身を起こして彼女に口づけをし、力強く抱き締めて舌を絡ませた。

「ふゎ、ん、ちゅ……れる、くちゅ……お兄ちゃん、んくぅ」

「もう一回したい」

従順モードに移行したらしいルーシアは足を絡ませて腰を揺すり始める。

「ふぁい、ご主人様……いっぱい、出してくださいっ♡」

「可愛いよ紗耶香」

腰を密着させて結合部が擦れ合うなか、彼女の弱点を的確に刺激していく。

唇から首筋、肩、背中に手を這わせ、豊かに膨らんだ乳房を揉みしだきながら先端の突起を口に含む。

「んはぁん、背中、くすぐったいよ、わぅ、ん、くぅん」

子犬のような声を漏らしながらモジモジと体をくねらせる。

その度に二人が繋がった部分が擦れて更なる快感を生み出していた。

「んひぃっ⁉　耳はだめぇっ！　ぞわぞわするのっ、ふ、んぅぁあ、ああん、んぅあ」

フワフワ毛並みの狼耳に指を這わせてみると一際甘い声が上がる。

どうやら軽く達したらしい。

そういえば尻尾の弱点はよく弄るが耳は未開発だった。

俺はその反応が可愛くて他の場所を愛撫しつつ耳の裏や穴の中を優しく触ってみる。

「ひゃわっ⁉　んぁ、ん、ふぅ、ぅうう、ご主人様らめぇ」

快感はドンドン強くなっており、口を閉じるのも忘れるほどとろんとした顔で喘ぎ続けた。

耳を愛撫して、キスをして、乳首を弄って、腰を動かす。

彼女が快感を感じるあらゆる場所を徹底的に攻め続ける。

「ぁ、あああ、あぁあ～～～～、あぁんぅ、もうらめぇ、イク、イク～～～～～ッ」

ビクンッと体を震わせた紗耶香が可愛く啼き声を上げる。

結合部からはまるで粗相をしたかのような愛液の洪水が吹き出してくる。

下腹部に広がる熱がシーツを濡らし、恍惚の表情を浮かべながら痙攣した後、クタリともたれかかってきた。

「はぁ……はぁ……もうっ、ご主人様の意地悪……♡」

頬をぷくっと膨らませる紗耶香が可愛くて、再び腰を使い始めたのは言うまでもない。

◆　◆　◆

「正直、静音と結婚することになるとは生前じゃ考えられなかったな」

静音の体を抱き締めながら、今の思いを正直に告白する。

「お兄様……」

「ぶっちゃけ言うとな。俺はお前が怖かった。なにを考えているか分からないし、良くしてくれるのは理解できるが、見返りを求めるでもなくニコニコしているだけ。正直不気味ですらあって、苦手意識の方が強かったよ」

「はい。自分が受け入れられてないことは理解しておりましたわ。常識的な恋愛感情というものに欠けていた以前のわたくしは、自分の気持ちを表現する方法を他に知らなかったのです」

「うん、今ならそれが分かる。こうして心同士が繋がってようやくそれが理解できたよ。ゴメンな静音、ちゃんと理解してやれなくて」

「いいえ、むしろ気付かれないように振る舞っていました。不気味な女で良かったんです。異世界に来て、ようやく自分の気持ちに素直になるまで、この愛をどのように表現したらいいのか分かりませんでした」

「その表現が肉奴隷ってのもぶっ飛んでるよな」

二人で笑いあいながら体を擦りつけ合う。

「静音の純粋な想いですわ。……あふぅ、ん、ちゅ、んちゅ……お、お兄様……」

愛しさが募った静音に唇を重ねて舌を吸う。

「以前にも言ったが、もう一度言おう」

「……ふぁい」

静音はこれから口にするであろう俺の言葉を目を輝かせて待つ。どんなことを言われるのか確信している目をしながら、期待と緊張で体に力が入っているのが分かる。

「お前の全てを俺に捧げて奉仕しろ。身も心も、魂の一片すらも捧げて尽くせ」

「はいっ！　わたくしはお兄様の肉奴隷ですっ！　精一杯ご奉仕いたしますわ」

傍から見ればクズの台詞。仮に美咲あたりに言ったら「キモいこと言うなッ！」と拳が飛んできてもおかしくない台詞も、静音にとってはなにより待ち望んだ至福の言葉になる。

俺は静音の体をまさぐって愛撫する。

「ふぁん、はぁう、んふう」

真っ白なウエディングドレスのスカートをまくり上げ俺は静音の尻をつかんで顔を埋める。

「んふぅ♡　お兄様、んあ、あ、静音のそんな所、舐めては、あひゃん」

俺は静音の秘園を隠す白い布地の上から舌先でくりくりと擦った。

ウエディングドレスの花嫁とそのまま ことに及ぶという状況が俺の興奮をかき立てる。

「しっかりと濡れているな。前戯すら必要無いくらいに」

「あん、だって、お兄様との初夜ですもの。興奮しない方がどうかしてますわ」

「嬉しいこと言うね。すぐにでも突っ込みたい位だ」

「はい、欲しいですわ。お兄様のおチ○ポ、あん、すぐにでも突っ込んで欲しい」

卑猥な言葉を無遠慮に連発する静音に興奮を強める。

しかしここは欲望に従うのではなく、あえてこの可愛い静音をもう少し眺めていたい。

顔を突っ込んでいるスカートから這い出ると、スーツのズボンを押し上げている股間に静音の手を導く。

「ほら、お前の花嫁姿で俺もこんなに興奮してるんだ」

「ああ、凄いですわ。こんなにたくましくて硬い……わたくしも濡れてしまいます」

「さあ、まずは夫となる俺に奉仕しろ」

「はい♡」

従属することに喜びを覚える静音は少し尊大、と言うか、傲慢なくらいの態度で接した方が喜んでくれる。

仁王立ちになり静音の眼前に膨らみを突きつける。

レースの入った白い手袋のまま、彼女の指が盛り上がった股間を撫で回した。

愛おしそうに匂いをかぎながら頬ずりをし、やがて手を掛けて穿いているものを下ろしにかかる。

「はぁ♡　お兄様のおち○ぽ、とっても元気ですわ。ではご奉仕いたします」

上目遣いに宣言しつつ、まずは先端に軽くキスをする。

ちゅ、ちゅ、と口づけながら片方の手は玉を揉み転がし、もう片方は竿を優しく擦り始めた。

布地で擦れて痛くならないように絶妙な力加減でコントロールしつつ、静音の口内粘液が俺のイチモツを包み込む。

「んぶっ、ちゅる、はむ、ずる……んはぁ♡　おくひに、入り切りませんわ」

そうは言いつつも思い切り口を開けた静音の舌が亀頭に絡みつく。

ねっとりとした極上のフェラテクが俺の性感をうなぎ登りにさせた。

静音の喉が鳴る。

彼女はそのままイチモツを銜え込み、喉奥まで沈み込ませてしまった。

「おおう、ディ、ディープスロート⁉」

喉輪で締め付けながら粘膜がペニス全体を包み込み、全方向から粘膜で擦られた。

以前に宣言した通り静音はディープスロートを会得し、披露してみせた。

かなり長めであるハズの俺のペニスを全て飲み込んでしまった静音は苦しそうに呻き涙目になりながらも懸命に頭を動かす。

ガッポガッポと大きな音を立てた静音のディープスロートで俺はあっという間に限界を迎えた。

「んぐぅ、ぐ……」

ゴクッと喉を鳴らしながら吐き出された精液を嚥下する。

興奮冷めやらぬ俺はそのまま静音の肩をつかんでベッドへと押し倒した。

「ああ、お兄様……」

期待のこもった目で俺を見つめる静音。その期待に応えるまま一瞬で復活を遂げた肉棒をショーツを外した秘部へと突き刺した。

「ふぁあああああ♡　か、硬いですわぁ、お兄様ぁ、あ、あああ」

顎をのけぞらせて喘ぐ静音。脚を絡ませて突き入れた俺のペニスを全て飲み込むように腰を押しつける。

クリ◯リスを擦るように腰をグラインドさせ子宮にえぐり込む勢いで押し込むと、静音の声が一際高くなる。

「あ、あああああッ！　す、凄いですわ、お兄様、お兄様、静音はイッてしまいます、あ、ああ、イク、イクぅううう」

「イケ、イッてしまえ、俺もこんな名器では長持ちはしなさそうだ」

情けないことに静音の強烈な締め付けであまり長くはもたなそうだ。

だが当の静音は早く俺の射精を受けたい一心で貪欲に煽ってくる。

うちの嫁達は全員そうだが俺の射精と共に非常に強い多幸感を得るのでその欲求が特に強い。

何度も何度も射精するうちに彼女達の魅力はドンドン増していくのだ。

脳内の幸福ホルモンが大量に分泌され、肌はツヤツヤになり髪にもコシが出る。

本当の意味で美人になっていくので俺との逢瀬を重ね続けた嫁達は出会った頃より確実に魅力的になっていた。

「出るぞ。全部受け止めろ！」

「来てぇ、お兄様ぁ、あああぁ」

ビュル、ビュルルルル、ドクドク、どびゅうう
痙攣する度に俺の先端から放たれる精液が静音の子宮を支配していく。

その支配を喜び勇んで受け入れる静音の子宮が一際強く痙攣し、再び強い絶頂感を得たようだ。

俺は射精が終わらぬうちに再び腰を使い始め絶頂感に浸ろうとする静音に強制的に再起動を掛ける。

「あ、あああ、お兄様、まだ、まだイッてます、まだイッてるさいちゅ、ひあああん」

興奮冷めやらぬうちに次のピストンを始め、再び静音と快感のるつぼへ没入していった。

グチュッ…グチュッ…と肉棒が出入りするたびに結合部の体液同士が白い泡を立てる。

蕩けきった静音の表情がその快感の強さを物語り、赤く染まる頬を見ているだけで興奮は募ってくる。

「可愛いよ静音ッ」

「ふわぁ、ん、お兄様ァ、んぁ、嬉しいですわぁ♡　お兄様ァ、ぁ、ああ、体、熱いですわっ、ビリビリして、止まりませんのっ、ぁ、ああ、あああ〜〜〜」

静音のおとがいが大きく逸らされ全身を激しく痙攣させる。

急激に収縮する圧迫感が肉棒を締め付け、再び絶頂に爆ぜた。

びゅくんっ!!　びゅびゅっ……びゅびゅるるる、ビュクビュクッ!!

体の奥深くから精液を吸い出されるような強烈極まる快感が全身を震わせる。

とんでもない量の精液が静音の膣へと注がれ、吸収が間に合わずに溢れた白濁がこぼれ落ちていく。

「ふぁ……んぁ、はぁ……はぁ……嗚呼、溢れて、ますわぁ……お兄様」

「静音……好きだよ」

「お兄様……お兄様ぁ……」

うわごとのように俺を呼び続ける静音の頭を抱き寄せ、子供のように甘える彼女にベーゼを送る。

◆　◆　◆

「にゃうん、兄様ぁ、あ、ああんッ、ミシャのおま○こ、気持ちイイですか?」

「ああ、気持ちイイよ。狭くて柔らかくてヌルヌルで。グイグイ締め付けてくるよ」

「んあああ、兄様のおち○ちんも、硬くて太くて、凄いのれすぅ!　にゃ、にゃあああん」

激しく腰を振り俺の上で淫らなダンスを踊る子猫。

俺のイチモツを銜え込んだままグイグイと擦りつけ狭い膣内が益々締め付けられる。

ミシャの可愛い声と最近少しずつ大人びて来た（と言っても姿は合法ロリのまま）雰囲気が相まって淫靡な色気を醸し出している。

子供っぽさの中に不意に見せる魅惑の大人顔。

俺のボルテージは益々上がる。

挿入した肉棒を飲み込みながらミシャの身体が益々弾むように上下する。

快感を感じる度にミシャの猫尻尾がゆらゆらと揺れる。

時折強めに突き上げるとピーンと伸びるのが可愛らしかった。

「あ、あああ、ああ、あ、あぁあん、兄様ぁ、ミシャは、ミシャはぁ！　一目見た時から、好きでしたぁ♡命を助けられた時から、ずっとずっと兄様のことが、大好きでしたぁ、ミシャのこと、ずっとずっと飼ってください。ミシャは兄様のペットなのですぅ」

「ミシャ、可愛いよ。いいぞ、ずっとずっと可愛がってやるからな」

「嬉しいのですぅ、兄様、ああ、兄様、大好きです」

「好きだよミシャ、俺の可愛いミシャ」

「ひあああん、嬉しい、う、あああ、ああん、イク、イッちゃうのれす」

「いいぞ。俺も出すぞ。俺の子供を産んでくれ」

「産みますぅ、兄様の元気な赤ちゃん、いっぱい産むのです、兄様、兄様の子種、ミシャにいっぱい注いでくらさい」

「よぉし、イクぞミシャ、孕めよ、そらああ!!」

「んにゃぁあああああ♡」

絶頂を迎えたミシャの子宮に受精機能をオンにした精液をどっぷりと流し込む。

かねてより俺の子を欲しがっていたミシャには真っ先に種付けしてやることにした。

もとより結婚式が終わったら順次子作りは始めて行く予定であったのだ。

言うなればフライングだが、順番に関してはある程度は固まっている。

もっと言うなら全て俺の独断で決めてしまったって構わないんだろうけど、それだと俺が最低の男みたいなので家族計画はきっちりしておかないといけない。

歩く受精卵製造機、なんていう不名誉極まりない称号スキルを会得してしまっているからな。

優先度が高いのはかねてより俺の子を孕みたいとずっと宣言しているミシャ、アリエル、プリシラ、シラユリあたりか。

それから沙耶香も子供が欲しいって言っていたことがあるな。

マリアや静音は俺への奉仕ができなくなるからしばらくは遠慮したいって聞いている。

というよりは他の人優先で構わないということらしい。俺の子を産みたい気持ちは勿論あるが、今はそれより奉仕を優先させたいってことだな。

ザハークやリルル、アリシアは恋人としての時間をもっと楽しみたい組だ。

他にも色々あるが、一口に嫁と言っても想いは様々だ。

俺は絶頂で身体を震えさせるミシャに種付けをする興奮を楽しみながらこれからの家族計画について考えていた。

「よし、ミシャ、今夜絶対お前を孕ませてやるからな。一晩中掛けて膣出しするから覚悟しろ」

「んにゃぁん、ミシャは壊されてしまうかもしれないのです」

言葉とは裏腹に期待のこもったまなざしで更に密着するミシャなのであった。

「ふみゃ……ん……にゅぅ、兄様……」

抱き寄せたミシャの髪を手櫛でとかしながらフワフワの耳を撫でる。

「んにゃぅ、耳、こそばゆいのですぅ……ん、うにゃぁ」

どうやら耳で快感を感じるらしい。

尻尾や耳が性感帯なのは獣ッ子共通なのかもしれないな。

「はぁ……はぁ……体が、熱いのですぅ……」

興奮冷めやらぬミシャの体はモジモジと揺れてすり寄ってくる。

潤んだ瞳が見つめる小顔を引き寄せて頬を撫でると、ピクンと小さく跳ね上がった。

「あっ……ふ……にゃぁん……ッ、そこ、しっぽコスコスしちゃ……ぁにゃぁ、体、ビクビクしちゃうのれすぅ……」

うつ伏せに俺の体に倒れ込むミシャの尻尾をコスコスと扱いてやると小さなお尻から全身にかけてがフルフルと震える。

無意識なのか、彼女のお尻は左右に揺れて結合部がチュクチュクと水音を立てる。

「ミシャ、このままもう一度」

「はい……兄様……後ろから、して欲しいのです……」

「分かった」

ミシャの要望通り彼女のお尻を高くあげさせて掴む。

それだけで尻尾が揺れるお尻が期待と興奮で震えているのが分かった。

「ひ……んにゃぁあ♡　入って、くるのですぅ……ッ♪　兄様のカリ太チ○ポが…ッ!?　ひにゃぁっ、あぅうぅッ!!」

硬くそそり立った肉棒で、これまで何十回とコレを受け入れてきたにもかかわらずピタリと閉じたままの狭い秘裂を押し広げていく。

その衝撃に激しく体を震わせたミシャの尻尾がピンと上向いて悩ましげに揺れ動く。

「はひっ……っ、んにゅぅ……兄様の、いつもより大きくなってるのですぅ……兄様ァ、早く、動かして欲しいのですぅ♡　ミシャのおま○こ、兄様の雄でもっと支配して欲しいのですぅ」

強い雄に支配されたがる獣人族特有の性癖とでも言おうか。

ミシャは初期の頃からその傾向が特に顕著だった。

「動かすぞ……」

メリッ……尻肉を掴んだ指に力を込めるとミシャの体が期待に震えているのが分かった。

膣肉に包まれた肉棒がジュワリと熱くなる。これから動かそうとお尻を掴むだけでミシャのメスの香りが一層強くなる。

「にゃぁあぁん⁉　はぁっ、あぁ、あにゃぁあん、グチュグチュされてるのですぅ！　うにゃぁ♪　あひっ、んぁ、あん、にゃぁ、あぁあ、すごいのれすぅ、兄様ァ、兄様ァア‼」

手加減無しに激しく腰を動かしミシャの膣内を掻き回す。

体ごと犯すつもりで全身を揺さぶると、結合部から激しく飛沫が飛び散る。

掴まれたシーツが大きく皺を作り、ベッドのスプリングがギシギシと激しい音を立てる。

小柄な体躯を全力で犯す衝動的な欲望は、創造神からねじ込まれた【ロリコンの因子】の力も手伝って、俺の脳髄を強く痺れさせ正常な思考を奪っていく。

己が一匹の獣になり、目の前のメスを徹底的に支配している錯覚が激しい興奮を誘った。

「ふぁあ、あ、ああぁあ！　んっ、うにゃぁああん♡　気持ち良いッ、気持ち良いのれすぅうう、ぁ、あ、ああ、子宮、子宮が降りてくるのですッ、兄様の精子、いっぱいゴクゴクしたいって、ミシャの中が疼いてるのですぅ」

俺はトドメの一撃とばかりに快感で左右にフリフリしている栗色毛並みの尻尾を掴み扱く。

「ンッ、んにゃぁあ！　尻尾ォ！　らめなのれすぅぅう、感じ、感じ過ぎちゃうのですぅぅう、にゃ、にゃぁあん♡　お尻、ビリビリして、お腹の奥までぞくってしちゃうのですッ、にゃぁうううん」

狭くて小さな膣が艶めかしく蠢き、肉棒をキツく締め付けてくる。

尻尾への愛撫を続けたままラストスパートをかける。

「うにゃっ⁉　に、兄様ッ、うにゃぁ、兄様、兄様ぁあ、イク、イクのですぅ！　ミシャ、イッちゃうのですぅ♡」

甘く蕩けた声で鳴き声を上げるミシャを思い切り引き寄せて、絶頂間近でヒクつく膣をいっそう強く突き込む。

「ミシャッ!!」

「あっ……ァあっ!!　うにゃぁあああああッ!?　あっ、あちゅいぃ♡　ミシャの中、兄様のであちゅあちゅなのですぅぅ♡」

絶頂に達しビクビクと痙攣するミシャの体に覆い被さり抱き締める。

吐き出され続ける白濁の噴出のたびにミシャの体が何度もビクビクと締め付け、尿道に残った精液を搾り取っていく。

「あぁ……しゅごい、の、れしゅぅ……あっ、あ……にゃぁ……おなか、きゅんきゅん、しゅるのれす……ッ……んにゃぁ」

「ミシャ」

「ふにゃぁ……兄様ァ……ミシャは、元気な赤ちゃん、産むのですぅ……これからも、いっぱい可愛がって欲しいのですぅ」

もちろんだと、ミシャの震える小顔にキスを送りながら呟くと、幸せいっぱいに緩んだ口元から零れた笑みが俺を癒やしてくれたのだった。

◆閑話　花嫁達との初夜　Ｐａｒｔ２　ビアンカ編・モニカ編・ルルミー編

俺と嫁達との淫靡な夜は続く。

「あ、はぁああん、んぁ、あ、御館様、凍耶様ぁ」

金色の髪のエルフ、ビアンカの嬌声が鳴り響く。

美しいドレスを着たエルフの美少女。

最近は服飾部門の長に昇進し手先の器用なエルフの技術者の中でもトップクラスの腕を持っている彼女は、次々に新しいデザインを作り、佐渡島工房のヒット商品を生み出し続けている。

彼女はモニカ、ルルミーと共にティナを精霊の森の村に置いていく代わりに自分が奴隷になると申し出た子の一人だ。

「ビアンカ、綺麗だ、もうたまらん。強めにいくぞ」

「ああ、来て、来てくださいッ、もっと激しくついてぇ」

俺はビアンカのくびれを掴んで思い切り腰を動かした。

「ああ、ああ、んぁあ、あ、ふ、んふぅ、ひぃん、あああっ!!」

一突きする度に肉壁全体がきゅんきゅん締め付ける。

ビアンカの膣内を犯しながら覆い被さり舌を絡めながらそのまま射精した。

「あーーーーーー、ん、んふぅあ、御館様ぁ、好き、好きですぅ♡」

ビクビクと痙攣するイチモツを銜え込みながら懸命に唾液をすするビアンカ。

背中に回した手を俺の顔へと滑らせてのぞき込むように瞳を見つめる。

情熱的な視線を浴びせながら俺は再びビアンカの中で暴れ始めたのだった。

◆　◆　◆

「んぶぅ、じゅる、くぷ、ずろろろ」

激しく音を立てて俺のペニスをしゃぶるモニカ。

潤んだ瞳は俺を見つめ期待のこもった視線を向ける。

「モニカ、気持ちイイぞ、も、もう出そうだ」

「んぶぅ♡　んふ、ん、だひて、くらはい。いっぱい、モニカのおくひにびゅくびゅくして、じゅるるるる」

とどめとばかりに吸い上げられる。

俺は花嫁エルフの頭をつかんでフェラさせているという視覚的興奮も相まって身体の奥から何かが抜けるような強い悦楽を味わっていた。

ブビュルルルル、びゅうぅう、どびゅうう

物凄い量の精液がモニカの口内を犯していく。

彼女はそれをコクコクと喉を鳴らして次々嚥下し、尿道に残った精液も貪欲に吸い出した。

「はぁふ、御館様、とっても濃厚でこってりした精液ですね。何度出しても一番絞りみたいにトロトロで、くせになってしまいます」

エルフ組の中でも無類のフェラ好きなモニカは俺の精液についていつも評価を下す。

とは言っても相手はこの世で俺一人だけだし比べる対象なんていない。

強いて言うなら過去の俺だ。

どうやら彼女いわく、日を追うごとに俺の精液は濃厚さと匂いの濃さが増していき、あげく最近は甘味を感じるようにすらなったらしい。

本当にそうなのか、彼女の脳内補正がそうさせているのかは不明だが、確かめる勇気もないので嬉しそうなモニカの頭を撫でて褒める。

「モニカは日増しに俺の精液のマイスターになっていくな」

台詞だけ聞くと最低だが彼女に限ってはそれが最高のほめ言葉になっているのだから仕方ない。

「可愛いモニカを見ていたらまた滾ってきた。今度は下の口に飲ませてやるからな」

「はい、御館様のバッキバキの勃起ち◯ぽで、モニカの下のお口にはイラマチオしてください」

卑猥な台詞を口にしたモニカを抱き締めて俺は遠慮なく思い切り貫く。

佐渡島工房の被服部門のトップであるモニカはその真面目な仕事っぷりが静音から評価されてブラジャー、メイド服、アクセサリーなど、佐渡島工房の総責任者として手腕を発揮している。

勿論職人としても超一流の腕を持っており、その才能は静音を以てして後数ヶ月もあれば追い抜かれると言わしめる程だ。

反面ベッドの上ではキスより先にフェラしてくる位に俺への奉仕が大好きだ。ルカの一件で屋敷のルールが緩和されてからは挨拶がわりに即尺してくるようになり俺の睾丸はチート無しでは吸い尽くされていただろう。

「そら、行くぞ。しっかりと銜え込め！」

「んあああぁあ♡　御館様のち〇ぽぉ♡　しゅごいのぉ」

いきなり奥まで貫かれたにもかかわらず、ずっぽしと飲み込んでヒダが絡みつく。

イラマチオというリクエスト通り腰を強く掴んで激しく揺さぶり奥の奥まで突き入れる。

ウェディングドレスのスカートを取り払いまんぐり返しの体勢にすると、レースとフリルの入ったガーターベルトが目に入る。

視覚的な興奮も相まって俺はモニカの上にのしかかりながら真下にペニスを突き下ろした。

「ひぐううう、御館様のおチ〇ポが、モニカの子宮を押しつぶして、ひぁあああん」

種付けプレスでガンガンに突かれまくるモニカは口の端から涎を垂らしてだらしなくベロを出しながら喘ぎまくる。

真面目な仕事っぷりとベッドの上での淫らな姿のギャップに激しく興奮を強め続けるのであった。

◆　◆　◆

「ルルミー、愛してるよ。もっともっと可愛いお前を見せてくれ」

「あん、んああ、御館様」

バックでペニスを突き立てながらルルミーの耳元で愛を囁く。

その際に指で乳首を軽く擦るのも忘れない。身体は激しく。言葉は甘く優しく。

夢見がちなところがあるルルミーはこれが一番歓喜が強くなる。

モニカ、ビアンカと同じく佐渡島工房のトップであるルルミーは技術は一歩及ばないものの、装飾の職人としては十分に一流だ。

加えて他の二人にはない後輩への指導力が非常に優れており、偽物騒動で雇ってきた子供達は彼女の指導でメキメキ腕を上げているらしい。

俺はルルミーの身体を反転させて正常位で抱き締める。

髪を梳いて優しくキスしながら、時折甘く囁くと一層締め付けが強くなる。

「ああ、御館様、初めてお逢いした時から、ずっと憧れてたんです」

「ルルミー、嬉しいよ。これからもっともっとお前を愛してやるからな」

「嬉しい、嬉しいです！　んぁああ、御館様ぁ、ああ、素敵ぃ♡」

力強く腰をグラインドさせながら膣内を擦るように抽挿を繰り返す。

ゆっくりと、しかし時折激しく突き入れ、愛を囁きながらまた突き入れる。

やがて長い時間まぐわい続けたルルミーの膣内が細かく痙攣をするようになった。

絶頂が近い証拠だ。俺は快感付与系のスキルを強くしてルルミーの身体に密着する。

全身で愛撫しているのと同義になった二人の身体が燃えるような熱さに見舞われる。

熱に浮かされた二人はいつしか呼吸を荒くしながら交わり続けていた。

俺は限界を超えてルルミーの膣内に精液を吐き出した。

「ルルミー、イクよ。愛してる」

「愛してます、御館様、愛してます、ああ、ああイク、イクぅううう」

◆閑話　花嫁達との初夜　Part3　精霊の森のエルフ娘達編

ティナとティファの村にいたエルフの娘達。

今彼女達は佐渡島家の経営するファッション部門の職人をしている。

加えてその美貌を活かして自らがモデルを務め、ドラムルーと佐渡島公国のファッションリーダー、現代日本で言うならファッション雑誌のモデルのようなこともしている。

例えば装飾担当のシャーリー、アシュリー、ジーナ。

「ひ、ふぅん！　んぁん、御館様、あ、あああ」

くびれた腰をつかんでシャーリーの秘部を貫く。

ペニスをまるごと飲み込んだ彼女の膣が蠢いて肉ヒダが絡みつく。

「シャーリー、綺麗だよ」

シャーリーはそのモデルのような引き締まった肢体で俺の欲望を煽る。

「ふぁあん、嬉しい、御館様ぁ、ああ、ああ」

彼女達、特にジーナは当初自分の高い身長がコンプレックスだった。

シャーリーの背丈は俺より少し高い。多分一七〇前半くらいだ。ジーナに至っては一八〇近いのではないだろうか。

　だから俺はその高身長を活かす方法を考えた。

「ん……ふぅ、凍耶、様、あ♡」

　押し殺すような喘ぎ声を出すアシュリー。俺はアシュリーのお椀型の乳房を弄びながらゆっくりと突き入れたペニスをかき回す。

　クリ○リスを擦られながらじわりじわりと広がるように快感を与えられたアシュリーが時折上げる大きな嬌声に俺の興奮も高まる。

　高身長をどうやって活かすのか？

　それがこの異世界においては画期的なアイデアであったファッションモデルという仕事だ。

　映像記録用の魔結晶で撮影した動画を『理想を現実に（インリアリティ・ジ・アイデアル）』で造り出したホログラム装置でディスプレイ用の立体映像として販売店に設置するのだ。

「ンチュ……れる、くぷ。あん、凍耶、様、ん」

　長い舌を絡ませて俺の唇を貪るジーナ。

　俺の嫁達の中でも随一の高身長を誇る彼女は、その長く引き締まった脚を活かして、ロングスカートが主流であるドラムルーの町娘達にミニスカートブームを巻き起こした。

「ジーナ、ほら、今日は俺が抱えてやるよ」

　俺はジーナの身体を抱え上げていわゆる駅弁スタイルで両足を抱え上げた状態でペニスをねじ込む。

「きゃうううん♡　凍耶様ぁ♡　こ、こんな恰好で、わたし、重いですよぉ」

「ちっとも重くなんかないさ。抱き心地も最高だし、むしろ軽いくらいだ」

　因みにお世辞でもなんでもなく高身長であるが細身のジーナは全然重くない。

　まあ俺のステータスならどんな重量があろうとも軽々と持ち上がるのは間違い無いがそれを抜きにしても

彼女は軽かった。

◆　◆　◆

モデルができるのが高身長だけとは限らない。

先の三人とは対照的に低身長に悩んでいた嫁達もいる。

それがリムル、シャロン、アイリス、ジャスミンだ。

族長のティナが子供と変わらない体型のため、村にいるときは気にならなかったが、ドラムルーという都会で暮らすようになってから自分達の身長が低いことが気になりだしたらしい。

「ひゃうううう、御館様の、あん、おち○ちんが、奥に、ふあああん」

ショートカットの髪を振り乱して俺の腰の上で踊るリムル。子宮の奥まで突っ込まれたペニスが彼女のポルチオ性感を刺激した。

くりくりした目を潤ませている姿がとても可愛らしい。俺はリムルの瞳をのぞき込んで唇に覆い被さる。

「ん、ふう、ちゅううう。御館様ぁ、すきぃ、好きです」

「リムル。可愛いよ、俺もリムルが大好きだよ」

「はい、嬉しいです、ああ、御館様、わたし、御館様のお嫁さんになれて、とっても幸せ、あああうんぁ」

俺への愛を叫びながら甘え声をあげるリムル。

彼女は当初自分が都会においては年齢の割に身長が低いことを非常に気にしだした一人だ。

実際には被害妄想なのだが俺はそれを逆手に取って、同じくらいの身長の女の子向けのモデルになってみてはどうかと提案し、静音プロデュースのもとにリムル、シャロン、アイリス、ジャスミンの四人でいわゆるジュニアモデルみたいな感じで低身長、ひいては子供服のモデルを務めている。

「えへへぇ、お兄様、シャロンのフェラは気持ちいいですか？」

小さな舌で俺のペニスをチロチロと舐めるシャロン。

もどかしさがかえって心地良く、小悪魔っぽい笑顔がそそられて俺のイチモツの血流が増す。

「わわ、また大きくなってます♡ 嬉しいな、ちゅる」

「シャロン、気持ちイイよ。先っぽを銜えてくれないか」

「ふぁい、はむ。ちゅううう、レロレロ」

先っぽを銜え込んだシャロンの小さな舌が尿道を刺激する。

口も身体も小さいため、全てを銜えることはできないが懸命に奉仕する姿は俺の支配欲をそそった。

「ご主人様ぁ、あ、あん、凄いぃ、大きいですぅ♡」

ペニスに貫かれながら甘い叫びをあげ続けるアイリス。

既に五回の膣内射精を終え、彼女のお腹は少し膨らんでいる。

俺はアイリスの頭を撫でながら上から覆い被さりジュクジュクと水音を立てながらペニスを打ち付けた。

「あっはあぁあああ、ご主人様ぁ、そこ、いい、あああ」

身長の小さな彼女達が流行の最先端を行くというのはそれだけで世の低身長の女性達の希望となった。

異世界においても持たざるものは持つものをうらやむのは変わらないらしい。

高身長の者はもっと背が低ければ良かったと。

低身長の者はもっと背丈が欲しい、と言った具合だ。

まあ人それぞれだし、ティナのように小さな体躯を誇っている者がいるのも確かだ。

皆魅力的だし、外見的な条件はあくまで内面の美しさを彩るエッセンスでしかないと俺は思っている。

彼女達は皆、一生懸命に仕事や奉仕に打ち込み、俺のメイド、嫁たらんとしてくれている。

その心の内側の美しさがあってこそ外見的な美しさも本当の意味で輝くのだ。

コンプレックスっていうのは得てして人と比べて自分は劣っているのではないかという心の働きから来ているからな。

だから俺はそんな彼女達に徹底的にその特徴はメリットであることを説いてきた。

人と比べる必要はないとも。

「んう、ちゅ……ご主人様、シャロンは幸せです」

乾杯したシャンパンを口移しで飲ませ、ほんのり頬を染めながら俺にしなだれかかるシャロン。

ウェディングドレスのシルバーティアラが俺の目の前でゆらゆら揺れる。

加えて彼女達は冒険者としても有名だ。

既に実力的にはS級を凌駕しており、間もなく四人共がS級の昇格試験をクリアするだろうと見込まれている。

俺は例外的にS級になったが、通常は試験を乗り越えて現役のS級冒険者とギルドの承認を経て昇格となる。

工房の仕事を優先しているためそこまで急いではいないが、現役のA級冒険者でなおかつ体格の不利な低身長。

さらには愛らしい容姿に加えてファッションのモデル。

この条件で世の一般女性から人気が出ないわけがない。

四人は一緒に行動することが多いので半ばアイドルユニットみたいな見られ方をしており人気が高かった。

嫁の人気が高いというのは夫として鼻が高い。

みんなメイドの仕事もこなし、職人としての腕も磨き、モデルとして美貌を誇り、かつ、世界で只一人、この俺にだけその肌を許す。

嫁達の幸せな時間はまだまだ続くのであった。

日々魅力的になっていく彼女達を見るのは、俺の最大の楽しみでもあったのだ。

◆閑話　花嫁達との初夜　Ｐａｒｔ４　ヒルダ編

「ヒルダ、綺麗だ……」

「嬉しいよ凍耶……私、凄く幸せ」

ウェディングドレスのヒルダ。桃色の髪が頬にかかり、意志の強い眉が色っぽく垂れ下がって瞳は濡れる。

白いドレスの胸元からくびれに掛けてのシルク生地を手で楽しみながら、少しずつずらしていく。

「ん……脱がさないの？」

「花嫁姿のヒルダを抱きたい」

「んふふ……ドレスくらいいつでも着てあげるけど？」

「結婚初夜のヒルダは今日しか会えないからな」

悪戯っぽく笑うヒルダの言葉に真剣に答えると目を丸くした後に愛おしそうに微笑み返してくれた。

「ふふ、そうね。白いタキシードが最高に似合う貴方も、今日を最後に会えないかもね」

「俺達にとっては一生に一度だからな」

ヒルダにとっては二度目の結婚。しかし俺達二人にとっては今夜が初めてだ。

その微妙なニュアンスの違いをヒルダも分かってくれたのか、ドレスを着たままキスをねだり始めてくれる。

瞳を潤ませ、上目遣いで見つめてくるヒルダにキスを送り続ける。

チュクチュクとキスを繰り返しながら全身を愛撫する。

ドレス越しでも伝わってくる温かな体温は、徐々にその熱量を上げて体を火照らせた。

ドレスの胸の部分をはだけ、透き通るような瑞々しい肌が露わになり、さくら色の乳首を指で転がす。

「んふぅっ、ん……ふぁ、んぁ……ひゃ、首筋はくすぐったいってばっ」

薄く塗れられたファンデーションの見えるか見えないかの境目に舌を這わせる。

ほんの僅かに甘い味が口の中に広がり、すぐにうっすらと汗の滲んだ軽い塩味に変わる。

「ちゅ……ちゅ……綺麗だ」

「やぁん、そんなところ、ん、ふぁ、くひゅぅ……」

程良く膨らんだ胸の愛撫を続けながらベッドに押し倒す。

まくれ上がったスカートの中へ手を突っ込み、白い太ももに指を這わせた。

しっとりと汗を含んだ柔らかな感触を楽しみながら、やがてその中心部にあるクロッチに手を伸ばした。

「んっぁああ、ぁ、ああっ」

そっと触れただけでしとどに濡れているのが分かる。

真っ白なレース生地のパンティはその向こう側の肌色が透けており、そっと開かれた股の中心からトクトクと液体が流れ出すほどに濡れそぼっている。

「触るね」

「ん、ふぅぁ」

下着の中に手を入れ、柔らかな溝に沿ってゆっくりと動かし始めると、ぬちゅぬちゅと卑猥な音を立てて肉ヒダが蠢くのが分かった。

「ヒルダ、もうこんなに感じてるんだね」

「はぁ、はぁ、んぁ、だってぇ、こんなに幸せな気持ちで、触られたら、感じちゃう、んぁあん♡」

ゆっくりと下着を脱がせ、彼女の足を持ち上げて大きく開く。

パックリと割れた女陰は、色鮮やかなピンク色をしてテラテラと輝いている。

「と、凍耶……ぁあ、そんなにじっくりと見られたら、恥ずかしいわ……」

一国の女王として凛とした態度を崩さない普段のヒルダと違い、無防備に秘部をさらけ出している今の彼女は途轍もなく弱々しい一人の女性だった。

そんな美しいヒルダの痴態に興奮は募り、思わず息を呑む。

「ヒルダ……ちょっと我慢が無理そうだ」

ひくひくとなにかを求めるように蠢くその美しい女陰にたまらない気持ちになる。

すぐにでも侵入したいという衝動が股間を熱く滾らせ、集まった血液が肉棒をパンパンに充血させて爆発寸前だった。

「ふふ……苦しそうね……ん、ふぅ……私も、欲しいの。凍耶、貴方が与えてくれる幸せ、私にも分けてくれるかしら」

「良いとも。これから一緒に幸せな国作りをしていくんだからな。俺が与えられるものは全部差し出すさ」

「やっぱり貴方、王の器よ。私が保証するわ」

「そう言って貰えると光栄だね」

ヒルダの言葉に愛おしさを感じながら、俺は自分の限界まで膨張した雄をヒルダの中へと押し込んでいく。

「ん…ふぁ、ぁあああっ!! 大きい……凍耶、んぁあん」

膣内はギチギチと狭い。熱くぬめった肉ヒダを掻き分けて侵入させると肉棒が花弁を掻き分けていく。

恍惚の表情を浮かべるヒルダにキスをして、ゆっくりと一番奥まで押し込んでいった。

「ん、ふふ……凍耶、愛してるわ……私のこと、離さないでね」

「もちろんだよ。絶対に離すものか」

ヒルダの頬に一筋に涙が流れる。突然流れる雫の意味が分からず戸惑っていると、優しく微笑んだ彼女の唇がゆっくりとそのわけを紡ぎ始めた。

「ごめんなさい……改めて……ドラムルーの恒久平和が実現すると思うと、感慨深くて……」

「まだそうなるかどうかは分からないぞ」

もちろんヒルダの母国であるドラムルーは俺の第二の故郷と呼べる場所となっている。

この世界に転生してからというもの、ドラムルーという国に助けられてきた恩恵は計りしれない。

俺が絶大な力を持つ異世界人であることを知りながら、その力を利用しようとはせず友として迎え入れてくれた。

あの町の片隅で、運命的な出会いを果たしたあの日が懐かしくすら思える。

そんなヒルダが守ろうとしたドラムルーであるから、今となっては俺にとっても守りたい場所となったのは間違いないのだ。

「いいえ、必ずそうなるわ。言ったでしょ。私の勘は当たるのよ。私には運命的な何かが見える。その力は、必ず私を幸福へと導いてくれた。今度こそ、ね」

その言葉には重みがあった。なぜなら、もっとも守りたかった一人を守れなかったのだから。

彼女の死別した夫、セサット＝フォーラ＝ドラムルーは、俺が潰した反抗貴族アトマイヤ家によって暗殺されている。

彼女のいう予知能力と呼ばれるものが完璧であるならば、彼女がもっとも守りたかったその人を守れなかったことがどれだけ悔しかっただろうか。

その気持ちを推し量ることはできない。いや、するべきではないだろう。

だから俺は……。

「約束する。ドラムルーも、ヒルダも、俺が必ず幸せにする」

「うん、ありがとう凍耶。私、貴方に尽くすわ。凍耶の軒下を支える力になる。佐渡島王国が国民みんなが幸せに暮らせる最高の国になるように」

「ああ。一緒にこの国を支えてくれ、ヒルダ、愛してる」

「私も、愛してる……ん、中で、大きくなってる」

「ヒルダが愛しくて……」

「ふふ、私もよ。ねえ、動いて……貴方を沢山感じさせて……」

目尻を流れる涙の雫は熱く火照った頬に溶かされていくような気がした。

その頬に手を添えて、愛しさと決意を込めて口づけながらゆっくりと腰を遣い始める。

「ぁ、んぁあ……凍耶、私、幸せ……ぁん、ああ、凄いッ……一番奥まで、入って来てる、熱くて大きくて、逞しい貴方が、私の中に……はぁんっ！」

心の奥から湧き上がる情熱に任せて腰を動かし奥へと突き込む。

ウェディングドレスの白に包まれた美しい肢体を掻き抱いて中をかき回すと、それに応えるかのように膣内はシクシクと収縮を繰り返した。

「ぁ、あんぅ、中が、擦れてぇ……ぁあんんっ、凍耶ッ、ぁあん」

ヒルダの膣内は熱くぬめり、肉棒を力強く締め付ける。まるで彼女の人間性を表すかのように、優しく力強い、まるで母の胎内にいるかのような甘い快楽が全身を痺れさせた。

「ぁ、あああん、凍耶、凍耶ぁ」

何度も俺の名を呼び続けるヒルダに呼応して、俺も彼女の名を呼び続ける。

そのやり取りを繰り返すたびに膣内は甘い締め付けを強くして肉棒を抱き締めてくれた。

「ひゃぁ、ああん！　そこ、感じちゃうッ、ぁ、奥、弱いのっ、やん、んぁ、ああぁ、ああぁ、凍耶ぁ、好きよっ、好きッ、中で、膨らんで、出そうなのねっ」

「ああ、ヒルダの中、気持ち良くてッ、出る、出そうだ」

「ぁ、あ、あん、出してぇ、出して凍耶ッ、私の一番奥の、一番弱いところに、熱い精液沢山かけてちょうだいっ……ッ！」

俺は首を縦に振って腰を激しく動かし始める。

ヒルダの肩を押さえ込んで唇を押し付け、舌を差し入れて舐りながら射精までのカウントダウンを始める。

一番奥の、少し上側。そこがヒルダのもっとも弱いところだった。

俺の知らない彼女を一つ知ることができたような気がして誇らしい気分になると共に、いっそうの興奮が募ってたまらない気持ちになる。

舌を絡め、彼女の濡れた瞳を真っ直ぐに見つめながら、音楽の二重奏を奏でるように気持ちと体を同調させていく。

「ぁ、ああ、あぁあっ!!　凍耶ッ、気持ち良いッ……！　イクッ、イクのっ！　私イッちゃうぅ」

「ヒルダッ、ヒルダッ!!」

「ぁ、あ、あああああ、イク、イクぅうううううう!!」

ビクンッ!!

長い睫毛が細かく震え、彼女の感度の高さが窺える。

絶頂を迎えたヒルダの膣奥に精液を注ぎ込み、子宮の奥まで亀頭を押し込んで花開かせた。

「ぁああ……熱い……凍耶の熱いのが……私のなかに……」

優しく口づけを交わし、たっぷりと愛を伝えてから肉棒を引き抜く。

子宮にすっかりと吸収され切ったペニスにはヒルダの愛液がたっぷりと付着していた。

「ふふ……愛しい旦那様……これからよろしくね」

ヒルダはそういってキスを送ってくれたあと、ゆっくりと体を反転させて引き抜いたばかりの肉棒を口に含んでいく。

こびり付いた互いの体液を綺麗に舐めとりながら、蠱惑的な瞳に胸が高鳴る自分を省みて、まだまだ彼女に支えられる日々が続きそうなことを予感したのだった。

◆閑話　花嫁達との初夜　Ｐａｒｔ５　マリア編・美咲編

「嗚呼、御館様……マリアは幸せです……」

小さな体でこちらを見上げて感動に打ち震えるマリア。

アリシアとの戦いで奥義を行使したため体が縮んでしまった彼女。

いつものダークカラーのメイド服と相反する真っ白なウェディングドレスを押し上げているたわわな胸は柔らかくとても感度が高い。

「御館様、マリアの胸、どうぞ触ってくださいませ」

そっと感触を確かめるように手を動かすと、微かに体を震わせて頬を赤らめた。

「あ、ん……ふぅ、御館様……ぁあ」

力が抜けたようにクタリとしな垂れかかるマリアを受け止めてベッドに腰掛ける。

漏れ出る喘ぎ声を聞きながら愛撫をし続けていると、ウェディングドレスの上からでもハッキリ分かるほど先端が硬く尖り始めた。

そっと触れてみると——

「んきゅ♡　御館様、ぁ、んぁ……気持ち良い、ですぅ」

甘える声で喘ぐマリアにたまらない気持ちにさせられる。

スカートをたくし上げて下着に触れると、もうすっかりと濡れている割れ目がくっきりと浮き上がっており、そっと触れた指が布ごと沈み込んでいく。

柔らかくプニプニした感触は赤ちゃんの肌のように瑞々しい。

大人の女の形から縦筋に変わったそこは、しかして反応の仕方が成熟した女そのものである。

「ぁ、ぁあ……御館様、そこ、だめ、はしたない声が、出てしまいます……んぁ……」

微かな抵抗を示すマリア。しかしそれは拒絶を意味しているわけではない。

スピリットフュージョンで繋がった俺達には本当にどうして欲しいのかが筒抜けで伝わってしまう。

羞恥に顔を赤らめながら悶えるマリアにもう辛抱がきかない。

「マリア、欲しい」

「はい♡　どうかマリアを、もらってくださいませ」

マリアはそれが当然と言わんばかりの自然な流れでベッドに手を突いてお尻を高く掲げる。

背が低くなった彼女のお尻はいつもより角度を高くし、俺の腰の位置に合わせるようにつま先をピンと立てていた。

マリアを気遣って体勢を変えようとも考えたが、さっきも言ったようにこれこそがマリアの望んでいる姿勢であることが心に伝わってくる。

俺はその望みをくみ取って可愛らしくプリプリのお尻に、しかして女らしいふくよかな肉付きをした魅惑のお尻を掴んで怒張したペニスをねじ込んだ。

「は、ぁあああん、御館様ぁ♡　あっ!?　んあぁぁっ!!」

真っ白なウェディングドレスのスカートをまくり上げて腰を振る度に、マリアの形の良い尻が波打つように揺れた。

いつもはメイドカチューシャのフリルが揺れる頭頂に乗ったシルバーティアラが部屋の照明に反射してキラキラ輝く。

俺はマリアをバックで貫きながら掴んだ両腕を更に強く引き寄せる。

「マリア、綺麗だよ。見てごらん」

マリアを鏡の前に四つん這いにさせて花嫁衣装のまま乱暴に犯す。

そんなシチュエーションにMっ気の強いマリアの興奮は一層高まる。

俺はマリアの腕を更に引き寄せて抱き締めた。

挿入は浅くなるが身体全体を後ろから密着させて耳元で囁くように言葉を掛けるとマリアは恍惚の表情を更に強める。

「ん、あああ、御館様、いい、マリアのこと、もっと犯してください、ぁあん、ん、ふぁあああ」

突き出されたおっぱいが上下にゆっさゆっさと揺れる。

俺が腰を動かす度にマリアの膣内は引き締まる。

「御館様、マリアは、マリアはまたイッてしまいます。御館様のおチ○ポでぇええ」

「いいよマリア、俺も出すからな。マリアの中に全部」

「あ、あああん、来て、来てくださいっ！　御館様の濃い精液、マリアのオマ○コに注いでください♡んぁあ、来る、来ちゃうぅううう、あああああああッ！！！」

ビュックン、どびゅるるる、びゅくびゅくん
俺は震えるマリアの膣内にそのまま白い液を解き放つ。

水風船が爆ぜるような勢いで注ぎ込まれた彼女の膣内に満たされた精液は瞬く間に吸収され、マリアの幸福ホルモンへと変換されていった。

「あぁぁ、御館様ぁ、愛しております……御館様」

快感と幸福感のあまりうわごとのように呟くマリアに俺は口づけを交わす。

「ん、ふぅ……ちゅ……むぅ、ふぁ」

蕩けきった表情が情欲をそそるが俺はマリアの頭を撫でながら優しく抱き寄せておでこにキスをする。

「ああ、御館様、マリアは幸せです。お仕えするメイドがこんなにも良くしていただいてよろしいのでしょ

うか」

「メイドでもあるし、妻でもあるんだ。俺もマリアに奉仕したいんだよ」

「嬉しい。御館様、御館様は、最初に会ったときより、ずっとずっと素敵になられましたね。これ以上ないほど惚れていたつもりですのに。私は日を追うごとにあなたが益々好きになってしまいます」

「それは光栄だな。もっともっとお前に惚れて貰えるように頑張るよ。俺だって日々可愛く綺麗になっていくマリアがもっともっと好きになってるんだぞ」

「嬉しいです。御館様、愛しております」

俺のプレゼントした赤いリボンがピコピコと揺れて、ロリッ娘嫁となったマリアの笑顔が再びリビドーを滾らせた。

「マリア、もっと欲しい。もっとマリアを味わわせてくれ！」

「はいっ♡　いくらでもっ、どれだけでもっ、マリアは御館様のものですからっ、ぁ、あぁあああ」

可愛いマリアになおもたまらない気持ちにさせられた俺の肉棒は何度も何度も彼女の中をかき回すのだった。

◆　◆　◆

「美咲、凄く、綺麗だ。俺は今猛烈に感動している」

「あ、改まって言われると凄く恥ずかしいよ凍耶」

花嫁衣装に身を飾った美咲の晴れ姿はきらびやかでありながらとても色っぽい。

生前果たせなかった美咲との結婚をついに果たし、俺はその幸せの象徴たる花嫁衣装に歓喜しつつ、また一生に一度しか拝むことのできない美しい衣装を着る美咲に、どうしようもないくらい欲情した。

少女の年齢にまで若返った美咲の花嫁姿は俺の情欲をそそるには十分過ぎた。

イヤ、むしろ凶暴とすらいっていい。

生前の三二歳の美咲と付き合い始めた頃ですら俺は美咲の美貌に夢中になり周囲に自慢しまくった恥ずかしい過去がある。

大人として成熟した容姿の美咲は二〇代の可愛らしさを残しつつ、学生に出すことは非常に困難な大人の色気を持っていた。

そして初めての夜を体験してからは一〇代の若者のように美咲とのセックスに夢中になったものだ。

こうして聞くと俺が性欲の権化みたいだが、否定はできない。

称号スキルも持っているが、元々美咲はメチャクチャいい女だ。

加えて美咲は性格も良かった。ちょっとプライドの高いところもあったが、優しくて気遣いのできる良い女だった。

過去を振り返ることは無意味であることは分かっているが、俺は美咲との別れを回避できなかった自分を今でも悔やんでいる部分が確かにある。

いや、この話はもうやめるとしよう。今、美咲は目の前にいるんだ。

俺は美咲とのキス、そして愛撫を終え、セパレートタイプになっているドレスのスカートをまくり上げる。

「凍耶、ドレスのまますするの？」

「ああ、生前果たせなかった夢を叶えさせてくれよ」

「くすっ……生前もこの恰好でエッチするつもりだったんだ」

微笑む美咲に俺も笑いが堪えられなかった。

「そうだな。でもこのドレス、どう考えてもそのままエッチできるように設計されてるぞ」

静音が考案したというこのウェディングドレスは上下の分かれる脱がせやすいセパレートタイプになって

おり、スカートはスリットの入ったデザイン。

しかも長いスカートは途中で分離できるようにもなっており、ビスチェ姿のミニスカート花嫁、なんてマニアックな仕様にもパージできる。

脱がすも良し。

着たままするのも良しと言わんばかりのデザインであることは間違い無ぃ。

「静音が作ったんじゃ仕方ないわね。凍耶も、タキシードのまま私を愛してね」

俺は結婚式で着用した真っ白な晴れの衣装のままズボンの前を開け、中からムスコを取りだした。

美咲の秘部は既に十二分に濡れており、こんこんと湧き出る泉のごとく甘露の水を垂れ流している。

「入れるよ美咲」

「うん、来て凍耶、ん、んあぁあ、凍耶ぁ、大きぃ、いつもより、ガチガチになってる」

美咲の言うとおり俺のイチモツはいつもよりも大きさと硬さを増しており、美咲の花嫁姿に途轍もないリビドーを感じているからに他ならなかった。

愛しい花嫁を真っ白なウェディングドレスのままベッドで愛する。

ロマンチックなシチュエーションが大好きな美咲にとってもそれは大好きな状況らしく、彼女の濡れ具合もいつもより激しかった。

俺は美咲の膣奥を突きながら愛撫を繰り返す。

そして徐々に徐々に。ピストンとキスと愛撫をしながら徐々に美咲のドレスを脱がし、最後には生まれたままの姿へと脱がしきっていた。

俺はタキシードを脱ぎ払いヌードになった美咲に重なる。

「はぁはぁ……凍耶、ドレスは、もう、いいの？」

「ああ、ドレスの美咲もいいが、やはり俺は裸のお前が一番綺麗だと思う」

衣装とは確かに女を着飾り、情欲をそそるアイテムだ。

しかし、それはあくまでエッセンス。

美咲という愛しい女が着るからこそどんな宝にも勝る価値が出る。

そのままでは単なる布に過ぎないのだ。

俺は益々美咲へのピストン運動を速める。

「ひぁあんん、ッ、凍耶、凍耶ぁああ、好き、好きなのぉ、凍耶」

俺の名を連呼する美咲が愛しくて俺も同じように愛を囁く。

美咲は懸命に奥を突く俺の両頬に手を添えて優しく微笑みながら語りかけた。

「つん、凍耶、あのね。私、凍耶の赤ちゃん欲しぃ。貴方の子供を、産みたいの」

「美咲……ああ、産んでくれ。元気な赤ちゃん沢山産んでくれよ！　美咲!!」

俺は受精機能をオンにした。

愛しい女を孕ませることができることに脳内が沸騰するような興奮を覚える。

生殖活動の本懐である受精させるという行為が、俺の腰のスピードを更に速め、益々イチモツは硬く大きくなった。

「来るぅ、来ちゃう、子宮が下りてきて、あんッ♡　わたし、凍耶の赤ちゃん作る準備、整っちゃってるっ、凍耶、好き、好き好き好きぃ♡　孕ませてぇ、凍耶の種で、私のこと孕ませて欲しいのぉ」

「美咲、イクぞ、孕めッ!!」

どびゅううううう、びゅるるる、びゅるる、びゅくくく
かつてないほどの充足感が俺を満たした。

俺は美咲の腹の中にたっぷりと白い溶岩を流し込み、子宮を犯していく。

ドプドプに満たされた美咲の子宮が絡みつく白濁液で満たされ腹を膨れさせる。

俺は受精能力はオンにしたが、あえてヘブンズエリクシールのような確率操作の手法は使わなかった。

だってそれをやってしまったらうれしさも少し目減りしてしまう気がしたからだ。

二人の愛の行為でできた愛の結晶。

俺には他の人にはない精のスキルが沢山ある。

だからこれからいくらでも注いでやれる行為にわざわざ確率操作をする必要はないのだ。

今回受精していなかったらこれから何度でもそれこそ何十回でも種付けしてやれば良い。

俺は心地良い倦怠感を味わいながら、美咲の子宮の奥へと更にペニスを突き立てて、彼女の唇に深々とキスするのであった。

「ん、ふぅ、ちゅ、れるぅ、凍耶、好き、大しゅきぃ……ちゅ、ちゅ……」

膣内に注ぎ込まれた精液を子宮に馴染ませるように腰を密着させて回す。

「ぁあ。凍耶……凄い……もっと、もっとちょうだい。あなたの子種、もっと欲しいの。私を確実に孕ませて」

「もちろんだ。沢山注ぐから。元気な赤ちゃんを産んでくれッ！」

「うんっ、産むっ、元気な赤ちゃん、絶対産むからッ、凍耶ァ、きてぇ、私の中に、いっぱい注いでぇ」

その一言だけで鋼のように硬くそそり立つペニスが更に奥へと侵入する。

「凍耶、もっと、もっとキスぅ……んっ、くちゅ……ちゅる、ん、ふぅ……好きッ、凍耶、好きィ♡」

ジュプッ――グチュッ……ズップ……ズチュ……

大きく腰をグラインドさせて美咲の中を更に激しくかき回す。

「んぁあああー！！♡　入ってるっ！　凍耶のおち○ちん、一番奥にぃ♡　これ好きッ、凍耶ァ、凍耶ああ」

体を震わせながら愛おしい反応をしてみせる美咲に昂揚感が募る。

肉棒を更に奥へと招くために腰を押し付け、舌を貪りながら絡めてくる。

「はぁ、ん、ちゅ、幸せぇ……凍耶、ん、ちゅりゅ、ね、凍耶、今度は私が上になるね」

美咲は体を反転させて腰の上に跨がる。

すると何か思いついたのか先ほど脱がした衣服の山の中からウェディングブーケと宝石のティアラを取り上げて再びかぶった。

「美咲、それ……」

「えへへ。ウェディングドレスは今日だけだもんね」

悩殺的笑顔で目を細め、真っ白な手袋を身につけた美咲。

ウェディングブーケに白い手袋。そしてヌードという扇情的な姿は俺の肉棒を更に硬くするのに十分だった。

美咲は蠱惑的なベリーダンスを踊るようにゆっくりと腰を動かし始める。

「ぁ、んぅ……」

結合部から奏でられる水音の音楽がリズミカルに音を立てる。

膣圧は凶暴に締め付けをきつくし、熱い肉ヒダが陰茎に絡みついて吸い上げている。

ゆっくりと腰を回し、スローセックスを味わいながら抽挿を繰り返すので、膣内の熱でペニスが溶かされているような錯覚を覚えた。

俺と美咲の体が一つとなって、心までも溶け合っていくような極上の快楽が二人を包み込んだ。

スピリットフュージョンというパワーアップした心の繋がりは、お互いの性的快楽を肉体だけでなく魂レベルで行ってくれる。

まさしく【魂のセックス】と呼ぶに相応しい。

美咲が快感を感じるたびに、俺の心の内側へ入り込んでくる歓喜の調べが心地良い振動となって快感を倍増させてくれた。

「あぁ、あん、腰が、勝手に動いちゃう……んぅ、気持ちいいのが伝わってくるよ……凍耶も、気持ち良いんだよね」

「ああ。美咲の快感と喜びが伝わってきて嬉しくなるよ。美咲、愛してる」

「ん、ふぁあん、愛してるッ、もっと、もっと言って凍耶ッ！　前世の分まで、いっぱいッ」

「ああっ、もちろんだ。愛してるよ美咲。もう絶対に離れたりしないから。お前を置いてどっか行ったりしないからな。ずっと一緒にいるっ」

「嬉しいッ、嬉しぃよ凍耶ァ♡　ぁ、あぁあ、腰、速くなっちゃうぅ……もっとゆっくりしたいのに、ぁんぅうぁ」

「いいよ、何度でもしよう……ずっとずっと一緒だから。俺達これからなんだからな」

「ぁ、あぁ、あぁあんぁああ、凍耶、凍耶、凍耶あぁあ」

情熱の衝動に突き動かされた美咲の腰が徐々に速くなっていく。

自分でも制御できない心の衝動に駆られ、俺達はお互いに腰を前後上下に動かし続ける。

更なる快楽がお互いの動きを速く強くしていく。

それは肉体的な快楽だけではなく、心同士をもっと強く繋げたいという俺達の気持ちが体を突き動かした結果だった。

「ぁ、あ、ああん、体、いうこと利かなくなっちゃう、んぁ、ああ、イク、イクゥ、凍耶ッ、好きィ、好き好きィ～～～」

「美咲、イクぞっ、大好きだっ、愛してるよっ！」

「私も、私も愛してるッ、凍耶ァあああ～～～～」

ビュクンッ!!　ドビュルルルッ、ビュクク～ッ

「んふ、ん、ちゅ……くちゅ……はぁ、ん」

絶頂と同時に口づけを交わし、俺の気持ちと一緒に精液を胎内に流し込む。

その喜びといったらこれまでに感じたことのないほどの強いものであり、美咲の目尻からぽろぽろと流れ落ちる雫がその歓喜の強さを証明していた。

「はぁ、はぁ……凍耶……好き……もう、離さないでね……」

何度目になるか分からないくらいの可愛らしい意思確認。

そんな美咲が愛しくて、俺は言葉を紡ぐ代わりに力強く抱き締めて口づけを送るのだった。

◆閑話　花嫁達との初夜　Ｐａｒｔ６　ジュリパチュコンビ編

「ちゅぷ、じゅるる、んぐ」

「はぁふ、ん、御館、様のおち○ちん、大きくて、素敵、なの」

「んっぐ、れる。硬くてビクビクしてて、青筋立ってて凶暴で、れるぉおお。じゅるるる」

二つの小さな頭が俺の下半身の辺りで卑猥な台詞を口にしながら動いている。

口に出したエロい言葉の隙間隙間で突き出した舌を俺のペニスに滑らせて竿を舐め上げる。

そうかと思えば鈴口の敏感な部分が硬く尖らせた舌先でほじくられ、カリ首の溝に柔らかな指の腹が滑り俺の背中に電流が駆け上った。

四つの瞳に見つめられながらペニスをしゃぶり上げられる。

抜群のコンビネーションで行われるダブルフェラ。

俺はジュリとパチュのロリサキュバスコンビに完全に翻弄され圧倒されていた。

「えへへ、御館様、気持ちよさそう」

「今度はもっと良くしてあげるね」

ウェディングドレスのスカートを半分パージしてミニスカ花嫁の姿になった二人はパンティの端っこのヒモを取り払い恥丘をあらわにする。

二人はそのまま俺をベッドに横たえてペニスに手を添える。

そして脚を伸ばして身体の位置を変え、二人はお互いの性器で俺の性器を挟み下半身同士を密着させる。

いわゆる百合プレイの貝合わせと言われるテクニックだ。

小さな丘は開いた割れ目から流れる命の泉でだくだくに濡れそぼっている。

粘液に絡みとられたペニスが合わさった二つの秘部に擦られる。

本来はレズプレイの一環で行われる体位だが、そこへ男性器を挟み込むことで3Pの体位へと早変わりする。

正確な体位の名前があるのかは知らないが、視覚的な興奮も相まって気持ちよさも一入だった。

「ん……ふぅ、これって」

「私達も、気持ちイイ、ね。あぁんッ!!」

二人のオマ○コの肉ヒダが俺の敏感な部分に擦れて気持ちイイ。

それは二人も同じようでじゅぷじゅぷと腰を動かす度に愛液がトクトクと流れ出している。

「ああ、あああ、これ、ダメぇ、気持ち良すぎて」

「あんまり、持たないよぅ、んぁあああ」

益々腰の動きが速まる二人。

俺も二人に合わせて腰を突き上げ、ジュリとパチュの腰を掴んで二人を更に密着させる。

「ああ、ああ、ああ、あ、あ、あ、御館様、らめぇ、気持ち良すぎて、んぁああ」

「イク、イッちゃう、パチュもイッちゃうぅううう」

「くっ、俺もイクぞ」

二人の間から白い噴水が吹き上がる。

言い換えるなら間欠泉のように勢いよく飛び出した白い噴射は幼い少女を白く染め上げていった。

角度を間違えると自分にもかかってしまいそうになるくらい激しく射精した俺は白く染まった幼い少女の煽情的な姿に再び下半身を漲らせた。

「あはっ♡　御館様もう元気だっ♡」

「よし、ジュリ、パチュ。そのまま重なって寝転がれ。順番に入れてやる」

「「わーい♪」」

無邪気に喜ぶ二人。

俺達のセックスはいつも遊びの延長のような感じに楽しくプレイするのが日常となっている。

エロスに敏感なサキュバスとは言え、二人はまだ子供だ。

精神は幼いが、それだけに蠱惑的な仕草で俺を誘う様々な趣向は興奮を一層強めてくれる。

身体が小さい上にティナのようなハードプレイ耐性があるわけでもない彼女達は一人では俺の性欲を受け止めきれないということで二人同時に相手にすることが多い。

俺としては自分が満足するだけが目的ではないので一対一でも構わないのだが、結婚式まで二人同時にと希望するくらい仲の良い二人はやはり一緒にすることが多いのだ。

「まずはジュリからだな。入れるぞ」

「んひゅううううう、御館様のおち○ちん来たぁ」

「はうう、ジュリのオマ○コにぶつかる度に、御館様のたまたまが当たってる」

俺はジュリにペニスを突き立てながら下になったパチュの乳首を弄る。

二人はその持ち前の明るさで屋敷のメイド達のムードメーカーだ。

魔王軍の襲撃の時も彼女達は一切絶望することなく皆を鼓舞し続けたという。

ルーシアの村ではぐれ魔王軍に襲撃され、親も友達も全員目の前で惨殺された二人は一時心を閉ざして喋れなくなるほど追い込まれた。

だが、二人はその過去のトラウマを見事に乗り越えてみせた。

屋敷の中でメイド同士が険悪な雰囲気になったときはどこからか察したように二人が現れて場を和ませて去って行くという話を何度となく聞いている。

スピリットフュージョンで心同士が繋がっているとは言ってもお互い未熟な者達同士、時にはケンカをすることもある。

しかし家族を失う辛さを誰よりも敏感に知っている二人は、そんなケンカをして悲しい雰囲気になりそうなときほど明るく振る舞うことをやめようとしないのだ。

そんな二人にほだされて、いつしかケンカをすることも馬鹿馬鹿しくなってしまうので、今では屋敷でメイド同士が諍いを起こすことはほぼなくなったと言って良い。

そしてそれは間違いなくこの二人の功績と言えるのだ。

「今度はパチュだ」

「うひゅうう、おチ〇ポ気持ちいいよぉ♡　もっと擦ってぇ」

ジュリに突き入れたイチモツを引き抜いてパチュのオマ〇コに入れ込む。

狭くてきつい膣内はヌルヌルの粘液が絡みついていてスムーズに俺のペニスを受け入れた。

「あうう、御館様ぁ、おち〇ちんないと寂しいよぉ、早く戻ってきてぇ」

「そうは言ってもチ〇ポは一本だからなぁ」

こんなことを言ってはいるが実際はこの寂しいアピールすらもプレイの一環であることは俺も既に熟知している。

だが俺は考えた。最後はどっちにも中出しをして終わることが多い3Pの美少女サンドイッチだが、順番にやるとどうしても寂しく思う子がいるのも確かだ。

「御館様、どうしたの？」

「考えごと〜？」

「あ、済まん。二人同時に気持ち良くする方法はないかと思ってな」

思わず腰を止めて考え込んでしまったようだ。不思議そうな顔をして二人が俺の表情を窺っている。

いかんいかん。どう考えたところで分身をしない限り俺のペニスは一本しかない。

やはり順番にするより他は……

「まてよ」

「「？」」

俺は考えた。俺のアストラルソウルボディは魂魄魔法との組み合わせで完全な分身体を作り出すことで俺を何人にも増やすことのできるスキルだ。

それは今現在この屋敷中で行われている愛嫁達との初夜が物語っている。

分身を解いて記憶の共有を行えば、味わった快感も全て共通の記憶に刻まれるのだ。

だが、俺は自分の身体をまるごと分身させたりはするが、例えば肉体の一部だけを分身させ、感覚を共有することはできないだろうか？

分身が味わった性的快楽は全て共有の感覚だ。その気になればリアルタイムで他の分身が感じている快感をこっちのボディに共有することも可能だろう。

「御館様？」

「よし。試してみるか」

「どうしたの〜？」

「ジュリ、パチュ。お前達二人同時にチ○ポを突っ込んでやるぞ！」

「ほんとに⁉」

「そんなことできるの⁉」

驚く二人。実際にできるかは分からんが、不可能ではないはずだ。

俺は自分の中のイメージを具現化させるように強く思念しながらアストラルソウルボディを発動させた。

「アストラルソウルボディ……」

俺の股間が白く柔らかな光に包まれる。

「わわ、御館様のおち○ちんが」

「真っ白になってる」

やがて光が収まる。俺は自分の股間に生えた『それ』を見て成功したことに満足の笑みを浮かべる。

「いくぞ！　そら！」

「あひゃぅうううううあああぁ♡！？！？」

俺はジュリとパチュをもう一度組み敷くと、サンドイッチ状態の二人に腰を突き出す。

嬌声は二人同時に起こった。

指は使っていない。

「あはぁああ、御館様のおち○ちんが、硬くて太いおち○ちんがジュリのオマ○コかき回してるよぉ♡」

「パチュもぉおお、御館様のおち○ちん入ってるの分かるのぉ♡　なんでぇ⁉」

「そら、どうだっ？　二人同時チ○ポに貫かれて」

「気持ちイイっ、あああ、凄いぃぃい」

「んぁあ、ふぁぁぁん」

二人同時にチ○ポに貫かれている。

そうなのだ。今、俺の股間にはペニスが二本生えている。

アストラルソウルボディを応用して分身体を肉体の一部分だけに適応している。

感覚共有も行っているのでどっちも本物の俺のペニスなのである。

しかもこれ、二つの快感が同時に脳髄に流れ込み、二人の肉壁の具合が同時にペニスを刺激する。

やべぇ、これハマるかもしれん。

感覚を味わう器官が倍の数になったのに対して情報を処理する脳は一つのままなので単純に快感が倍になって襲ってくる。

「うおおお、イクぞ二人とも。同時に中へ出すからな」

「ああ、ああ、ああ、気持ちイイ、気持ちイイよ御館様ぁぁあ♡」

「パチュも気持ちイイ♡　イク、イッちゃうぅぅうう」

「くぁああ、イクぞ」

「「んぁあああああ♡♡」」

びゅるるる、ビュバッ、ビュバ、ぶじゅる、ぶびゅ、ぶびゅうううう、ドプッドプッ、ビュバ、びゅじゅる
射精の量もいつもより多かった。

単純に倍になっただけでなく、倍になった快感を処理する脳が感じた性的刺激が射精量にダイレクトに反映されて精液の量を増やしたらしい。

尿道を駆け上る大量の精液が幼い二つの膣を満たしていく。

精神的征服感も半端じゃなく高くなり、俺はしばらく放心して動けない程の倦怠感に襲われる。

すぐに回復するものの、この快楽は途轍もない。

今まで若干の悩みの種であった複数人プレイによる女の子達を待たせてしまうというジレンマを解消する

だけでなく、俺自身の満足度すらも倍以上に跳ね上げるこの新技は革命的とも言える。

いや、こんな単純なことを何故今まで気が付かなかったのだろうか。

俺のスキルの幅を狭めているのは俺自身の固定観念なのかもしれないな。

「はぁはぁ……御館様、凄いよ」

「もっと、もっと欲しい」

「よーし、まだまだイクぞ」

俺は再びいきり立った二本のイチモツを二人同時に突き立てるのであった。

◆閑話　花嫁達との初夜　Part7　ティファルニーナ編

「じゅぽ……じゅぷ、れるる、凍耶さん、気持ち良いですか？」

「ああ、とっても気持ち良いよ」

真っ白なドレスで着飾った美少女エルフは俺の称賛の言葉に嬉しそうに目を細める。

ハイネスエンシェントエルフの少女ティファルニーナは、小さな体を持つ姉と相反するように豊満な胸にくびれたウエストのギャップが激しく、肉感的でこれでもかと女を主張する身体付きだ。

頬を赤らめ、婿となる男が腰掛けるベッドの下に膝を突いて、自らの豊満な膨らみでペニスを扱きながら懸命にしゃぶっていた。

花嫁のドレスを着こなしつつ、幸せそうに目を細めるティファの蠱惑的な笑みがリビドーを揺さぶる。

その表情はといえば、男根を口に咥え、愛おしそうに舐め回す艶めかしい女の顔。

乳圧が竿を圧迫し、亀頭を咥え込んで愛おしそうに舐め回す。

その舌が動く度に、背筋にゾクゾクとした快感が走った。

「んふぁぁ、ん、とうや、ふぁん、好きッ、らいふきれす……んもっ、ん、気持ちいいれふか？」

「ああ、最高だよティファ。花嫁衣装のお嫁さんにフェラ奉仕して貰えるなんて最高すぎる」

「んふふ、うれひいれす。じゅぷっ、じゅずず、ぶじゅりゅりゅ……ッ！」

一心に奉仕するティファ。頭が動く度に乳が上下に揺れ、下腹部に打ち付ける衝撃でブルリと波打っている姿は恐ろしく扇情的な姿をしている。

時折こちらに向ける垂れ下がった眉尻が無垢な少女を大人びた妖艶な美女の顔に変える。

「くっ、で、出るッ」

「んっ、らひてぇ……らひてくらはい……んむっ、じゅぷ、じゅっぽ、じゅっぽ……かふっ、れりゅ、くりゅりゅりゅりゅりゅ」

唾液に濡れた谷間に沈んだ肉竿を激しく交互に擦りながら高速で頭が上下する。

もの凄い勢いで昇ってくる精液の衝動に身を任せて、そのままティファの口の中へ射精した。

「んぶっ……んんふぅ♪　ん……んぐっ……」

コクコクと喉を鳴らして吐き出された精液を一滴残らず飲み干していくティファ。

「ティファ……可愛いよ。もうたまらない気持ちになってきた。抱かせてくれ」

「はい……お嫁さんになったティファを、もらってくださいね」

口元をペロリとなめずり立ち上がったティファをドレスのままベッドに横たえる。

花の装飾をあしらったウェディングドレスで横たわるティファは男の欲望を凶暴に掻き立てるには十分過ぎた。

俺は一瞬で硬さを取り戻した肉棒をティファの秘部にあてがい、そのまま腰を進める。

「はぁっ……ぁあああっ!!　大っきいのが、入って、きますぅ……♡　嬉しい……凍耶さぁん、これが、欲しかったんですぅ」

ニュルリとペニスを受け入れたティファの膣内は期待と興奮で十分過ぎるほど潤っている。

ピクピクと震えるくびれを撫でながら熱い吐息を漏らすティファにキスを送る。

「あむっ……んちゅ……ふぁあ、幸せぇ……」

うっとりと吐息を漏らすティファと繋がった結合部をゆっくりと、しかして深く、奥まで突き入れる。

「あはぁ♡　はっ、あぁ、んぁあ、あっ、あっ、あっぁあ……凄いですぅ！　挿れてもらったばかりなのにぃ」

挿入の瞬間に軽く達したらしい。二人が繋がった密着部分に熱い広がりを感じた。

ペニス全体がギュッと締め付けられ、多大な熱量が奥からじんわりと湧き出してくる。

子宮の奥まで届くほど突き刺さった肉棒を味わうように膣内の圧力と蠢きはティファの意思を表すように甘く疼いている。

「凍耶さん……」

「動くよ……」

「ぁ、あはぁ、ぁ、あん、それぇ、凄いぃぃい♡　はっ、ぁ、あああん、そんなに速く動かされたら、我慢、できなくなっちゃいますぅ」

熱い膣は歓喜するように断続的に締め付けてくる。

どうやら一つ突き込むごとに絶頂しているらしいティファの内部は狂ったように蠢きながら甘い叫びを吐き出し続けた。

「あぁんッ……あっ、んぁあん……凍耶さんの、おち○ぽ、幸せの味がしますぅ……おま○こが全力で凍耶さんを味わって……いっぱい奥まで飲み込んじゃってますぅ」

「ティファッ、もうイキそうだ」

そう囁いたあと、体の奥からせり上がってくる熱い衝動を覚える。

今までで一番の快感が強く強く背骨を駆け上がってくる。

「あぁぁ。あぁぁあ、来るッ、来ちゃうぅぅ、イク、イックぅぅぅううううううう♡」

ビュクククッ！　ビュルッ！　びゅりゅりゅりゅりゅりゅ!!

激しい痙攣と共に注ぎ込まれていく精液が膣内を満たしていく。

「ふやぁ……あちゅぃ精液、いっぱい入ってきましゅぅ……」

感じ過ぎたのか呂律の回っていないティファに口づけをし、汗ばんだ体をもどかしそうに蠢かせる。

俺は結合部で繋がったままキスを交わし、ティファの服をゆっくりと脱がせていった。

「ふわぁ……えへへ。凍耶さんの体温だぁ……あったかいですぅ」

甘える声を出しながら戯れてくるティファ。

俺達は二人で密着しながら、再び熱く燃え上がって夜を過ごしていくのだった。

◆閑話　花嫁達との初夜　Ｐａｒｔ８　ティルタニーナ編

「ちゅ……ちゅ……ティナは嬉しい。初めて会ったあの日から、ティナはこの光景を想像してた」

膝の上にちょこんと座るウェディングドレスを身につけた小さな花嫁はプルプルの唇を唾液で濡らしながらそう呟く。

しかしすぐに首を横に振る。それは決してネガティブな意味ではないことはすぐに分かる。

「ううん。まさかお嫁さんにしてくれるとは思ってなかった。ティナはトーヤの愛玩奴隷。どんなハードな要求もおーけー。むしろうぇるかむ」

「それ単純にティナの欲望だろ」

苦笑しながら自称愛玩奴隷の頬に頬ずりしてみる。

「んひゅ……トーヤ、くすぐったい……きゅふぅ♡　なに、ん、にゅぅ♡」

「愛玩奴隷ってこういう可愛がり方が本来じゃないか？」

ティナに頬ずりしながらチュッチュとキスを繰り返していく。

こういう可愛がり方はあまりしてこなかったから流石のティナもちょっと戸惑い気味である。しかしどうだろう。

七〇〇歳を超える長寿でありながら小さな体を維持するティナの動き一つ一つは愛らしいという言葉以外見つからない。

「ひゃっ、ん、ふぅ、うにゅ、ん……とー、やぁ、ん……ッ！　こしょばゆい……うきゅぅ」

それでも繰り返しじゃれていると徐々に上がってくる性的な衝動。

ウエディングドレスの生地がしっとりと汗ばんでいき、ティナの興奮が強くなってくるのが分かる。

「はぁ、はぁ……ん、にゃぁ……トーヤの体、あったかい。たまにはこういうのもいい」

興が乗ってきたのかキスの嵐に戸惑っていたティナの反撃が始まった。

「ちゅ……ちゅ……ちゅぷ……れる……」

頬にくっつけた唇を水音を立てて擦りつけ、舌先が唇に触れてかすめていく。

「トーヤ、好き……ティナ、幸せ……♡」

小動物のようにすり寄ってきたティナの身体が徐々に下に下がっていく。

「夫にごほーしするのは妻の務め。ティナ、頑張る」

ズボンを引き下ろしてティナの小さな口がいっぱいに開かれてペニスをほおぼる。

「はむっ……ぢゅる……ぢゅずっ、ぷはぁ……はぁ、んじゅる」

小さな体で懸命の奉仕。やはりこれには興奮せざるを得ない。

「ティナ、気持ち良いよ……俺もティナになにかしてあげたいが……」

「ぷはぁ……それなら、ティナに良い考えがある。トーヤも気持ち良い。ティナも嬉しい。一石二鳥のアイデア」

ティナが提案したその方法とは……

……

…

「じゅぷ……ぐぽっ、んぐぅ」

ティナの小さな身体に身につけられた花嫁衣装が目の前にある。

しかしその全貌は俺の下半身に埋まってしまい、俺の視界には胸から下しか見えていなかった。

「ぐぽ……ぬぷぷぷぷ、じゅるる、がほっ、んぐ」

一体どういう状況なのか説明せねばなるまい。

ベッドに仰向けに寝転がったティナの小さな口が限界まで開かれ、俺の日本人平均値からするとかなり大きめの肉棒がティナの喉奥まで真っ直ぐに突き刺さっている。

それはティナの喉を通る気道をペニスが塞いでしまい、彼女は呼吸をすることがほぼできない。

時折口の端や鼻から「カヒュー、カヒュー」と空気の通る音がするので窒息はしていないが、途轍もなく息苦しいことは間違い無いであろう。

しかしスピリットフュージョンから伝わってくる彼女の感情の波は歓喜以外存在しておらず、俺がティナの喉を強めに腰を動かして犯す度にまくり上がったスカートから見えるティナのパンティから「プシュッ、プシュッ」と喜びの潮が噴き出るのであった。

喉を犯しながらティナの手に指を絡める。

我慢できなかったらすぐに左右に振るように指示してあるが未だにその合図を出す気配はない。

ウェディングドレスを着た小さな少女が喉の形が変わるほどのハードなディープスロートをやってのけて

いるのだ。

熟練のディープスロートが俺の性感を限りなく刺激し、脳内には甘いしびれが走った。

ティナは俺の嫁達の中でも特にハードなプレイを好む。

軽い縛りから始まりそれは徐々にエスカレートしていきハードSMの域に達しかけたが、俺が痛めつけたりはあまり好きではないと伝えると、彼女は少し残念そうにしながらも、それならとにかくティナの身体を使って強く抱くことを要望してきた。

その結果がディープスロートであり、彼女がよく口にする種付けプレスなどのハードな体位なのである。

身体の小さなティナは俺が上からのしかかるだけで相当な負担がかかる。

しかしティナにとってそれは極上の快楽のエッセンスであり、ご褒美ですらあったのだ。

「ティナ、イクぞ。喉の奥へ直接流し込むからな」

「コクコク」

喉を固定されているため僅かに動かすことしかできない首を縦に振る。

俺は喉肉に包まれたイチモツに伝わる強烈な圧迫感を楽しみながらティナの喉奥へと突き入れる。

「んごぽっ、がぽ、じゅる、ぐぱっ、んぐぐぐ」

うめき声を上げるティナ。しかし真っ白なパンティが変色しシーツに水たまりを作るほど愛液を垂れ流し、その快楽具合を象徴しているかのようだった。

「くうぅ、イクッ」

ビュルルルル、ドビュウウウウウウ
一瞬膨らんだペニスから這い出る精液の脈動をティナは喉でダイレクトに感じていることだろう。

恋人繋ぎをして絡めた指をギュッと強く握って太ももが内側に締め上がる。

どうやら俺の射精と共に絶頂を迎えたらしい。

俺は尿道に残った精液を全てティナに吸い出された後、ゆっくりと喉からペニスを引き抜いた。

酸素不足に陥ったティナが一気に空気を吸い込み出す。

「はぁあああ、はぁはぁ……とー、や。気持ち、良かった？」

「ああ、最高だったよティナ。大丈夫か？」

聞くだけ野暮なのはいつも通りなので知っているが、やっていることがハードなだけに心配するのも無理からぬ話である。

「ん、平気。それより、今度はティナの身体に、トーヤの剛直の杭を打ち込んで欲しい。種付けプレス汁だく増し増し、緊縛大盛りで」

「さっきより要望増えてない？　しかもちょっと意味不明だぞ」

緊縛大盛りってどうやってやればいいんだろうか。

「そうだな、緊縛の種付けプレスもいいが、こんなのはどうだ？」

俺はちょっと趣向を変えてティナをドレスのまま抱え上げた。スカートまくって下着を取り払うと、あらわになった無毛の丘にそのままペニスを突き立てる。

「ひぃうぅううううん♡」

予告なく無遠慮に入れられるのが好きなティナは身体を突っ張らせて脚を伸ばす。

「ひ、ふうぅ、トーヤ、もっと、強く、え？　あ……」

俺はティナを押し倒すのではなくそのまま抱え上げて挿入したまま腰だけつかんでベッドから引きずり下ろした。

半分宙吊り状態にされたティナは戸惑いつつも未知の快楽に胸を躍らせた。

俺はティナの腕を肩に回させ、抱え上げた脚を肩に乗せる。

くの字に折れ曲がったティナの身体を宙づり状態のまま激しく腰を使い始めた。

「ふぅ、はっ、あ、ああ!!　うにゃ、あああああ」

普段声を荒げることのないティナだがセックスの時だけは別である。

強い快楽に襲われた時にだけ聞ける彼女の本当の声だ。

俺は使い始めた腰を高速で前後させ肌と肌をぶつける音が部屋の中に響き渡った。

ズパパパパパパパパパパパパパパパッパン
「ひ、あああ、ああああ、ああ、ああ、あああああ！！！！！　あああああん、ひああ、んぐぅ、あああ、ああ、ああ、あ、あ、ああ、あひぃ、ああ、ああ、ああ、ああああぃあああッ♡♡」

ティナの嬌声が、叫び声に変わった。高速でピストンさせたペニスの抽挿がティナの脳髄にフラッシュを起こすほどの電流を流していることがスピリットフュージョンを通じて伝わってくる。

「さあティナ、このまま奥へ流し込むからな」

「ぅっ!!　ぁっ!!　っ、っ」

もはや返事をする余裕もなくなっているようだが俺は彼女の了承を待つことなく白い爆発をティナの奥で起こす。

「カハッ♡　あ、あああ、ああああ、ッ」

ビクンッ、ビクンッ
脚がつま先まで真っ直ぐに突き出されティナの身体が痙攣する。

「とー、や、これ……」

息も絶え絶えと言った感じで辛うじて声を出すティナ。

しかし俺は彼女の言葉を紡がせることなく無遠慮に再び腰を突き出した。

「きゃふううううっ♡　とー、や、ま、まって、ぇえぇ、これ、強、すぎ、ひゃぁあ、あああああああッ！」

「お前のご所望の超ハードなプレイだ。このまま二〇発は連射で膣内に流し込むから喜んで良いぞ」

「ら、めぇ♡　死ぬ、死んじゃう、ッ♡　きゃっは、あ、あああああああぁっ！」

ダメと言いつつかつてないほどの快感に喜び打ち震えるティナに満足しながら、俺は腰を動かし続けた。

「今度はお待ちかねの種付けプレスだっ」

「にゃぁうううっ!!　しゅ、しゅごいいっ!!　あっ、ああ、ああ、あああっ!!　お腹のおく、ぐちゃぐちゃになりゅぅうう！」

ティナの身体をベッドに押し倒し、思い切り体重を掛けて杭を打ち込む。

「ひにゃぁあっ!!　あっ、あっ、あっ、あっ、んふぁあああん」

「もっとっ、もっとだティナッ。もっと感じさせてやるからなッ」

俺はティナの小さすぎる身体を蹂躙するが如く上からのし掛かり、ディープキスを送りながら乳首を抓りあげる。

「んぅっ！　んぅうううっ!!　んふぁ、ん、じゅぷ、じゅふゅりゅ、ちゅ、ぁ、あぁあん、とーやぁ、好きッ、もっとぉ、もっと強くッ、乱暴に犯してぇええ」

杭打ちピストンで射精を叩き込み、直ぐさま身体を反転させてバックで犯す。

激しい快感に喉がすり切れるほどの快楽絶叫を吐き出し続けるティナ。

俺はストレージからロープを取り出しティナを後ろ手にキツく縛り上げた。

ティナが望むように、身体に内出血の跡が付いてしまうほどのキツい荒縄の食い込みが彼女の膣内をかつてないほど濡れさせる。

「ふぁわぁあ、これぇ!!　これが良いのぉ♡　ティナ、これしゅきぃい♡　トーヤに縛られて、乱暴に犯されたいのぉ♡　んぁああ、もっとぉ、とーや、もっと奥、突いてぇ、ふにゃぁあ」

ティナの願いを聞き入れ、両手で爪が食い込むほど腰を強く掴み、力強く彼女の最奥を穿ち続ける。

「んぁあああぁーーー♡　にゃぁあ、あ、ああ、ああぁっぅうあああっ!!　おくぅ、いっぱい、突かれてッ、あひぃいっ、んぁ、あ、あああっ!!　気持ちよしゅぎて、あたまおかしくなりゅぅう♡」

甘い叫びはなおも続き、淫らに腰を振るティナの感情はこれでもかと言うほど強い歓喜と快楽にまみれていた。

「ひにゃぁああっ、クリ〇リスッ、弱いのぉ♡　しょこ、ちゅよしゅぎりゅぅう♡　おくのほうトントンしゃれてぇ、クリ〇リスいっしょに攻められたらッ、ティナ、ダメになるぅ、あたま焼き切れちゃうぅぅう」

「ティナ、また出すぞッ」

「出してぇええ、出して出して出してぇえ、トーヤの精液で、ティナの子宮いっぱい犯してぇぇえええええ♡」

愛おしさと黒い欲望がドロドロに混じり合った激しい衝動を欲望のままにぶつけていく。

「出るッ」

華奢な腰を指と爪がめり込むほど掴みあげてラストスパートをかけていくと、甘えるように締め付けていた膣内が強く強く引き締まった。

「ふぁあああ、あぁ、ああ、アァアアアアアアアアッ♡」

彼女の膣奥を強く抉った瞬間、溜まりに溜まった熱情の塊が強く爆ぜる。

「ひゃっ……あっ……あぁああ……と、お、やぁ……なか、いっぱい、出てりゅぅ……あちゅいよぉ……ティナ、幸しぇぇ……」

収縮する膣に白濁を注ぎ込む。余韻に浸るように放心しているティナ。

だが俺はそこに追い打ちをかけるように一瞬にして復活した剛直を抉り込み、小さな身体を抱え上げて締め付けている縄を掴んで引っ張る。

「ひぎぃい、トーヤッ、ぁ、ティナ、イッたばかり、流石に少し休憩、ひきゅぅううううん♡」

「まだまだっ、こんなもんじゃドMなティナちゃんは満足しないだろ？」

「あきゅぅうん♡　とーやが鬼畜にぃ♡　ティナ嬉しぃぃ♡　嬉しいけど、あ、ああ、これらめぇ、死ぬッ、死んじゃうぅウウウ♡」

俺の暴走は止まらない。

この夜、結局五〇発を超える射精をティナの小さな身体の中へと流し込むまで、ノンストップで腰を振り続けたのだった。

第四章エピローグ　幸せの予感が止まらない新婚生活

結婚式から数日。

五〇人を超える花嫁をいっぺんに娶った俺は、その美しすぎる愛妻達との愛を確かめ合う日々を満喫している。

「ん、ちゅ……あむ、ちゅ……」

「ん、ふぅ、れりゅ」

唇の柔らかい感触がする。ベッドの上で眠っている俺の唇に柔らかいものが押し当てられているのが分かる。

それも二つ、いや、三つだ。

「ちゅ、ちゅぷ……うふ、おはようございます凍耶様」

「ん……ああ、おはよう皆」

優しげな声に目を覚ましまぶたを開いた。

ぼんやりとした視界には愛しの花嫁アイシス。その隣にティナ。唇を押し当てようと迫っているリリアの顔が見える。

「ふふ、目が覚めたか凍耶。朝一番のお嫁さんのキスじゃぞ。ありがたく受け取るが良い」

言われるがままにキスを受け入れ舌を絡める。

「ふぁ……ん、ちゅ……ん、ふぅ、これぇ、悪戯するでない♪」

真っ白な肌にちょこんと実る桃色の果実を指で摘まむ。

硬く勃起した乳首は既に興奮に尖っており、火照った肌が微かに赤らんでいた。

「うふふ。凍耶殿のおち○ちん、朝からとっても元気ですわ」

その奥にはシャルナとヒルダが隣り合って、こちらを見つめている。

既にフル覚醒状態の勃起ペニスを指で弄び、愛おしそうに握りしめて優しく扱く。

「節操ないわねぇウチの旦那様は♡」

「朝からこれでは政務に差し支えるぞ」

照れくさそうにリンカの頬が赤らむ。しかしその視線は勃起したペニスと俺の顔を交互に行き来しており、欲情しているのは明らかだった。

「凍耶様、本日は我々で朝のご奉仕を致しますね」

「トーヤに朝のゴホーシ。ティナも張り切る」

「気持ち良くなるが良いぞ」

リリアの唇が再び触れて、舌を差し入れて舐り始める。

それと同時にアイシスとティナが乳首を舐め始め、ヒルダ、シャルナ、リンカの三人によるトリプルフェラが始まった。

「うっ、くぅう、気持ち良い。朝から至れり尽くせりだな」

結婚式を挙げて数日経ち、俺は毎朝のように違う嫁達から集団のご奉仕を受けていた。

結婚式の夜には一人一人と向き合って愛し合い、その思いを伝え合ったのだが、彼女達が望むもう一つの新婚初夜は、主人である俺に奉仕することであると語る。

その答えがこの複数人がかりでの朝奉仕である。

「あ、んふぅ、ちゅぷ、凍耶さま……れるる、気持ち良く、なって」

「トーヤの乳首、アッという間にカチカチ。ティナも嬉しい」

ペロペロと乳首を舌で愛撫する二人分の刺激に思わず呻いてしまう。

「じゅぷ、ちゅるる、あふぅ、ん」

「あるじ、めぇ、こんなに硬くしおって。口に入らない、ではないか、くぷ」

「ん、ふぅ、うふふ、凍耶殿のおち〇ちんがとっても、ん、喜んでますわぁ♡　はむっ、ちゅぷ」

「れる、凍耶、ん、ちゅりゅ、いつでも、出していいからね」

唇に乳首、そして性器と。敏感な性感帯を一斉に攻められては長く持つはずもない。

「くぅう、も、もうだめだッ」

ドプッ、ビュリュルルルッ！

「んくぅっ!?　ん、んふぅ……」

ヒルダの口腔粘膜に包まれて巧みに刺激されたペニスはすぐに限界を迎えた。

全身に這い回る温かな舌の感触がその刺激を手伝い射精までの時間を限り無く短くする。

早漏は男にとって中々に恥ずかしいものがあるが、彼女達はとても満足気に微笑み喜びを露わにした。

「ん……コクッ……コクッ……朝から濃厚ね♪　まだまだ元気みたい」

「それじゃぁ次は私がご奉仕しますねぇ♡」

蠱惑的に微笑みながらシャルナが射精したばかりの肉棒をそっと握って扱きながら跨がる。

「いきます……ん……くぅん♡　わふぅ、凍耶殿、とっても大きくて、硬いですぅ♡」

愛撫をしていないにもかかわらずシャルナのそこはしとどに濡れそぼっており、硬く屹立したペニスを丸呑みしてしまう。

彼女の歓喜を表現するように淡い紫色をした毛並みの尻尾がフリフリと左右に揺れている。

騎乗位で揺れる豊かな乳房に手を這わせると、シャルナの口から甘い吐息が漏れ聞こえた。

「はぁっ、ぁあぁっ……んっ、ふぅ、んぁん！　凍耶殿ぉ♡　あんっ、いいですわぁ、おっぱい、触ってくださいぃ♡」

たわわに揺れる果実を鷲づかみ、力強く揉みしだく。

時に先端の蕾をキュッと摘まんでやると、一際大きく喘ぎが漏れる。

「くひぅ♡　ぁ、ああっ、それ、良いッ」

乳首を強く摘まむと下半身を包んでいる肉壁に熱い粘膜がジュワリとヌメリを増す。

「ぁはぁ、ん、ぁあん、凄いぃ、凍耶殿の、ペニスが、私の中でどんどん大きく、んぁあああぁーーー♡奥ッ、当たってますぅ……凍耶殿の形が、はっきり分かる、んくぅん」

卑猥な音を立てながら腰を上下させるシャルナはすっかりと興奮しきっている。

パチュッ……パチュッ……パチュッ……パチュッ……

リズミカルに打ち付けられる膣内粘膜の刺激が肉棒を包み、睾丸からせり上がってくる高熱が脳髄を痺れさせた。

「うふふ……凍耶殿、のぉ……熱い情欲がせり上がってくるのが分かりますわ……私の中で、いっぱい射精してくださいね♡　後がつかえてますから、我慢しなくて良いんですよ」

お許しをもらって括約筋の緊張を緩める。一瞬にしてダムは決壊しドロドロに煮えたぎる精液がシャルナの中へと注がれた。

「あひぃううっ!!　ああっ……ビュクビュクって、注がれてぇ……ん、はぁ……幸せが、膣内を満たしてますわぁ」

シャルナの毛並みがぶわっと逆立ち、その興奮度合いを示した。

「次、私ね」

息つく暇もなくヒルダが跨がってくる。

「してもらってばかりじゃ申し訳ないな」

俺は射精の余韻に浸りながら身を起こしてヒルダの体を抱きしめて座位に持ち込んだ。

「あ、こらぁ♡　大人しくしてなさいってば、ひゃわっ!?　んぁあ、奥まで、届くぅ♡　もうこんなに大きいなんてぇ、んぁああん」

復活したペニスを奥までねじ込むとヒルダの細い体が弓なりに反り返った。

同時に狭い膣洞がもっともっとと言わんばかりにきゅぅうっと狭まり締め付けてくる。

「んぅ、あぁ、はぁん、ふぁ、ん、ぁああん」

俺はゆっくりと腰を前後させてヒルダの膣内をたっぷりと味わった。

リードされるとは思ってなかったのだろう。抵抗しようと身を固くしつつ声を出すまいと我慢していた。

それでも堪えきれずに甘い声を漏らしてしまう自分を恥じているヒルダは可愛らしいの一言に尽きる。

年上で人生の熟練者であるヒルダであるが、俺も男の意地でちょっと抵抗してしまいたくなってしまう。

振り払えないように細いくびれを抱きしめて肩を押さえつけながら小刻みに腰を動かし、カリ首で膣壁を引っ掻きながら子宮を押し込む。

「んひぃいい!?　そ、それだめぇ♡」

とうとう我慢仕切れず大きく喘ぎ、ヒルダの愛液の量がドッと増してペニスを包む快感が強くなる。

「ヒルダが可愛いのが悪い」

「そ、んなぁ、もう、意地悪ぅ、んゅぅん♡　ぁ、あああ、ま、まってっ、それ、気持ち良すぎ、てぇ、あ、あ、あああ」

クリ〇リスを下腹部に擦りつけながら腰を前後に動かして唇を塞ぐ。

抗議の声を上げる暇もなくヒルダの体が大きく跳ねて絶頂が近いことを教えてくれた。

「あむっ、んちゅ、れる……それぇ、ん、ぁあ、ん、らめぇ」

反動で軋んだベッドのスプリングがギシギシと音を鳴らし、周りで見ている五人の嫁達の興奮が伝わってくるのが分かる。

「とう、やぁ、あん、激し、すぎぃ♡　奥、擦れる、んぁう、あんぁあ、イク、イかされちゃうぅううん♡」

抽挿を止めようとするようにヒルダの膣圧がギュッと収縮する。しかしそれが押さえ込んでいた射精欲を解放する結果となり、自分のペニスが大きく膨らみ始めたのが分かった。

「ぁ、ああん、大きく、なるっ、ぁあ、イク、イクぅううん♡」

腰を持ち上げ挿入角度が深くなる。子宮口に亀頭がめり込み、互いの性感は限界を迎えた。

「ヒルダッ、出るッ」

「凍耶ッ、凍耶、ふぅ、ん、んぁあああんっ!!」

グビュルルッ!!　ドビュッ、ドビュルルルッ!!

膣内射精と共に飛び出したヒルダの声はベッドルームに響き渡り、弓なりに仰け反りながら痙攣した後、クタリと力尽き果てた。

「はぁ……はぁ……んもう……激し、すぎよぉ……」

抗議するように美しい眉が逆ハの字に歪みこちらを睨み付ける。

「ヒルダ、可愛いわね」

シャルナが妹を愛でるように力抜けた体を抱きかかえてベッドに横たえる。

「ハァ……ハァ。また、翻弄されちゃったぁ……」

「数人がかりでも敵いませんねぇ♡」

うっとりと寝そべるヒルダの髪を撫でつつ、欲情しきって目を輝かせる次の嫁に意識を移す。

「わ、我が主よ……ちょっと大きくしすぎではないか？」

「と、凍耶。ふわ、もうそんなに硬くしておるのか……」

引き抜いたばかりだというのにゴチゴチに勃起したペニスを見て、リリアとザハークは慄き、ティナは目を輝かせ、アイシスは興奮を強めた。

「俺もスイッチが入っちまった。嫁達に俺からもご奉仕しないとな」

「と、凍耶ッ、ワシには少し手加減を、ひゅきゅぅううん♡!!」

ズシンッと音がするほど思い切りリリアの膣口にペニスをねじ込む。

羞恥に赤らむリリアの可愛さに益々興奮は募る。その昂ぶりによって肉棒は硬さと凶暴さを増してリリアの中で暴れ回った。

「ぁひゅぅう、ぁぁあん、太くて硬ぃモノが、膣内で暴れ回って、きゃぅううん」

熱くねっとりと濡れる膣壁が絡みついてくる。か細い腰を力強く掴んで指がめり込むほど手加減なしに腰を突き入れる。

創造神の祝福によってリリアの膣内は俺のペニスにフィットするように改造されており、互いが最高の快感を得られるようになっている。

息を詰まらせるように快感に喘ぐ小さな体に興奮は強くなる。

戦闘力は嫁の中で最強クラスであるにもかかわらず、ベッドの上で弱々なリリアに愛しさしか感じない。

益々いきり立ち俺の怒張はリリアの小さく狭い膣内を容赦なく抉る。

体は小さいが龍人族の頑丈さは折り紙付きだ。

リリアーナと分裂してからは完全に龍の強さをその身に宿した彼女の体は、俺の手加減なしのピストンに容易に耐えることができる。

そして案外Mッ気の強いリリアはそのことをよく分かっており、俺の肩に腕を回してぶら下がるように甘えてくる。

恐らく無意識にやっているのだろうが、小さな体を抱えて好き放題にしていると思うと興奮はうなぎ登りだった。

創造神がねじ込みやがった超ロリコンの因子というギフトがそれを助長しているとしか思えないが、気持ちをぶつけ合った愛する嫁が可愛いのは小さいからではなく、可愛いリリアが小さいから興奮が強くなるのは間違いなかった。

「ぁ、あああんっ！　こんな、ガチガチのが、入っちゃってるのじゃぁ♡　これぇスゴイィ」

もう何度目になるか分からない体の重ね合いでリリアの膣内はすっかり俺の形に変わっている。

しかしその快感度合いは回を重ねるごとに狭さと締め付けが増していくようにすら思えた。

「リリア、羨ましい。ティナもゴリゴリに抉って欲しい」

膝立ちになった俺にぶら下がる形となったリリアは宙を浮きながら剛直を受け入れて歓喜に喘いだ。

「後でしてやるからな」

ティナに宣言しつつリリアに突き立てるペニスを更に奥へと押し込んだ。

「くぅ、凄い締め付けだ」

「あ、あっぁあんっ‼　凍耶ッ、凍耶ぁあ、気持ち良いよぉ♡　ワシの中が、奥まで広がってぇ、凍耶の魔羅が、膣奥まで抉り込んで、来おるぞっ、ひゃうぅぅん」

ガツガツと腰を使うたびに淫靡に蕩けるリリアの表情。

太く反り返る肉幹を奥へ奥へとねじ込み、引き抜くたびに溢れ出る蜜汁が淫唇からダラダラとこぼれ落ちた。

「ひゃわぁあ、んぁあ、ああ、凍耶の、凶悪な魔羅が、ワシの中をかき混ぜて、あふぁあ、これ、凄いのじゃぁ♡」

蜜壺がトロトロになり、膣圧は睾丸を引き抜かんばかりに激しく収縮を繰り返す。

「リリアッ、凄く締まるッ、ぐっ、もう出そうだッ」

「くひゅぅ♡　良いぞっ、凍耶の熱い情熱を、ワシの女陰に注いでたもぉ♡」

淫らに腰をくねらせて、屹立を更に激しく絞りに掛かる。

余裕がなかった筈の蜜洞の蠢きは、いつしか貪欲にカリから根元までをまんべんなく絞り上げていく。

「ふっ、くぅう、これは、たまらんっ」

「んひゅぅ、んんっ、ワシも、やられてばかり、では、ない、ぞ♡　ほれ、ほれぇ、出してたもぉ、凍耶の熱い子種を、ワシの雌穴に注ぎ込むのじゃぁ」

俺も負けじと淫らな攻めに対抗して休みなく腰を突き続ける。

「くひぃい、ん、奥ッ、感じてしまうのじゃぁ、ぁ、あああん、ぁあ――ワシは龍帝、龍の女帝、なのにぃ♡　凍耶に、勝てないッ、王の魔羅に屈して、喜んでしまうぅ♡」

女帝の誇りをかなぐり捨てて、一匹のメスとなって白い喉から喘ぎが漏れる。

「出すぞッ、リリアぁ!!」

蜜壺のうねりに我を忘れて突き込み続ける。子宮の奥から溢れ出してくる愛液が結合部で白い泡を立て、激しい衝突に膣内の紅い肉が捲れ上がる。

「んいぃっ！　ぁあ、あああぁ、イクッ、気持ち良すぎてッ、イッってしまうぅううう」

「出るッ!!」

ビュククッ！　グビュルルルルッ!!　ドプドプドプッ！

リリアの膣内にたっぷりと精液が注ぎ込まれていく。

尿道を通り過ぎるドロドロの粘液の感触が腰を震わせ思わず呻いてしまった。

「ふわあああぁ、あぁ……凍耶の、熱いのが……ワシを満たして、くぅん……腹の中が、溢れかえって、しまうぅ」

子宮の奥が貪欲に蠢き、精液を飲み干すように吸収していく。

「とうやぁ…」

「ん、どうした」

「キスぅ……ちゅーして欲しいのじゃ♡」

女帝の誇りはどこへやら。甘えた子猫のような声で口づけをねだるリリアに再び滾りそうになってしまう。

俺はリクエスト通りにペニスを突き込んだままリリアの小さな唇に優しくベーゼを被せた。

「ん、くちゅ……ふわぁ、ん、凍耶ぁ、ワシは……もうそなたの虜、ぞ……」

ウットリと頬を赤らめ、リリアの唇から漏れ出る可愛らしい言葉。

焔色の髪を優しく撫でながら肉棒を引き抜き、最後の頬にキスをして離れた。

「はぁ、あぁ……そ、その、我が主よ、我には少し手加減を、んひゅぅう」

まだまだ勢いを失わない剛直を屹立させたままザハークの体を抱き締めてそのまま押し倒す。

慄きながらも期待に濡れた肉ビラから漏れ出る愛液を塗りたくり、そのまま腰を押し込んでしまう。

「ぁ、あああぁっ！　て、手加減しろ馬鹿者ッ、ふゃぁんっ、あぁ、ああ、だめぇぇ」

「無理ッ、ザハークが可愛すぎて手加減なんかできるかっ！」

毅然とした態度をとろうとしても暴走したバーサーカー状態のペニスを突っ込まれて喘ぎ散らすザハーク。

愛しさと可愛らしさが募りに募り、唇を奪いながら種付けプレスで垂直ピストンを繰り返す。

「んぐっ、ん、ぐ、ひぐっ、んぅうう」

唇を奪われながら犯される激しさにザハークの足も徐々に絡みつき腰に纏わり付いてくる。

「んふ、あぁぁ、んふぁあ、激しっ、息が、ん、できないぃ♡」

拒絶にも聞こえる苦しげな声であるが、その実はまったくの逆であり、激しく突き込まれるペニスの衝撃に喜びの潮を吹き続けるザハーク。

俺は周りの皆に聞こえないように小さな声で耳元に囁きかける。

「リンカ、愛してるよ」

「くひぃい、それ、卑怯、だぞ♡　あぁ、あぁぁああ、ダメエ、イク、イッてしまうぅぅう」

ビュクビュクッ!!　ドビュルルッ、ビュクビュクビュクッ!!

最後の一突きで一番大きく絶頂するリンカ。

皆には内緒の本名を呼ばれた彼女の喜びと羞恥、そして僅かな可愛らしい怒りが伝わり更に愛しさが募った。

「この……バカ、ものぉ……」

その激しいまぐわいを見たドMのティナの目が輝きを増したのが分かる。

「よし、次はティナだ」

未だ興奮冷めやらぬ魔羅は怒張しきり、今まで浸っていた余韻が嘘のように凶棒に反り返っていた。

「くふぅ♡　トーヤのおち〇ちん、凶悪にそそり立ってる」

「と、凍耶様、凄いです……」

ドMのティナはこれから起こる凶悪な攻めに心躍らせているように目を輝かせた。

「ティナ、後ろを向け」

「うん、来てトーヤ」

ティナは小さなお尻を高く掲げて早く挿入れてとせがむようにフリフリと揺らしてみせる。

「期待に震えてるなティナのお尻は」

「そう。トーヤのおち○ちんでティナおま○こグチュグチュにかき混ぜて欲しい」

淡々とした口調であるが興奮に息が弾んでいるのが分かる。

無表情なティナだが、その心の内側は明け透けで分かりやすい。

興奮すると低い鼻の小さな穴がふんすと広がって息が漏れるのだ。可愛いにもほどがあるだろ。

俺は期待に胸膨らませるティナの身体を持ち上げて足を抱える。

「ひゃわ!? ト、トーヤッふひゅぅうぅあぁぁあ」

軽く持ち上がってしまう小さな小さな体。しかしその狭い膣内はお餅かスライムのようにグニュリと形を変えて硬く反り返った肉棒を飲み込んでしまう。

肉ビラはほぐすまでもなく柔らかく広がりトロトロの愛蜜を滴らせて貪欲に広がるを見せる。

「ほらアイシス、ティナのあそこをよく見てごらん」

「ふわぁ……ティナさん、もの凄く広がってます……凍耶様のおち○ちん、こんな風になるんですね」

他人のオマ○コに入っているところをじっくりと見るのは初めてなアイシスは大きく股を広げられて貫かれているティナとの結合部をマジマジと見つめる。

「ひゃわぁ、ア、アイシス氏（うじ）、ジッと、見つめるの、ダメェ」

流石のティナも自分の結合部をじっくりと見つめられるのは恥ずかしいらしく、羞恥に染まった頬を両手で押さえて悶えてみせる。

しかしその羞恥が彼女の性感を限り無く高め、結合部がギュッと引き締まり益々愛蜜を滴らせた。

「あぁ、ああん、トーヤの、硬いのが、ティナの中、ぐちゅぐちゅして、ぁ、あん、ふあぁん」

足を大きく広げられたティナのオマ○コを擦ると、肉の壁がウネウネと蠢き締め付けてくる。

「ひゃぅ、んあぁん、オマ◯コ、蕩けちゃうぅ、気持ち良い、トーヤ、気持ち良いよぉ」

アイシスがジッと見つめるなか、ティナのオマ◯コは益々引き締まり肉棒を奥へと飲み込んでいく。

「ぁ、ああ、これぇ、良いッ、見られて、興奮しちゃうぅ、ティナ、感じちゃ、ひゃわぁあん」

リズミカルに腰を突き上げ、ティナの息遣いに合わせて子宮を抉る。

「はぁ、はぁ……ティナさん……ちゅ」

興奮した目つきで俺達の結合する様子を見つめていたアイシスは、なんとティナのクリ◯リスに吸い付き舌を這わせはじめた。

「うきゅぅううん♡　ア、アイシス氏、クリ◯リス、らめぇ」

「んくっ、女性の蜜、不思議な味がします。凍耶様の味と混じって、レルゥ、嫌いではありません」

「ひゃぅう、ぁんあ、それ、らめぇ、良くなりすぎてッ、イク、イクッぅううん、あぁ、ああ、アイシス氏に見つめられて、ぁ、あぁあああ――ッ!!」

俺の肉棒がティナの子宮を突き上げるタイミングと同時にアイシスの唇がクリ◯リスを強く吸った衝撃でティナの身体がガクガクと絶頂を迎える。

聞いたこともないほど大きな声を上げるティナの喘ぎにペニスは益々いきり立ち、何度も何度も夢中で突き上げてしまう。

「ふにゃぁ、あぁあん、ティナ、これダメェ、感じ過ぎちゃう、よゆー、なくなっちゃうぅ……ッ」

「アイシス、ティナの乳首も吸ってあげて」

「はい」

「ア、アイシス氏、いま、ティナとっても敏感だから、くひゅぅううん、あ、あ、あん、ダメなのぉ♡　トーヤの、意地悪ぅ」

その意地悪こそがティナをもっとも喜ばせることを知っている俺はアイシスに指示を出しながら何度も何

度もティナを突き上げる。

徐々にそのスピードを速めていくピストンの刺激が段々と俺の限界を近づけていく。

「ん、ちゅ、ティナさんの余裕ない姿、なんだかとても愛しく思えます。いつも翻弄されてばかりですから、れるるる」

そう、実はティナとの複数プレイはこれが初めてではない。

新婚初夜から数えて二日目のこと、アイシスと愛し合っていた部屋に乱入したティナによってアイシスとの初めての複数プレイに興じた時、ティナはその手練手管によってアイシスを翻弄し先輩の威厳を見せつけたのである。

その意趣返しとでも言わんばかりにクリ〇リスを楽しそうに吸うアイシス。

実際に肉体を持って現出した彼女の段々と豊かになっていく表情に、俺も嬉しくなってしまう。

「ティナ、イクぞっ、最後にギュッと締め付けてくれ」

「ひゅわぁ、あんぁあああ、トーヤ、トーヤァアア」

リクエスト通り、ティナの膣圧は肉棒を抱き締めるようにギュッと狭まり圧迫を強める。

その衝撃が呼び水となってティナの一番奥に濃厚な精液を叩き込んだ。

「んああああああぁ、あぁ、あぁあああぁ、あああああっ――――ッ!!」

大きく仰け反ったティナの顔が俺の肩に乗っかりガクガクと震える。

海老反りになりながら射精を受け止め、痙攣を繰り返す膣内は絶頂の激しさを物語る。

ビュクビュクと吐精を続ける衝撃がティナの子宮を直撃し、絶頂に重なる絶頂が全身を震わせた。

アイシスはその様子を興奮した目つきで見つめ、余韻に浸るティナの手を握って俺を見据えた。

「さあ、最後はアイシスだ」

「は、はい――――♡」

期待に胸膨らむアイシスに瞳の輝きが増したような光が宿る。

ティナから引き抜いた肉棒を唇を開いたアイシスがそのまま咥え込んだ。

「おっ⁉」

「あむっ、んじゅるる、れる、くぴゅ……ちゅ、ん、ティナさんの味がします……」

興奮した目つきで夢中になってしゃぶるアイシスにリビドーが高まる。

俺はアイシスの肩を押さえて目で訴えると、すぐに察してベッドに横たわり脚を広げる。

「凍耶様……」

「アイシス……もう我慢できないって感じだね」

情欲に燃え盛るアイシスの青い瞳に宿る炎。

その強さを示すように可憐な唇は淫らな言葉を紡ぎ出した。

「凍耶様……アイシスのオマ〇コは淫らに濡れてご主人様を欲しがってます……どうかその逞しい剛直で、アイシスの子宮に精液を注ぎ込んでくださいまし♡」

愛しきアイシスの口から漏れ出る淫靡な言葉。

俺のペニスの硬さは一層硬度を増し、理性が弾け飛ぶ。

「アイシスッ」

乱暴に押さえ込んだ脚を掴みギリギリのところで理性を働かせてペニスをあてがう。

乱暴すぎる挿入はアイシスにはまだ早いかもしれない。

ちょっとばかりMッ気があることは分かっているが、それでもまだ結ばれて数日なのだから慌てないようにしないとな。

「んんっ、んきゅっ、くぅぅう！　あはぁ……ッ、ふぁ、あぁうう」

案の定、狭い膣内がペニスを迎え入れる瞬間に強烈に締め付けてくる。

押し返されるかと思った瞬間、アイシスの膣壁が収縮の形を変えて逆に迎え入れるような形となって飲み込み始めた。

無意識の動きですら一瞬も俺を拒むようなことをしないアイシスの奉仕精神に感動をしつつ腰を押し進めて肌を密着させる。

この肌同士が擦れ合う快感に抗うのは難しい。アイシスからもたらされる膣内の快感は俺の形にあまりにもフィットしすぎている。

「苦しくないかアイシス？」

「平気、ですぅ……凍耶様のおち○ちんが、私の中で蠢いて、とっても気持ち良いです♡」

収縮を繰り返す膣内の圧力に思わずうめき声が漏れる。

快感を与えられていることを察したアイシスの嬉しそうな息遣いが聞こえ、絡みついた脚が更なる快感を与えようと腰をクイクイと引き寄せ動く。

「凍耶様ぁ、ぁ、あ、気持ち良い……凍耶様の形がはっきり分かりますぅ……もっと、いっぱいぐちゅぐちゅって、してください……はぁ、ああん、凍耶様ぁぁあ♡」

おねだりするように蠢く膣内。狭い蜜壺が肉棒の動きに合わせてきゅぅう♡　と吸い付いてきた。

「あっ、はぁ……ッ！　とう、や、さまぁぁ、んぁあ♡　あひぃん、んぁあんっ!!」

カリ首が膣洞の上部を引っ掻いた瞬間、アイシスの一際甲高い声がベッドルームに響く。

「そ、こぉ、気持ち良くて、あたま、ビリビリって、ひきゅぅうんっ!!」

どうやらGスポットに当たったらしい反応に嬉しくなり腰を掴み直してアイシスが望む場所を重点的にカリ首で擦りつけた。

「んひゅうぁあんっ！　あぁっ、ぁあ、あはぁあん、それ、しゅごいれすぅ、とうやさまぁあ」

腰が快感に引っ張られるように浮き上がって背中が反り返る。

喜びに涎を垂らし続ける膣穴の窄まりは、ペニスに喜びの悲鳴をあげさせるのは十分過ぎた。

「はきゅぅう♡　ん、ふぁぁあ、もう、らめれすぅ、おかしく、なっちゃうぅ」

「アイシス、俺も気持ち良すぎて、ヤバいッ」

睾丸の奥底からせり上がってくる限界までのカウントダウンで俺の息子が溶けるほどの熱量に包まれる。

タイミングを一瞬でも外さないように必死の思いで我慢していると、狙い澄ましたかのようにアイシスの子宮口が亀頭に吸い付き、今にも這い出てきそうな精液を吸い出そうとしてくる。

「ア、アイシスッ、くぅう、もうダメだッ」

「んぁあぁあっ!!　凍耶様ッ、凍耶様ぁあ、あぁ、あああん！　ひぁ、はぁあああん」

互いの絶頂が臨界点を超えた瞬間、大きく爆ぜた肉棒から大量の精液が噴き出してアイシスの膣内を満たしていく。

「んぁあ、ああぁあああああ――――ッ!!」

ドクドクと脈打つ肉棒から溢れた精液でアイシスの子宮がノックされ、その刺激で絶頂を繰り返している。

その表情に含まれる色気に愛おしさが募り、俺は自然とアイシスの唇に覆い被さっていた。

「あむっ、ん、ちゅ……凍耶様、好きッ♡　らいしゅきれすぅ♡　んふぅ、ちゅぷ、れりゅ、くぷ」

舌を絡ませて愛しさを表わそうと懸命にしがみ付いてくるアイシス。

その様相は俺の欲望に更なる火を付けるのに十分だった。

◆　◆　◆

パンッパンッパンッパンッ……

「はっ、ぁ、あぁ、あぁあ、ん、ぁ、あぁぁっ、凍耶、様あぁ、おち○ちん、奥まで、ぁ、あんぁあ」

リズミカルに腰を打ち付ける衝突音が小気味よく響き渡る。

アイシスは小さなお尻を高く掲げて俺が挿入しやすいように突き出して快楽を享受していた。

「ひゃぁうあ、んぁあ、トーヤ、指、激しぃぃ、んぁあん」

アイシスの隣でオマ○コを弄られて喘ぎ声を漏らすティナ。

金髪の美少女エルフとサポートＡＩの後ろ姿はなんとも言えず支配欲を満たしてくれる光景を作り出した。

「ん、ちゅ……まったく、我が主の絶倫具合にはほとほと困った、ものだ……」

「そんなこと言ってお前も喜んでるじゃないか」

「きゃぅううん、んぁあ、それ、らめぇ、あむっ、ん、ちゅ、れる」

ザハークの股に手を突っ込んで喜びに濡れる膣内を指で掻き回す。

クリ○リスを一緒に擦りながらキスを繰り返し、ウットリと蕩けた表情で何度も抗議する彼女の仕草にペニスは益々硬くなった。

「んふふ、凍耶の精力は底なしじゃな。それでこそ王たる器に相応しいぞ。ワシのメスがまた疼いてきよる」

リリアの細い指が乳首をコリコリといじり回して性感が高まる。

アイシスの膣圧と相まって快感が増していき、愛撫する指にも力がこもった。

「はぁ、はぁ、この神力ってやつ、何度も欲情しちゃって、キリがないわね……」

「ん、ふぁ、あらあら、うふふ……凍耶殿の猛烈な神力で、私達全員メスにされちゃってますねぇ」

互いに背を預けて性器を己の指でいじり回すヒルダとシャルナ。

しかし物欲しげな表情はすぐにでもペニスを欲していることは一目瞭然である。

「まだまだ。みんな気絶するまで愛し抜いてあげるからね」

「ぁ、あぁ、あ、ああああ、凍耶様、イクッ、イクイクイクイク～～～～ッ!!」

「トーヤッ、ティナも、イク、らめぇ、イッちゃぅう」

これから俺達は手を取り合って世界の平和に従事していく。

その誓いを立てるように愛嫁達を愛し抜き、いくらでも溢れ出てくる幸せを皆で分かち合っていきたい。

「イクぞ皆ッ！　まだまだ注いであげるからねッ!!」

ビュクビュクッ!!　ドビュルルルルッ～～～ッ!!

「「「「ふわぁあああ～～～～～♡♡」」」」

愛嫁達の喘ぎ声が夜の居城に響き渡る。

幸せの予感しかしない愛に溢れた濃密な夜は、まだまだ終わりの気配を見せないのであった。

◆第5章プロローグ　希望の朝

愛嫁達との情熱的な初夜が明けた。

誰もが本当につい先ほどまで愛し合っており、それぞれが俺の隣で眠りについている。

今日は仕事は全て休み。

メイドの仕事もしなくて良いと命じてある。

因みに彼女達は『命令』しないと仕事を休まないので、命令である。

どれだけ激しく愛し合った後でも一眠りして目が覚めるとメイド服を着こんで朝食の用意をしていることが殆どだ。

俺もこの世界にやってきてこの肉体になってから睡眠を必要とする体ではなくなっているが、一応眠るという行為は取るようにしている。

その方が人間っぽいしな。

因みに、意識の本体である俺の隣には、俺の第一夫人であるアイシスが寝息を立てていた。

彼女も本質はＡＩであるから本来睡眠の必要はない。

普段も何もすることがないときは待機モードになるらしい。

しかし受肉体のアイシスは俺との人間的な夫婦のあり方を重要視し、あえて睡眠を必要とするように肉体レベルを調整しているそうだ。

これは思念体の方からいつでも解除できる。

いつだって優秀なアイシスさんはどんな角度からでも俺の異世界ライフをサポートしてくれているのだ。

妻としても完璧なのである。

今だって寝息を立てるアイシスは愛らしい寝顔を無防備に俺の前で晒している。

寝顔ですらもパーフェクトに可愛い。さすがアイシスさんだ。

顔は全く同じだが小憎たらしい創造神とは雲泥の差である。

「う～ん、恐縮、れすぅ♡　むにゅぅ………」

……やべぇ、か、可愛いじゃねぇか。

俺の心の中の独り言に夢の中ですら反応するとは。

よくアニメや漫画で可愛い生き物や愛らしい存在に鼻血を噴いている描写があるが、正にそんな風になってもおかしくない位に可愛い。

この佐渡島家の屋敷、それぞれの部屋では俺の嫁達が俺の分身体と一緒に寝息を立て、ある者はピロートークに興じている。

一応分身体と本体というのはあくまで便宜上のもので全員が本体とも言えるのだが、ややこしいのでベースの人格を設定したのだ。

とは言え、見た目上全員俺だし、力の配分も全く同じだ。

某四聖獣のごとく一体でも生き残っていればまた復活することができるのだ。

「う、ん……おはようございます、凍耶様」

アイシスはのっそりと起き出してきて俺の肩に手を置き口づけを交わす。

「おはようアイシス」

「えへへ、おはようのキス、しちゃいました」

か、可愛い。

俺はアイシスの頭を撫でながら頬や唇にキスを始める。

心地よさそうに目を閉じて俺とのキスを楽しむアイシス。

恐らく他の部屋でも同じような光景が繰り広げられているだろう。

「朝の紅茶をお入れしますね」

アイシスはベッドから這い出るとストレージから白い布を取り出す。

愛らしいヌードのまま何をするかと思ったら彼女はその布を身につけ始めた。

裸エプロンである。

もう一度言おう。

裸エプロンである。

テーブルにストレージから取り出した紅茶セットを置いていく。

アイシスはなんの迷いもなく裸エプロンという姿をチョイスした。

前にマリアにも同じことをして激しく愛し合ったことがあるが、とても小さな身体をしているアイシスが同じ恰好をすると肉付きのよいマリアとは全く違った別種の色気が顔を出す。

真っ白な肌が朝日に照らされシミ一つ無いお尻がフリフリと揺れた。

思わず欲情しそうになるが今はアイシスの入れてくれた紅茶を楽しみたかったので鋼の意志でグッと堪え

る。

ストレージには朝食が作りたてのまま保存されており、いついかなる時でもできたてが楽しめるようになっている。

俺はアイシスの入れてくれた紅茶を楽しみながら朝食の白パンをかじった。

軽い火魔法でこんがりと焼き上げられたパンの香りが鼻を抜けて肺を満たしてくれる。

アイシスも食事を取りながら甲斐甲斐しくジャムを塗ってくれたり紅茶のお替わりを入れてくれた。

無論お替わりの紅茶もストレージにしまってあるのだが、そこはあえて新妻のアイシスが入れてくれたものをチョイスする。

マリアや嫁のメイド達が作ってくれた紅茶や朝食は百の宝に勝る価値がある。

だが今という時においてアイシスと朝食を共にする時間がなにより尊いのだ。

初夜が明けた朝にアイシスが朝食を用意してくれる時間は今日を逃すと二度と味わうことができないからな。

「うふふ、ジャムが口元に付いていますよ。国王様がそんなことでどうするのですか」

アイシスはにっこり笑いながら口の端についたジャムをキスをしながら舐め取ってくれる。

「はい、取れました♡」

「ありがとうアイシス」

「凍耶様ったら子供みたいですね。国民の皆さんが見たらどう思うでしょうね」

クスクスと笑いながら俺をからかうアイシス。

そう。俺は昨日、国王となった。

明日から本格的に佐渡島王国の運営が始まるのだ。

国民達が幸福に暮らせる国作りをする。

この異世界にやってきて俺が新たに設定した目標だ。

どうせなら世界一幸せな国を作ってやろう。

でもその前に。

「それじゃあ国王様は目の前の妃に幸福を与えるお仕事をするとしようか」

「え？　あん♡」

俺はアイシスを引っ張って抱き寄せながら唇を奪う。

「もう、朝食を食べたばかりですよ」

ぷんぷん、という擬音が聞こえてきそうな顔をするアイシス。ちょっとむくれた顔も愛らしい。

こんな光景が屋敷中で繰り広げられていることは言うまでもない。

この国の未来は明るいのは間違いなさそうだ。

「でも」

悪戯っぽいスマイルで放つアイシスの一言に俺の理性は吹っ飛ぶことになる。

「食後のデザートは必要ですよね♡」

この後めちゃくちゃセックスした……

◆閑話　デザートは美味しくいただこう

食後のデザートというのは大事である。

デザートが好きなのは女性だけではない。

男も好きなのだ。

しかして、意味合いの違うデザートはもっと好きだ。

なに？　回りくどい？

風情というものがあるのだが、まあいいだろう。

「食後のデザート必要ですよね♡」

「いただきます!!」

「ひゃん♡　凍耶様、あわてちゃダメです、んあぁ、おっぱい、吸っちゃダメです、あひゅぅ♡　ふぁあ♡」

アイシスのエプロンを脇にずらし突起した桜色の乳首を口に含む。

裸エプロンは外してはいけない。

フルヌードのアイシスは至高の美しさだが、今という時においては裸エプロンのアイシスを味わいたかったのだ。

「あ、ああん、凍耶様ぁ、んはぁあ♡」

頤（おとがい）をそらしながらアイシスの甘い声が部屋に響く。

エプロン以外肌を隠すものがないアイシスの白肌にキスの雨を降らせる。

首筋、肩、脇腹、あばらに骨盤。

身体のどの部分にキスをしても甘味を含んだ嬌声を上げ続けた。

「はぁ、はぁ、凍耶様、今度はアイシスにご奉仕させてくださいませんか？」

「ああ、頼む」

潤んだ瞳で俺を見つめ、身体を反転させてベッドに横たわって俺にまたがったアイシスは、俺の唇へ優しく、しかし淫靡なトロ顔でキスをくり返し舌を絡める。

「ん、ふぁん、んむ」

ちゅぱちゅぱと音を立てて唾液を吸いながらディープキスをくり返し、やがて首元へと下がっていく。

小さな身体が這うように俺のパーツを愛撫した。

アイシスは鎖骨にキスをしながら人差し指で俺の乳首を弄る。

羽根で撫でるように優しく指を滑らせる感触に思わず身を震わせた。

アイシスの唇は徐々に下に下がっていく。

いよいよ一番敏感な部分にさしかかり期待が高まる。

しかし彼女の唇はそんな俺の希望をスルーして更に下へと下がっていく。

そして彼女は俺の足の指へと到達し、その一本一本を丹念に舌で愛撫し始めた。

俺の視界に映る愛しい妻が、足を舐め、指をしゃぶる。

服従の証を立てるように丁寧に、艶めかしく、そして愛おしそうに奉仕する姿に、俺のＳっ気が刺激されなんとも言えない征服欲を満たしてくれる。

やがてアイシスの唇は徐々に上へと戻ってくる。

待ちに待った瞬間がやってきた。

アイシスのピンク色のリップが俺の亀頭の先端にキスをする。

細く小さな指を竿に添えて、髪を片手で梳いながら、ゆっくりと、沈み込ませるように口に含んでいった。

くぷっ……くぷっ……と遠慮がちな音を立て、アイシスの唇が俺のペニスを上下した。

無垢な美少女の愛らしい唇が開かれグロテスクな陰茎を懸命に愛撫する。

なんとも言えない光景だ。堪らなく興奮する。

俺の下半身は漲り、滾る。

集まった陰茎の血液が血管が破れるのではないかと錯覚するほどギチギチに充填された。

アイシスの唇は単純な上下運動をしているだけだ。

舌先のテクニックは使われていない。

だがその拙い奉仕であっても、愛する妻が賢明に奉仕する姿はそれだけでリビドーを高めるのだ。

やがてアイシスは徐々に舌を使い始めた。

始めは探るように、段々と大胆に陰茎をしゃぶり始め、唾液をたっぷりと分泌させて、まるで何も知らない無垢な少女が秒単位で性の技術を会得しているかのように、徐々に愛撫が巧みになっていく。

事実としてアイシスは学んでいるのだ。

これまで見てきた途方もない数の俺と嫁達との逢瀬。

その中で俺がどのようなことで性的興奮を高め、快感を感じるのか見てきた彼女は、視覚的に見てきたデータを実体験で照合するかのように、秒単位で学習し精度を高めていった。

そして俺が射精を迎えようとしている頃にはその性技術が熟練の域にまで達していた。

この学習能力の高さがアイシスの最大の特徴だ。

彼女は性の知識や技をデータバンクからインストールすることで一瞬で熟練の技を行使する能力を持っている。

しかし俺はありのままのアイシスが良いといい、あえてその方法は使わせなかった。

ところがどうだろう。そんなことをしなくてもアイシスはその能力の高さで年単位で会得する性の技術を秒単位で最高にまで高めてみせた。

昨夜一晩だけで俺達は一〇年以上パートナーと身体を重ねてきた夫婦のように相性抜群になっていた。

俺が普通の肉体であったならアイシスのテクニックに為す術もなく解き放ち枯れ果てていただろう。

俺の限界はもう既に訪れようとしていた。

アイシスは根元の膨らんだ俺の陰茎の変化を敏感に察知して深々と飲み込む。

「くぅう、ダメだ、イク」

「んっふぅ♡　ふぅくぅうう」

アイシスの頬がリスのように膨らむ。俺が放った精液が彼女の口の中をパンパンに膨れさすほど満たしたのだ。

口の端から収まりきらなかった精液がこぼれ落ちた。

俺はアイシスの目を見て請うような視線を向ける彼女に頷いて許可を出す。

すると彼女は目を輝かせて少しずつ口に溜まった白い粘液を嚥下して行く。

「けふっ、ごちそうさまでした♡　凍耶様」

「アイシス!!」

「きゃふん♡　はうう、凍耶様、あ、激しいっ」

俺はアイシスの仕草に我慢を放棄した。

元々してはいなかったが最後の理性もかなぐり捨ててアイシスに飛びかかり組み敷いてエプロン姿のままのアイシスを貫いた。

一瞬にして俺のペニスを全て飲み込み、なんの抵抗もなくするりと受け入れる。

ぐちゅぐちゅと卑猥な衝突音が鳴り響き俺とアイシスの身体同士がぶつかる。

膣内のゴツゴツとした壁の膨らみをかき分け味わうように抽挿すると、それに応えたアイシスの肉壁がピクピクと痙攣し敏感な部分を包み込む。

圧迫された裏筋とカリ首がアイシスの肉に包まれて擦られた。

何度も何度も、脳みそがアホになってしまうようなしびれが走り、俺の理性はもう残っていなかった。

こんな名器相手では幾らも持たないが、俺は我慢ができなかった。

「アイシス、もう出そうだ!!」

「出してぇ♡　出してくださぃ!!　アイシスの膣に凍耶様の愛をくださいっ」

「ああ、いっぱい注ぐからな。愛してるよ」

「愛してる、愛してます凍耶様、ああ、わたし、わたしもイッちゃいます、あ、ああ、ああああああ♡」

俺は一切躊躇することなくアイシスの中へと愛と欲望の塊を吐き出した。

彼女の小さな身体を思い切り抱き締める。

折れてしまうかもしれないと思うほどキツく抱き締めるとアイシスの歓喜が溢れるほど俺に流れ込んで来た。

そして幸福感に満たされたアイシスの感情が俺にも流れ込んで来て俺も得も言われぬ幸福感を覚える。

心の根っこまで染み渡るような安らぎが俺達を包み、二人は息を切らせながらいつまでも抱き合っていた。

「アイシス、身体は痛くないか？」

「はい、大丈夫です」

俺はアイシスの髪を撫でながら胸に抱き寄せておでこにキスをする。

心地よさそうに目を閉じて余韻に浸るアイシスと、俺は結局一日部屋から出ることなく再び愛し合い続けるのであった。

◆第213話　日本人なら

「ついに完成しましたわ」

ここは佐渡島王国の所有する農作物を産業とするエリアである。

その一角にある建物で、佐渡島王国の政治の中核をなしている少女、桜島静音は満足そうに微笑んだ。

「まさか、ふたたびこれが見られるなんて思わなかったよ」

静音と同じ世界から転生してきた狼人族の少女、ルーシアも感嘆のため息を漏らす。

彼女は元は芹沢沙耶香と言い、日本人から死亡してこの異世界に狼人族として転生してきた。

「美咲お姉ちゃんは連れてこなくて良かったの？」

「直情的な先輩ではお兄様に隠し通すことは不可能でしょう」

「あー確かに、顔に出そう。隠し事できなさそうだもんなぁ」

苦笑しながらルーシアは改めてそれを見た。

「品質はどうなの？」

「問題ありませんわ。桜島コーポレーションの娘として、様々な美食を味わってきたわたくしの舌で確かめた逸品。間違いなく日本で出しても最高級品になること請け合いですわ」

農業地帯には作物を育てるエリアがあり、その一角には国王である凍耶ですら立ち入りを禁じられているエリアがある。

そこには静音が秘密裏に栽培していたある作物の研究が行われている。

「もう一つはどう？」

「そちらも問題ありませんわ。マリアさん」

「はい」

静音の指示で取り出された『ある料理』にルーシアは目を見開く。

この作物は比較的早い段階で完成していたが、そこから様々な加工を施す実験に手間取り時間がかかった。

「こ、これって、まさか」

「ええ、お兄様の大好物。でもこの異世界においてこの料理を作ることは不可能かと思われました。如何に神の腕を持つマリアさんを以てしても、存在しない食材を使う料理は作れません。しかし、ようやく完成しましたわ」

「今日ルーシアさんをお呼びしたのは、ニホンジンとして御館様のお口に合うかどうかを判定して欲しいのです。私も料理にはそれなりに自信がありますが、さすがに異世界の料理をぶっつけ本番で上手く作れる確証はありません」

「確かにね。この料理を作るならマリアさんよりお兄ちゃんのご飯を作り続けた私のフィールドだね」

ルーシアは出されたその料理を早速試食する。

丁寧に味覚に意識を集中させて長きにわたって作り続けた凍耶の味の好みになっているかどうかを確かめた。

「うん、良い仕上がりだと思う。さすがマリアさんだね。でも、もう少し塩味が強い方がいいよ。お兄ちゃんは赤の方が好きだったから」

「なるほど、種類があるとは聞いていましたが」

「うん、これは白に近いね。静音ちゃん、赤は作れなかったの？」

「赤は熟成期間が長いのでもう少し時間が必要ですわ」

「う〜ん、仕方ないかな。アイシス様、なんとかならない？」

『ストレージの中で時間加速の魔法を掛けて熟成を早める方法があります。凍耶様は全体的に濃い味を好まれますので私の方で最高のものを作っておきましょう』

「さすがはアイシス様、ルーシアさん、後必要なものはありますか？」

「できれば鰹だしか昆布だしが取れるといいけど、魚介類は知識が疎いんだよね」

「ではアリシアさんに頼んで港町に出向きましょう。私はカツオダシというものが分からないのでルーシアさんに選別をお願いします」

「うん。分かりました。それにしても静音ちゃん、こんなことやってるならもっと早く呼んでくれれば良かったのに」

「こういうことはギリギリまで隠しておくべきですから。知っている人間は少ない方が都合が良いですわ」

「そっか。そうだね。それじゃあ早速港町まで出向こう」

一週間後、凍耶にとっておきの料理が披露されることになる。

◆　◆　◆

今日は何故だか朝から胸が躍るなぁ。

どういう理由か分からないが、今日の俺はとても爽快な気分だ。

まるでとても良い何かが起こる前兆とでも言おうか。

先ほどから何か良いことが起こるような気がしてウキウキが止まらないのだ。

「なんじゃ？　今朝はやけに機嫌が良いのう」

「なにか良いことでもあったのか我が主？」

昨晩の夜伽をしてくれたリリアとザハークが俺の両サイドに絡みつきながら尋ねる。

「ん～、理由は分からないけどとても良いことが起こりそうな予感がするんだよな」

「まるで童のような顔をしておるぞ」

「そうだな。今日は良いことが起こるんだろう」

そういえば今日は朝のご奉仕に誰も来なかったな。いつもなら静音やらソニエル辺りがいつの間にか上にまたがって腰を振っていることが多いのだが。

しばらくリリアやザハークと戯れていると、扉がノックされソニエルが入ってきた。

「ご主人様、朝食の用意が調いました。ダイニングまでお越しいただけますか？」

「ああ、分かった」

「ではお召し物を」

ソニエルが命じるとすぐさま脇に控えていたサラとカレンが俺の着付けにかかる。

メイドとして主人の世話係をするのは彼女達にとって最高の喜びとなるので、自分が着た方が早い服の着替えなどでもあえてわざわざ彼女達にしてもらっている。

「本日は特別メニューをご用意しております」

「へえ、一体なんだろう？」

「私の口からは申し上げられませんが、きっとご満足いただけると思います」

ソニエルは自信ありげな笑顔でそう言った。

なんだか俺もわくわくしてきた。

屋敷の廊下をダイニングに向かって歩く。

やがて部屋が近くなってくると朝食とおぼしき香りが漂ってきて鼻孔をくすぐる。

「あれ？　なんだかとても懐かしい香りがするような」

なんだろう、とてもなじみ深い匂いが……

これはなんだっけ？

日本に生きていた頃に何度も味わったような。

いや、まさかな。異世界にあれがあるわけない。

ダイニングの扉が開かれ席に着く。

まだテーブルには料理は運ばれていなかった。

既に席に着いていたリリアが待ちわびているように足をパタパタさせている。

「遅いぞ凍耶。わしはもう腹が減って仕方ないぞ」

「昨夜は激しかったからな。身体が消耗するのも無理はない」

因みに夜伽をした嫁達は朝食を共にすることになっている。

嫁でもあるが大半がメイドも兼ねているので仕事と夫婦の形のバランスを取るために夜伽メンバーはその

まま食卓を共に過ごすことになったのだ。

　まあミシャやティナなど俺より早く起きるのが苦手な嫁もいるのは確かだがな。

　俺が席に着くとメイド達が次々に料理を運んできた。

「お待たせいたしましたお兄様。本日の朝食は特別メニューをご用意しておりますわ」

「ソニエルも言っていたな。一体なにを用意してくれたんだ？」

「はい、お兄様、かねてより農業エリアには立ち入り禁止にさせていただいた地域がありましたわね」

「ああ、俺ですら入ってはいけないと言っていたな」

「今日、そこで秘密裏に進んでいた研究の成果をお披露目するときがやってきましたわ。今日の朝食はその研究の集大成です」

「ほう」

　静音が自信満々な笑顔で両手を叩く。

　すると脇に控えていたルーシアが俺の前へ料理を運んできた。

「あれ？　今日はメイド服じゃないんだな」

「うん、ちょっとした理由があってね」

　ルーシアは何故だがメイド服ではなく、夜伽に使う学生服のような衣装にエプロンを着けている。

「なんだか懐かしい恰好だな。昔はよく制服にエプロンつけて朝ご飯作りに来てくれたっけ」

「えへへ、懐かしいでしょ？」

　生前沙耶香は学校へ行く前に俺の部屋にやってきて学校の制服にエプロンを着けて朝食を作ってくれた。

　合鍵を持っていた彼女は寝こけている俺の部屋で朝食作ってくれた。

　俺はその匂いで目を覚ましていたのだ。

「まさか……」

そこで俺は思い出した。

昔はよくかいでいたこの香り。

日本の朝ならどこの家庭でもありそうな、出汁の香り。

「ご名答ですわ」

静音が料理にかぶせてあるクロッシュを次々に開く。

するとそこには……

「おおっ、おおおおおっ！！！　こ、米だ、白飯だ！！！」

そこには懐かしき日本の朝ご飯が。

白飯、味噌汁、豆腐のおひたし、焼き魚に焼き海苔。

更に……

「こ、これってもしかして」

俺は脇に置いてある小鉢に入った粒状の食べ物に心奪われた。

「これを再現するのに最も苦労いたしましたわ」

「まさか、異世界で納豆を見られるとは」

そう、それは納豆だった。

「なんぞ物凄い匂いがするのう」

「確かに、かなり強烈な匂いだな。ホントに食べられるのか？」

リリアとザハークの疑問ももっともだな。慣れていないとこの納豆の匂いはきついものがある。

「お兄ちゃん、これを」

「おお、これは和辛子に出汁醤油か」

納豆にはおなじみの黄色い粘液状の和辛子に黒い液体。

まさか醤油まで再現しているとは。

「白飯はツヤツヤ、豆腐とわかめの味噌汁。だし巻き卵に焼き魚。うおおお、まさしく日本の朝ご飯だ!!」

「さあ、ご説明は後ほど。どうぞお召し上がりください」

「いただきます!!」

俺は置かれていた箸を持って白飯をすくい取る。

ツヤツヤに輝く炊きたてご飯の香りが鼻を通り抜けて肺を満たしてくれた。

口に運ぶとモチモチとした食感と確かな歯ごたえ。

土鍋で炊いたようなふっくらとしたご飯の味が口いっぱいに広がる。

「なんだその棒きれは？　食器か？」

「ガツガツガツ。ああ、もれはましもいっふぇま」

「口の中のものを飲んでからしゃべらんか！」

「んぐ。これはお箸と言ってな。日本人が食事を取るときに使うものだ。ん、ごく。おお、これはまさしく赤だしの味噌汁。俺の大好きな濃いめの味噌汁だ。懐かしいな。沙耶香がいつも作ってくれた朝ご飯だ。そうか、沙耶香の今日の恰好は当時の再現か」

「えへへ、うん。よく学校行く前に朝ご飯作りに行ってたよね」

「ああ、そうか、うん。そうかそうか。よく見ればこのだし巻き卵も、沙耶香がよく作ってくれた味だ。懐かしいな」

俺の眼からぽろぽろと滴がこぼれる。

まさか異世界に来て、なつかしい日本の朝ご飯が食べられるとは思ってなかった。

感動に打ち震え箸が進むと共に涙の味が口に広がる。

「うめぇ、うめぇよ」

「我が主はよほどこれが好きなのだな」

「うむ、故郷の味というやつじゃな」

リリアもザハークも俺を見ながらほっこりしているようだ。

だって仕方ない。

二度と米なんか食えないと思っていたからな。

しかもこんな完璧な形で日本人の味を堪能できるなんて。

「あ、ご飯がもうない」

夢中になって掻き込んだのでいつの間にか茶碗が空になっている。

「お替わりは沢山ありますわお兄様」

静音が新しいご飯をよそってくれる。

なんとしゃもじにおひつまで再現されているではないか。

「食器も日本で使われる形状だな」

「焼き物職人の皆さんに頑張って再現していただきましたわ」

その後四杯のごはんをお替わりした俺は用意された緑茶らしき飲み物を口にしながら人心地ついた。

「ふう、満足だ。これ以上ないほどの満足感だ」

「喜んでいただけてなによりですわ」

「静音はこの日のためにずっと準備していたのか？」

「はい。お兄様に喜んでいただきたくて、公国発足と同時に研究を進めていましたわ」

「そうか。ありがとう静音。お前は最高の妻だ」

「ありがとうございます」

俺は静音を抱き寄せてキスをする。

そして朝ご飯を作ってくれた沙耶香、試行錯誤の末に味噌汁のだしや卵焼きの味を再現するために材料をかき集めてくれたマリアにも順番にキスをする。

「まさか沙耶香の作った朝ご飯がまた食べられるなんてな」

「マリアさんが出汁を再現してくれなかったらここまでにはならなかったよ。こっちの世界の食材って日本とかなり勝手が違うからね」

「そうか、ありがとうマリア」

「御館様に喜んでいただけるならこれ以上の至福はございません」

◆　◆　◆

静音は佐渡島公国が発足し、農地開発が始まった頃から米と大豆の栽培研究を始めていたらしい。

米はレグルシュタイン王国領内にある小さな村でひっそりと栽培されているものを昔旅をしている時に偶然見つけ、種籾を分けてもらいずっと保管していたらしい。

大豆は美咲がアロラーデル帝国から逃亡している旅の途中に立ち寄った山間の村の特産品として栽培されていたものを手に入れていたようだ。

米と大豆。

日本の食卓には欠かせない様々な食材の原料になる。

味噌汁の味噌も、豆腐も醤油も、納豆も。

全て大豆製品だ。

しかも俺の好物である赤だしの味噌汁。

赤味噌の製作過程では米麹が必要になる。

「しかし、納豆なんてよく作れたな」

「ええ、これは一番時間がかかりましたわ。デモンの研究施設を調べていたときに入手した魔界の植物の中に、納豆菌とよく似た働きをする微生物の付着した植物を発見したことで完成しました」

「そうか、この日のためにそんな苦労をしてまで研究してくれていたんだな」

「全てはお兄様に喜んでいただくためですわ」

「ありがとう。これから米はずっと食えるのか？」

「ご安心を。既に量産体制は整え土鍋やかまどなどの炊飯設備もキッチンに設置完了しております。更に大豆製品の加工や味噌の蔵本も既に王国内で職人を育てお屋敷に納品させる分は確保しており、お兄様の好物である日本製品がいつでも食べられるように体制を整えておりますわ」

「私も腕によりをかけて作るからね」

「ルーシアさんに習いまして、御館様にご満足いただける品を作れるように努力いたします」

素晴らしい妻達の甲斐甲斐しさに、俺は再び涙するのであった。

《つづく》

あとがき

ようやく……ようやくここまでくることができたぞッ!!

はい。かくろうです。もうこの挨拶も五回目となり、ここにきて初めましての方は皆無だと思いますので好きにしゃべらせてもらおうと思いまする。まずは、『神てち』五巻を手に取っていただき、なおかつ後書きまで読んで下さってありがとうございます。

この気持ちだけは何度言っても色褪せることはなく、本当に感謝の気持ちでいっぱいです。まさしく感慨無量。今回のアイシスとの結婚式のシーン。実は書籍化した時に、ここを一つのゴールとして設定しておりました。勿論最後までいけたらなぁ、とは思っており、そのつもりでWEB版も頑張って書いておりましたが、物語として切りの良いところになっているので、商業物としてはここら辺までいければ御の字だなと。

自分の作品が初めて書籍化した頃は考えていました。

そう思って、日々の執筆を頑張って参りました。正直言って四巻の頃くらいまで今回で最後になるだろうと思っていたのですが、最後を見て貰えれば分かるように、五章まで入っちゃってます。

ということは！　もう最終回まで行っちゃいましょうよ！　なんならその後の凍耶の息子達の話まで行っちゃいましょうよ!!　ってのが今の気持ちです。

以前にも言いましたが、私はしがないサラリーマンです。物書きなんて偉そうに言えるレベルの作家ではありません。それでも、五冊も本を出させていただいて、コミックスまで刊行した作品が素人作品と呼んで良いはずがなく、そのことに私自身も一定の自負を持つようになりました。皆さんのおかげです。いつも本当にありがとうございます。

さて、この場を借りてもう一つ。

イラストレーターの能都先生へのメッセージを込めさせていただきます。メッセージというか、感謝とお詫びです。

今回も素敵なイラストを沢山描いていただきました。そのことに本当に感謝しかありません。

しかし、それとは引き換えに沢山のお詫びもしなければと思います。

今回ラフから完成まで、こちらから大量の無茶な注文をしてしまい、先生には多大な苦労とご迷惑をおかけいたしましたことをこの場を借りて謝罪させていただきます。

アイシスの結婚式は私の中で一つの終着点でした。それだけにそのこだわりは今まで以上に強く、相手の迷惑を考えない無茶な注文を沢山してしまいました。

そしてその難題に対してすべて応えてくださり、こちらの想定を超える素敵なデザインにしていただけたことに大いなる感動を与えていただきました。

初巻の頃から今まで、沢山の素敵イラストを提供していただけたこと、多くの学びを得させていただいたこと、あらゆることに感謝の言葉もございません。

きっと次も頑張って出せるように、精一杯の努力をさせていただきます。その時は、またどうぞお力添えをよろしくお願いします。

最後になりましたが、私には次のゴールが設定されました。

「神てち」を最後まで完結させること。それを本として皆様のお手元へ届けること。それがかくろうの新たな目標です。

それではまたお目にかかるのを楽しみにしています。

２０２１年８月２６日　かくろう

監禁王

2

マサイ

illust ぺい

ノクターンノベルズ
年間ランキング
1位

※2021年6月1日現在

全ランキングを制覇した
圧倒的話題作
第二弾登場！

コミカライズ企画も進行中！

同級生の黒沢美鈴を監禁した木島文雄。自称魔界のキャンペーンガールリリの指導のもと洗脳プログラムを実行していくが、美鈴が付き合ってる彼氏の存在がひっかかって隷属までもっていけない。そこで、美鈴の幼馴染みで既に監禁し洗脳していた羽田真咲を美鈴のライバルとしてぶつけることに。真咲は美鈴に文雄を取られると思い美咲に襲いかかる。一方、藤原舞の裸を撮影した犯人を突き止めるため、犯行が疑われる陸上部の女子 18 人を文雄はまとめて監禁する……。監禁王、待望の第二弾登場！

｜サイズ：四六判｜価格：本体1,300円＋税｜

ハズレ赤魔道士は
賢者タイムに
無双する
2
ほーち
illustration
宮社惣恭
“賢者”は姫騎士とパーティーを結成する
コミカライズ企画進行中!!

神の手違いで死んだらチートガン積みで異世界に放り込まれました⑤

2021年9月25日　初版第一刷発行

著　者　かくろう

発行人　長谷川　洋

編集・制作　一二三書房　編集部

発行・発売　株式会社一二三書房
〒101-0003 東京都千代田区一ツ橋2-4-3 光文恒産ビル
03-3265-1881

印刷所　中央精版印刷株式会社

作品の感想、ファンレターをお待ちしております。

〒101-0003 東京都千代田区一ツ橋2-4-3 光文恒産ビル
株式会社一二三書房

かくろう 先生／能都くるみ 先生

※本書は小説投稿サイト「ノクターンノベルズ」（https://noc.syosetu.com/）に掲載された作品を加筆修正し書籍化したものです。

Printed in japan
ISBN 978-4-89199-731-1 C0093